RC2722
GEFÄHRLICHE FREIHEIT

DAVID MOITET

RC 2722
GEFÄHRLICHE FREIHEIT

Aus dem Französischen
von Maren Illinger

RC2722
Gefährliche Freiheit
ISBN 978-3-96129-212-7

Edel Kids Books
Ein Verlag der Edel Verlagsgruppe
Copyright © Edel Germany GmbH, Neumühlen 17,
22763 Hamburg
www.edel.com
1. Auflage 2021

Die französische Originalausgabe erschien

bei Didier Jeunesse unter dem Titel »RC2722«
© Didier Jeunesse, 2020
Text: David Moitet
Übersetzung: Maren Illinger
Umschlaggestaltung: zero-media.net, München
unter Verwendung des Originalcovers
von © Didier Jeunesse
Lektorat: Anna Madouche
Layout und Satz: Uhl + Massopust, Aalen
Herstellung: Frank Jansen
Druck und Bindung: GGP Media GmbH, Pößneck

Alle Rechte vorbehalten. All rights reserved.
Das Werk darf – auch teilweise – nur mit
Genehmigung des Verlages wiedergegeben werden.

Printed in Germany

1
DER BUNKER

DER BUNKER

1

Schreie. Wieder und wieder. Eine Menschenmenge strömt durch die Straßen und versucht, den nahenden Soldaten zu entkommen. Wer nicht schnell genug ist, kriegt ihre Gummiknüppel oder elektrischen Schlagstöcke zu spüren und wird kurzerhand in einen Laster geworfen. Die anderen rennen umso schneller und werfen ängstliche, manchmal auch wütende Blicke zurück auf die olivgrüne Welle, die unaufhaltsam näher rollt. Wer ihr nicht ausweicht, steht nicht wieder auf.

Tränengas brennt in den Augen und vermischt sich mit dem Nebel. Es ist wie ein Vorgeschmack auf den Weltuntergang.

Inmitten dieses Chaos klammert sich ein kleiner Junge mit aller Kraft an eine starke Hand wie ein Schiffbrüchiger an sein Floß. Um ihn herum ist ein ganzer Wald aus Beinen, die ihn jeden Moment zu zertrampeln drohen. Er stolpert mehrmals, doch er fällt nicht hin. Ermutigende Rufe helfen ihm, seine

Angst zu überwinden. Von Zeit zu Zeit teilt sich die Menge. Der Kleine sieht die Soldaten in ihren Schutzanzügen. Er hält sie für Astronauten.

Die Hand zieht ihn vorwärts. Er hastet weiter. Sein Herz klopft heftig. Er hat das Gefühl, schon ewig auf der Flucht zu sein. Sein Atem geht schnell, aber er ist stolz darauf, dass er nicht langsamer wird. Das Echo der Gummiknüppel entfernt sich. Rechts von ihnen liegt eine ruhigere Straße. Vielleicht können sie sich dort etwas ausruhen. Sie verfallen vom Lauf- in den Marschschritt. Er atmet tief ein. Ein stechender Geruch steigt ihm in die Nase. Unförmige Haufen liegen vor ihm auf der Straße und auf dem Bürgersteig. Die meisten sind mit Tüchern bedeckt. Der Kleine betrachtet die Haufen. Erneute Schreie und Explosionen lassen ihn zusammenzucken. Er blickt zu der Straße zurück, aus der sie gekommen sind. Menschen eilen in ihre Richtung. Ein Mann rennt ihn um, verheddert sich mit dem Fuß in einem Laken, flucht, rennt weiter. Das Laken rutscht zur Seite und enthüllt eine Hand, gekrümmt in einem letzten Versuch, sich ans Leben zu klammern. Schließlich ist der ganze leblose Körper entblößt. Der Junge kann den Blick nicht von dem blutleeren, entstellten Gesicht des Leichnams lösen.

Er ist wie erstarrt. Kein Laut dringt aus seiner Kehle. Die Hand legt sich auf seine Schulter. Sie müssen weiter, weiter. Der Schrecken weicht der Verzweiflung, durchzuckt ihn noch einmal, als eine Ratte aus den Kleidern des Toten huscht. Der Junge stolpert und stürzt in den Unrat vor dem Bürgersteig. Er schlägt sich das Knie auf. Der Schmerz lässt ihn das Gesicht verziehen, und er kann einen Schrei nicht unterdrücken.

* * *

»Aahhhhhhh! Au!«
»Verdammt! Wer schreit denn da so?«
Oliver fährt in seinem Bett auf. Er stößt sich den Kopf und reibt sich die Stirn, auf der sich schon eine ordentliche Beule bildet.
»Albtraum?«, murmelt jemand dicht neben ihm.
Die Stimme gehört Sam, seinem besten Freund, seinem einzigen Freund, der auf der Pritsche gegenüber liegt.
»Mhm. Der gleiche wie immer«, stöhnt Oliver. »Ich bin mitten in einer Menschenmenge, ganz vorne, mit meinem Vater, und wir kommen in eine Straße voller Leichen.«
»Wie nett.«
»Den Traum bin ich gewohnt. Aber ich bin's nicht gewohnt, mir den Kopf am Bett über mir anzuschlagen. Bis vor einem Monat hatte ich ein ganzes Zimmer für mich.«
»Ich erinnere dich daran, dass du auf eigenen

Wunsch hier bist. Im Gegensatz zu allen anderen, also sag das lieber nicht zu laut.«

»Ich weiß, du hast recht. Andererseits... Kopfschmerzen habe ich so oder so.«

Sam unterdrückt ein Lachen. »Hast du schon mal mit deinem Alten über den Traum geredet?

»Ja. Vor langer Zeit. Er hat total abgeblockt. Weißt du, was er gesagt hat? ›Wie sollte jemand von meinem Rang in so eine Meute geraten?‹ Ich bin stinkwütend geworden. Wir haben nie wieder darüber gesprochen.«

»Scheint ja nicht gerade Friede, Freude, Eierkuchen bei euch zu sein. Hast du dich deshalb unserem Wartungstrupp angeschlossen?«

»Mein Vater ist echt autoritär«, murmelt Oliver. »Er gibt nie nach. Ich hab dir doch schon erzählt, dass ich meine ganze Kindheit über lernen musste. Wenn wir aus dem Unterricht kamen, fing noch mal ein ganzer Schultag an. Ich habe unglaublich viel Zeit damit verschwendet, Dinge zu lernen, die ich niemals brauchen werde. In den letzten Wochen haben wir es nicht mal mehr geschafft, normal miteinander zu reden. Wir haben uns nur noch angebrüllt.«

»Und dein Bruder?«

»Du meinst Mister Perfect? Wir waren noch nie auf einer Wellenlänge. Marco ist der krasseste Typ der Welt. Er ist gut in Mathe, Sport und Quantenphysik. Er ist so ziemlich in allem gut. Sogar in Fremdsprachen! Als würden wir irgendwann noch mal Beziehungen zu anderen Ländern aufnehmen... Guter Witz. Und jetzt wurde er auch noch bei den Wasserkriegern aufgenommen.«

»Also, wenn ich einen Bruder hätte, der Wasserkrieger ist, dann würde ich...«

»Schon gut, Sam, genug von meiner Familie.« Oliver seufzt. »Ich glaube, ich brauchte einfach mal ein bisschen Luft, ein bisschen Abstand, das ist alles.«

»Und da hast du dir gedacht, wäre doch eine super Idee, in den Belüftungsschächten und Kanalrohren rumzukriechen und die Lunge mit gutem, frischen Sauerstoff zu füllen.«

»Ha, ha, sehr witzig. Und was die Luft angeht, glaube ich, dass wir alle hier den gleichen Muff atmen.«

»Könnt ihr zwei mal endlich still sein? Manche hier würden gerne schlafen!«, donnert Wildschweins laute Stimme.

Oliver und Sam wechseln einen Blick über den schmalen Gang, der ihre Pritschen voneinander trennt, und rollen sich auf die andere Seite. Wildschwein ist nicht durch Zurückhaltung und Sanftmut zu seinem Spitznamen gekommen. Mit ihm legt man sich lieber nicht an.

Oliver schließt die Augen und versucht erfolglos, seine Nacht um ein paar Minuten zu verlängern, aber der Albtraum will nicht verschwinden. Das alles kommt ihm so real vor... Natürlich hat er schon als

Kind wie alle im Bunker Videos von der Welt vorher gesehen und sich in Endlosschleife ihren brutalen Niedergang infolge der Wasserkriege und der Transcholera-Epidemie angeschaut. Der Große Kollaps... Auch Bilder von Aufständen gibt es mehr als genug im Datenarchiv. Ob ihn die Millionen Toten doch stärker beeindruckt haben, als er zugeben will? Vielleicht sollte er wirklich mal zum Therapeuten gehen, wie sein Bruderherz ihm nahegelegt hat. Es träumt wohl niemand bei gesundem Verstand jede Nacht von Leichenbergen, Nahtoderfahrungen und einer völlig verrückt gewordenen Welt.

Oliver seufzt und wälzt sich in seinem winzigen Bett herum, wobei er sich Mühe gibt, seine Zimmergenossen nicht noch einmal zu stören. Zehn Schlafpritschen auf fünf Etagen in einem Zimmer, das etwa zwei mal zwei Meter zwanzig groß ist. Der Inbegriff der Beengtheit. Er hatte gehofft, in der Wartungsabteilung eine zweite Familie zu finden. »Ein Privilegierter, der auf seine Privilegien verzichtet, verdient Bewunderung«, hatte er gedacht. Aber die Realität sieht anders aus. Niemand hier kann begreifen, warum ein junger Mann mit einer aussichtsreichen Zukunft in der Führungsebene des Bunkers alles aufgibt. Einige argwöhnen, dass er als Spion im Auftrag der Machthaber da ist, um jegliche Rebellion der Arbeiter im Keim zu ersticken. Die anderen können schlicht nicht verstehen, wie man Komfort und großzügige Lebensmittelrationen gegen ein hartes Leben voller Zwang und Verzicht tauschen kann.

Zum Glück gibt es Sam. Vom ersten Tag an hat er ihn unter seine Fittiche genommen und den Spott und die Sticheleien der anderen ausgebremst. Alle mögen Sam, und die Tatsache, dass er sich mit Oliver angefreundet hat, genügt, damit die Truppe ihn akzeptiert. Zum Glück.

2

Oliver lässt ein paar Tropfen Wasser auf einen kleinen Lappen laufen und wäscht sich das Gesicht. Er legt eine Zahnputztablette auf seine Zahnbürste und schrubbt energisch. Dann nimmt er sich einige Sekunden Zeit, um sein Spiegelbild zu betrachten. Er streicht sich die strubbeligen braunen Haare zurück und zieht die Augenbrauen zusammen. Wie nach jeder albtraumgeplagten Nacht hat er Ringe unter den blaugrünen Augen.

»Du solltest mehr schlafen, Alter«, sagt er laut zu sich selbst.

Dann verlässt er das Gemeinschaftsbad und gesellt sich zu den anderen Arbeitern. Die ganze Mannschaft hat sich im Aufenthaltsraum versammelt, wo die heutigen Aufgaben verteilt werden. Das übernimmt Wildschwein, obwohl sich offiziell sein Vorgesetzter darum kümmern sollte. Die Instandhaltungsabteilung muss vor allem die Funktion der Maschinen überwachen, die dafür sorgen, dass zweitausend Menschen im Bunker 17, etwa fünfhundert Meter unter der Erde, überleben können. In dieser Tiefe kann schon die kleinste Panne im Belüftungssystem tödlich sein. Das Gleiche gilt für die Wasserversorgung. Jeder Bewohner erhält täglich zwei Liter Wasser, nicht mehr und nicht weniger. Oliver lauscht Wildschweins Anweisungen und schlürft dabei einen Teil seiner Ration, die Hände um die heiße Tasse gelegt. Heute Morgen hat er sogar einen Löffel Honig zugeteilt bekommen, die nahezu einzige Zuckerquelle in ihrer Ernährung. Wenn man den Biologen zu Beginn des Jahrhunderts gesagt hätte, dass Bienen einen halben Kilometer unter der Erde besser gedeihen als an der Oberfläche, hätten sie wohl nur laut gelacht.

»Wasserfilter reinigen in Sektor C, Marc und Aurélien.«

»Geht klar, Chef.«

»Salzversorgungsanlage leeren und reinigen, Lyse und Romain. Der Rest der Mannschaft säubert die Wasserrohre mit Unterwasserdrohnen. Noch Fragen? Dann los!«

»Einen Moment noch...« Wildschweins Vorgesetzter meldet sich zu Wort. Als Ranghöchster im Raum ist es sein gutes Recht, aber es ist erst das zweite Mal, dass Oliver ihn sprechen hört. Wildschwein mustert den Funktionär missmutig, doch dann scheint er sich an die hierarchische Beziehung zu erinnern, die ihn dem kleinen Mann in der weißen Uniform unterstellt.

»Ich habe neulich schon einmal das Problem in Sektor Y erwähnt«, sagt der Funktionär.

Sektor Y.

Bei dem Wort geht ein Raunen durch die Gruppe. Die einzelnen Bereiche des Bunkers sind in alphabetischer Reihenfolge gegliedert. A ist das Innere des Bunkers. Je weiter man Richtung Z kommt, desto tiefer gelangt man in ein Labyrinth aus Gängen und Schächten, deren Instandhaltung immer mühsamer wird. Einige Sektoren haben schon seit Jahren keinen Techniker mehr gesehen, und ihr Zustand verschlechtert sich stetig. Kurz gesagt, niemand hat Lust, sich weiter als bis Sektor H vorzuwagen.

»Soll das ein Witz sein?«, schnaubt Wildschwein. »Kommt nicht infrage. Die Drecksarbeit kannst du einer anderen Mannschaft übertragen. Ich schicke meine Jungs doch nicht ins Verderben!«

»Na ja, es ist so... der Chefingenieur besteht darauf. Und er will unbedingt, dass euer Team das übernimmt. Er vertraut nur euch. Der Sensor einer externen Luftschleuse hat mehrmals eine Öffnung registriert. Es besteht Infektionsgefahr durch das Virus. Wenn es dazu kommt, verlieren wir eine Ebene im Schutzmechanismus.«

»Gibt es ein Leck?«, fragt Wildschwein mit finsterer Miene.

»Bis jetzt konnte das Virus nicht nachgewiesen werden. Aber ein kleineres Leck ist durchaus möglich.«

»Das heißt also volle Schutzmontur. Ich fasse zusammen: Ich muss meine Jungs mehrere Kilometer durch Gänge schicken, durch die man nur auf allen vieren kommt, mit Sauerstoffflaschen und gut fünfzehn Kilo Material auf dem Rücken.«

»Korrekt«, sagt der Funktionär. »Wir würden bei der Gelegenheit auch gleich die Primärfilter austauschen. Sie sind zehn Jahre alt, das ist die maximale Laufzeit.«

Wildschwein lacht verächtlich. »Hattest du schon mal einen an?«

»Äh ... wie bitte?«, stammelt der Funktionär.

»Einen Schutzanzug. Warum landen die Knochenjobs eigentlich immer bei uns?«

»Ich habe die Anweisung, jedem Mitglied des Teams eine Prämie von zehn Kreditpunkten zu gewähren. Für die beiden, die sich freiwillig melden, das Doppelte. Und für die Mission so viel Wasser, wie sie wollen.«

»Sehr umsichtig«, spottet Wildschwein. »Bei den Litern, die sie schwitzen werden.«

»Zwanzig Kreditpunkte? Ohne mich«, sagt Javier. »Ich hab sechzig gespart, mehr brauche ich nicht.«

»Der Chefingenieur hat schon mit eurem ... Zögern gerechnet«, sagt der Funktionär. »Ich soll euch daran erinnern, dass wir alle ein Team sind ... eine große Familie. Wir müssen einander helfen, um zu überleben.«

Wildschwein schenkt ihm sein schönstes Lächeln. »Und warum ist der Herr Chefingenieur nicht zu uns runtergekommen, um uns die Nachricht persönlich zu überbringen? Und warum lässt der Herr Chefingenieur nicht seine tollen Wasserkrieger durch die Rohre kriechen? Die sind doch so gut trainiert, oder etwa nicht? Und wohlgenährt, habe ich gehört.«

Der Funktionär schluckt mühsam. Seine Stimme ist nur noch ein Murmeln. »Der Chefingenieur hat mir aufgetragen, euch im Fall einer Weigerung zu bestrafen. Zwei Wochen lang kein Sold.«

»Potzblitz! Der war gut. Habt ihr gehört, Jungs?«, knurrt Wildschwein. »Es ist schon eine ganze Weile her, dass ich oben in Sektor A war, aber so ein Erpressungsversuch erfordert eigentlich einen Besuch, meint ihr nicht auch?«

Oliver tritt vor. »Ich melde mich als Freiwilliger.«

»Was?«, fragt Wildschwein.

»Ich habe gesagt: Ich melde mich als Freiwilliger.«

»Ich gehe mit«, ergänzt Sam.

Wildschwein starrt die beiden an, hin- und hergerissen zwischen Wut und Entsetzen.

»Ich habe absolut keine Lust, da runterzugehen«, schaltet sich Javier ein, »und ich zwinge niemanden, es für mich zu tun. Aber wenn es ihnen Spaß macht, werde ich mich über die zehn Kreditpunkte nicht beschweren.«

»Abgemacht«, sagt der Funktionär erleichtert und

wischt sich eine Schweißperle von der Stirn. »Ich werde dem Chefingenieur unverzüglich mitteilen, dass euer Team die Mission akzeptiert hat.«

3

Seit fast drei Stunden arbeiten sich Sam und Oliver durch das Netz aus Tunneln voran, eine Art Krake mit vielen Tentakeln, die durch Erde und Gestein gehen und in einer Vielzahl natürlicher Grotten münden. Um sie herum verlaufen Rohre und elektrische Kabelbündel unterschiedlicher Größen, die das Belüftungssystem des Bunkers versorgen. Das Ziel der Architekten war, eine konstante Frischluftversorgung aus verschiedenen Quellen zu gewährleisten, ohne dabei an der Oberfläche Hinweise darauf zu geben, dass sich an dieser Stelle ein Bunker befindet. Als die Regierung Frankreichs verstanden hatte, dass die Erderwärmung außer Kontrolle geraten war, wurde die Konstruktion von insgesamt einhundert unterirdischen Schutzräumen im ganzen Land geplant und durchgeführt. Das Projekt unterlag der strengsten Geheimhaltung. Die Notwendigkeit, es vor der breiten Bevölkerung verborgen zu halten, erklärte sich von selbst. Nur einige wenige Privilegierte waren über die Existenz dieser Schutzräume informiert worden und hatten sich retten können, als der Kipppunkt erreicht war.

Bei jeder Abzweigung studiert Oliver die Karte, die sie zum Sektor Y führen soll. Sie sollten sich besser nicht verlaufen.

»Ich wusste nicht, dass diese Tunnel so lang sind«, stöhnt er.

»Manche über zehn Kilometer«, erwidert Sam. »Die Höhlen sind zum Teil ziemlich weit vom Bunker entfernt.«

»Ich hoffe, wir haben uns nicht verirrt. Die Ingenieure hätten ruhig mal ein paar Leuchtdioden einbauen können, die den richtigen Weg weisen.«

Sam gluckst. »Das wäre cool. Meine Mutter hat mir erzählt, dass sie ein Handy mit GPS hatte, bevor sie in den Bunker gekommen ist, mit dem sie überall auf dem Planeten ihren Standort bestimmen konnte.«

»Mhm. Das habe ich in der Schule gelernt. Mein Vater meint, dass das eigentlich immer noch klappen müsste, solange die Satelliten funktionieren, die um die Erde kreisen. Aber ewig wird das nicht gehen, weil sie nicht mehr gewartet werden.«

»Glaubst du, die Wasserkrieger benutzen so einen Schnickschnack, wenn sie nach draußen gehen?«

»Keine Ahnung. Muss ich meinen Bruder fragen.«

Noch eine Abzweigung. Sie müssen sich bücken, weil der Gang so niedrig ist.

Sam wirft einen Blick auf die Karte. »Rechts, würde ich sagen.«

»Ich auch«, stimmt Oliver zu.

»Dann nehmen wir doch rechts. Wir brauchen kein GPS!«

»Hier unten würde es sowieso nicht funktionieren«, sagt Oliver und wagt sich in den dunklen Gang.

»Mist«, flucht Sam. Dieser Gang ist nicht nur eng, hier gibt es auch keine Beleuchtung mehr.

Die beiden wagen sich weiter in die Dunkelheit des unterirdischen Labyrinths, Sektor um Sektor, nur mit dem Licht ihrer Stirnlampen. Wie Wildschwein vorhergesagt hat, ist der Weg kräftezehrend. Sie keuchen und schwitzen, und ihre Rücken schmerzen durch die dauernde gebückte Haltung.

»Machen wir eine Pause?«, fragt Sam nach einer ganzen Weile.

»Da sage ich nicht Nein. Möchtest du einen Schluck Wasser?«

Sam nickt, greift nach seiner Flasche und trinkt mit geschlossenen Augen. »Tut das gut. Warum hast du das gemacht?«, fragt er plötzlich.

»Was?«

»Dich als Freiwilliger gemeldet.«

Oliver zuckt mit den Schultern. »Weiß ich selbst nicht. Vielleicht aus Abenteuerlust. Ich ersticke in diesem verdammten Bunker. Klar, wir kriegen was zu essen, wir haben Arbeit, Missionen, Bücher, Filme,

Fitnessräume ... Aber mir ist sterbenslangweilig! Findest du es nicht komisch zu wissen, dass wir nie wieder einen neuen Film sehen werden? Jedes Mal, wenn ich einen auf meinem Tablet schaue, habe ich das Gefühl, dass ein Stück Freiheit davonfliegt. Dieser Film wird nie wieder neu sein und mich nie wieder überraschen. Was mache ich, wenn ich alles gesehen habe?«

»Oh Mann, ich möchte ja nicht in deinem Kopf stecken«, sagt Sam und grinst. »Solche Fragen stelle ich mir nie.«

»Warum nicht? Macht dir das nichts aus?«

»Ich glaube, ich habe eine Art Motto. Da oben sind 99 Prozent aller Menschen tot. Es herrscht ein unsägliches Chaos. Es gibt kein Wasser und kein Essen, nur schreckliche Krankheiten und Müll, so weit das Auge reicht.« Sam seufzt. »Das Leben im Bunker ist kein Vergnügungspark, aber ich habe nie etwas anderes gekannt. Also vermeide ich es, darüber nachzudenken. Denken hält der Traurigkeit die Tür auf. Da spiele ich lieber Karten, trinke ein paar Gläser Kartoffelschnaps mit meinen Freunden und lebe einfach ...«

Oliver denkt nach. »Das würde ich auch gerne können.«

»Und warum hast du nicht versucht, bei den Wasserkriegern aufgenommen zu werden, wenn du so scharf auf Abenteuer bist?«

Oliver holt tief Luft und atmet geräuschvoll wieder aus. »Ich bin nicht besonders gut darin, mich an Regeln zu halten. Soldat zu werden, war also keine Option für mich. Zur Enttäuschung meines Vaters, übrigens.«

»Man ist, wer man ist«, bemerkt Sam.

»Ja, das stimmt wohl. Ich habe auch eine Frage: Warum hast du dich gemeldet, um mich auf der Mission zu begleiten?«

Sam lächelt. »Ich kann doch nicht zulassen, dass der kleine Frischling sich tief unter der Erde verirrt. Du wärst in irgendeinem Stollen krepiert, und dann hätte der ganze Komplex ein halbes Jahr lang nach deiner Leiche gestunken. Ich habe eine empfindliche Nase.«

»Pff... Blödmann!«

»Na komm, gehen wir weiter.«

Nach etwa einer weiteren Stunde mühsamen Kriechens versperrt ihnen ein Luftfilter den Weg.

»Das ist das Ende von Sektor R«, erklärt Sam. »Wir kommen jetzt in die letzte Quarantäneebene. Wenn irgendwo ein Leck ist, kann es sein, dass dieser Bereich schon verseucht ist.«

»Ich weiß. Ich habe das Handbuch gelesen. Das heißt, wir ziehen jetzt die Schutzanzüge an?«

»Jep.«

»Ich hab sowieso keine Lust mehr, 15 Kilo auf dem Rücken zu schleppen.«

»Tja, wenn du das Ding erst anhast, wird es dir noch

weniger gefallen. Da drin ist es gut zehn Grad wärmer.«

Die Jungen ziehen die Schutzanzüge über, wobei sie darauf achten, alle Dichtungen sicher zu verschließen, dann begutachten sie sich gegenseitig. Mit einem Virus, das nur einen von hundert Menschen verschont hat, ist nicht zu spaßen. Umgeben von der dicken Plastikschicht, versteht Oliver, was Sam gemeint hat. Sein Atem lässt die Maske beschlagen, und er hat das Gefühl, keine Luft mehr zu bekommen.

»Du musst möglichst langsam atmen«, rät Sam. »Sonst hyperventilierst du und kippst um.«

Oliver nickt, und es gelingt ihm, seinen Atem zu regulieren. Die beiden durchqueren die Luftschleuse und wagen sich weiter in die Windungen der Tunnel hinein. Oliver fragt sich, ob sie überhaupt jemals ankommen werden. Wie konnte er nur so blöd sein, sich freiwillig zu melden?

»Da wären wir«, sagt Sam nach einer gefühlten Ewigkeit.

Nur noch wenige Hundert Meter. Oliver ist völlig k. o. Er hätte nie gedacht, dass es so anstrengend werden würde.

»Wurde aber auch Zeit«, keucht er.

Am Ende des Gangs befindet sich die letzte Luftschleuse. Dahinter liegt die Außenwelt. Oliver spürt sein Herz heftig hämmern. Das ist bescheuert. In seinem Anzug hat er nichts zu befürchten. Außerdem müssen sie ja gar nicht rausgehen, nur überprüfen, ob der Sensor der Luftschleuse richtig funktioniert, und die Filter austauschen. Sam, der viel mehr Erfahrung hat als er, holt mehrere kleine elektronische Geräte hervor und kontrolliert einen Sensor nach dem anderen.

»Und?«, fragt Oliver.

»Keine Auffälligkeiten. Alles läuft perfekt.«

»Ist ja komisch.«

»Hm, ehrlich gesagt, ist mir das ziemlich egal. Wir wechseln die Filter und gehen zurück«, sagt Sam schulterzuckend. »Es geht ganz leicht. Ich nehme die alten Filter raus und setze die neuen ein. Dabei kann kontaminierte Luft hereinkommen. Dein Job ist es, auf den Virusdetektor zu schauen. Wenn der auslöst, drückst du auf den roten Knopf neben der Schleuse.«

»Okay. Und was passiert dann?«

»Dann sitzen wir hier fest, bis eine Dekontaminierungsmannschaft kommt und uns rettet.«

»Hierher? Machst du Witze?«

Sam stößt ein kleines Lachen aus, das im Schutzhelm widerhallt.

»Was denkst du, warum Wildschwein nicht scharf drauf war, zwei seiner Jungs hierherzuschicken?«

»Na schön, los geht's. Wollen wir vorher noch beten?«

»Bist du gläubig?«, fragt Sam.

»Kein bisschen.«

»Hätte mich auch gewundert.« Sam holt das nötige Werkzeug aus seinem Rucksack und wirft Oliver einen Blick zu. »Bereit?«

»Jep.«

Mit flinken Bewegungen macht sich Sam daran, den Filter zu wechseln, während Oliver auf den Detektor starrt. Adrenalin rauscht durch seine Adern. So etwas Gefährliches hat er noch nie gemacht. Glücklicherweise bleibt der Detektor während der ganzen Operation still.

»Jippie!«, ruft Sam. »Mission erfolgreich. Rückzug. Schlag ein, mein Freund«, sagt er und hebt die Hand.

Oliver will einschlagen, doch im letzten Moment zieht Sam lachend die Hand weg, und Oliver fällt der Detektor aus der Hand. Mit einem Klirren landet er auf dem Boden.

»Mist«, sagt Sam. »Arbeit für die Elektroniker. Ist er kaputt?«

Etwas verärgert geht Oliver in die Knie und richtet seine Stirnlampe auf den Detektor.

»Verdammt, was ist das denn?«, fragt er plötzlich.

»Ach, keine Sorge«, sagt Sam. »Die lieben es, den Kram zu reparieren. Beschäftigungstherapie.«

»Nein, das meinte ich nicht.«

Sam nähert sich, so gut es in dem engen Gang geht.

»Sieh dir das an«, sagt Oliver.

Neben dem Detektor zeichnen sich mehrere Fußabdrücke aus roter Erde auf dem grauen Beton ab. Sie scheinen von der Luftschleuse zu kommen.

»Verflixtes Kanalrohr!«, ruft Sam. »Wie ist das möglich?«

»Wenn du mich fragst, hat jemand die Luftschleuse benutzt, um nach draußen zu gehen.«

»Spinnst du? Wer sollte das tun?«

»Das würde auf jeden Fall erklären, warum die Öffnungsdetektoren mehrmals ausgelöst wurden. Wie du gesagt hast, funktionieren sie perfekt.«

Oliver geht dicht an die Schleuse heran und versucht, in den dahinterliegenden Raum zu leuchten. Wie erwartet ist der Boden der Höhle von rötlicher Erde bedeckt.

»Bingo«, murmelt er.

»Sektor Z, Alter. Das heißt draußen. Man muss total durchgeknallt sein, um da rauszugehen«, sagt Sam.

»Warum regst du dich so auf?«, fragt Oliver. »Vielleicht hat ein Wasserkrieger den Durchgang genutzt, und das war's.«

»Klar, und meine Mutter liegt am Pool und sonnt sich«, blafft Sam. »Wenn der Chefingenieur verlangt, dass wir die Luftschleuse kontrollieren, dann weil er nicht weiß, warum die Sensoren ausgelöst haben. Ich habe keine Ahnung, was hier los ist, aber die Sache ist ernst. Wir werden einen Haufen Probleme kriegen, das sage ich dir.«

»Wir können es ja auch für uns behalten.«

»Ich weiß nicht, Oliver. Die Sache ist ernst«, wiederholt Sam.

»Der Detektor hat nicht angeschlagen. Also ist das Virus nicht in der Höhle. Es besteht keine unmittelbare Gefahr.«

»Stimmt. Aber wie weit ist er wohl gegangen, der Typ, der die Spuren hinterlassen hat?«

»Das sehen wir später. Los, komm, wir drehen jetzt um.«

Sam will vorgehen, stolpert aber über die gebrauchten Luftfilter, die er noch nicht in seinem Rucksack verstaut hat, und taumelt nach hinten. Reflexartig hält er sich an Oliver fest und reißt dabei versehentlich seinen Sauerstoffschlauch ab, bevor er unsanft auf dem Hintern landet.

»Mist, entschuldige. Schnell, wir müssen ihn wieder anschließen!«

Oliver versucht es, aber der Anschluss an das Ventil scheint kaputt zu sein. Die Luft wird knapp. Endlich schafft er es atemlos, den Helm abzuziehen.

»Oh, verdammt«, sagt Sam. »Prozedur B 28.«

»Häh?«, fragt Oliver.

»Direkter Luftkontakt auf der ersten Quarantäne-Ebene. Du musst drei Tage in Isolation, das ist die Inkubationszeit des Virus.«

»Drei Tage? Das ist nicht dein Ernst.«

»Leider doch.«

»Das behalten wir auch für uns.«

»Kommt nicht infrage.« Sam schüttelt den Kopf. »Damit würden wir Hunderte Menschen in Gefahr bringen. Außerdem hat dein Anzug den Druckverlust aufgezeichnet. Der Ingenieur weiß schon Bescheid.«

»Was für ein Scheiß.«

»Das kann man wohl sagen.«

4
Quarantäne. Tag 2.

Oliver starrt das Kabel an, das sein Datenimplantat im Nacken mit dem Bildschirm vor ihm verbindet. Lesen, Filmschauen, Lesen, Filmschauen, Lesen… Die Tage sind lang, wenn man nichts zu tun hat. Mittlerweile ist er schon seit 48 Stunden in einem winzigen sterilen Raum, mit einem Haufen Sensoren am Körper, die die Ärzte fortwährend über seinen Gesundheitszustand informieren: Herzschlag, Atemfrequenz, Körpertemperatur, Blutzuckerspiegel, nichts entgeht ihnen. Oliver fragt sich, ob sie auch seine Gedanken lesen können. Mehrmals ertappt er sich dabei, wie er in Gedanken die Ärzte beschimpft und auf ihre Reaktion wartet. Doch trotz des Aufgebots an schrecklichen Beleidigungen bleiben die Mediziner neutral wie ein Teller Schwarzknollensuppe, eine der wenigen Gemüsesorten, die ohne künstliches Licht gedeiht. Sein Gedankengestöber scheint also nicht bei ihnen anzukommen. Umso besser. Schön wäre es sicher nicht anzusehen. Wie Sam sagt, er macht sich zu viele Sorgen.

Normalerweise vertreibt er sie, indem er den ganzen Tag aktiv ist, aber die Quarantäne öffnet vielen Grübeleien die Tür, die er seit Wochen wegzuschieben versucht. Da kann er – dank der Inhalte in seinem Datenimplantat – noch so viele seiner Lieblingsfilme schauen oder sich in *Ellana* vertiefen, den Roman von Pierre Bottero, der ihn in den letzten Jahren begleitet hat: Seine Gedanken schleichen sich doch unweigerlich in die Geschichte und nehmen den ganzen Raum ein. Was zur Hölle stimmt nicht mit ihm? Warum kann er sich nicht damit begnügen, die Regeln zu befolgen und die Vorteile zu genießen, die der Dienstgrad seines Vaters mit sich bringt? Einfach erwachsen werden und die Hierarchiestufen des Bunkers erklimmen, um selbst irgendwann einen verantwortungsvollen Posten zu übernehmen? Die Worte seines Vaters am Tag, als Oliver, verkündete, dass er sich der Instandhaltungsabteilung anschließen wolle, hallen immer noch in seinem Kopf nach. »Willst du mich in den Wahnsinn treiben, ja?«, hatte sein Vater gebrüllt. »Was erwartest du von mir, Oliver? Ich verstehe deine Sehnsucht nach Freiheit, aber es gibt hier nun einmal gewisse Konstanten, denen sich niemand entziehen kann!«

Konstanten, denen sich niemand entziehen kann. Das war so ein typischer Ausdruck seines Vaters. Ein Experte der Kernphysik kann natürlich nicht reden wie alle anderen Sterblichen. Oliver hatte nicht gewusst, was er darauf erwidern sollte. Manchmal lässt sich eine Entscheidung, die einen fast zerreißt, nicht so leicht in Worte fassen. Es ist schwer, seinem Vater zu sagen, dass man seine Zukunft nicht in einem sterilen Raum sieht, wo jedes Gerät immer an seinem Platz bleiben muss, bis eine neue Regel festlegt, dass es zwanzig Zentimeter nach links gerückt werden darf, nur um einige Monate später wieder an seinen ursprünglichen Platz zurückzukehren. Wenn Oliver die Augen schließt, sieht er wilde Weiten vor sich, über die der Wind weht. Er hört das Rauschen von Gras. Beinahe riecht er den Duft der Frühlingsblumen.

Im Bunker muss er sich mit der schalen Luft begnügen, die der riesige Ventilator hereintreibt. Der Ventilator, von dem in jeder Sekunde ihr Leben abhängt und der, natürlich, nur dank des bunkereigenen Kernreaktors funktioniert. Anders gesagt, dank der Arbeit seines Vaters, der dafür verantwortlich ist, dass die kostbare Maschine niemals ausfällt.

Drei kurze Schläge reißen Oliver aus seinen Gedanken. Es ist Sam. Er schneidet hinter der Fensterscheibe Grimassen.

»Na, lebst du noch?«

»Ha, ha, sehr witzig«, knurrt Oliver.

»Man muss im Leben über alles lachen können ...«
»Sagt wer? Konfuzius?«
»Was? Nee, lass mich ausreden: Man muss im Leben über alles lachen können, sonst wird man zum Arschloch.«
»Klingt wirklich nicht nach Konfuzius.« Oliver grinst.
»Das sagt mein Vater immer. Okay, ein Poet ist er nicht gerade ...« Sam lacht kurz auf. »Wie geht's dir?«
»Wie einer Maus im Käfig.«
»Kein Fieber?«
»Nö.«
»Dann erkläre ich dich nach der Statistik offiziell als gerettet!«
»Vielen Dank.« Oliver seufzt. »Schade, dass du kein Arzt bist, sonst könntest du mich hier rauslassen. Ist Wildschwein sauer, dass ich den Detektor kaputt gemacht habe?«
»Quatsch. Wir hatten einfach Pech, und unsere Arbeit haben wir trotzdem erledigt«
»Gibt's was Neues wegen der Spuren? Ich bin dreimal von den Wasserkriegern verhört worden.«
»Ich auch. Diese Idioten stellen jedes Mal dieselben Fragen.«
»Trotzdem sind sie ganz schön furchteinflößend ...« Sam nickt finster. »Was hast du gesagt?«
»Was wohl?«, brummt Oliver. »Die Wahrheit. Dass ich keine Ahnung habe, wer da rausgegangen ist.

Aber eins weiß ich sicher, sie selbst haben auch keinen Schimmer, und das gefällt ihnen gar nicht.«

»Ja, gelinde gesagt. Aber ich wüsste wirklich auch gerne, wer so verrückt ist, den Bunker zu verlassen.«

Oliver überlegt, bevor er antwortet. *Ich könnte so verrückt sein...*, denkt er. Kurz fragt er sich, ob er laut gedacht hat. Er sieht Sam an, doch der zuckt nicht mit der Wimper.

»Und dein Bruderherz, hat der dich besucht?«, will Sam wissen.

Oliver schüttelt den Kopf.

»Dein Vater?«

»Auch nicht.«

»Ihr seid echt eine komische Familie.«

Diese Feststellung trifft Oliver wie ein Faustschlag. Kann man überhaupt von *Familie* sprechen, wenn man nicht mal in der Lage ist, richtig miteinander zu reden?

»Ich muss wieder los«, sagt Sam. »Die Arbeit ruft.«

»Alles klar. Cool, dass du da warst.«

»Ist doch selbstverständlich. Wir Überlebende aus dem Sektor Y halten zusammen.«

»Schon. Trotzdem danke.«

Oliver schweigt, während er Sam nachblickt.

»Meine Familie...«, murmelt er dann, »...bist du.«

Aber da ist Sam schon weg.

5

Jetzt ist Oliver wieder allein. Die Ärzte beruhigen ihn, sein Gesundheitszustand sähe gut aus. Und aus irgendeinem Grund ist er nicht vor Angst gelähmt, dass das Virus ihn kontaminiert haben könnte. Dabei hat man ihnen immer wieder eingebläut, wie ansteckend es ist, dass man sich schützen muss, dass man auf keinen Fall nach draußen gehen darf und immer in der Tiefe der Erde bleiben muss. Ein dummer Gedanke treibt Oliver ein Grinsen ins Gesicht: Was ist besser – innerhalb weniger Tage an einer schrecklichen Viruserkrankung zu sterben oder langsam an diesem trostlosen Leben kaputtzugehen, das man ihnen hier bietet? Ein Leben ohne Perspektive, ohne Geschmack, ohne Farbe? *Es ist Zeit, diesen Käfig zu verlassen,* denkt er bitter, als ihm klar wird, wie düster seine Gedanken sind.

Eine Silhouette nähert sich hinter der Glasscheibe. Sein Bruder Marco. Er ist groß, sein braunes Haar glatt gekämmt, sein muskulöser Oberkörper wird von der Uniform der Wasserkrieger betont. Die menschgewordene Perfektion. Ihr Vater ist so stolz auf ihn. Oliver will einen bissigen Kommentar machen, doch Marcos zitternde Lippen halten ihn davon ab. Es kommt selten vor, dass sein großer Bruder die Fassung verliert, und sein verzerrter Mund weckt in Oliver eine schlechte Vorahnung.

»Das ist kein Anstandsbesuch, hm?«, fragt er beunruhigt.

Marco schüttelt den Kopf. Er kann nicht sprechen.

»Was? Was ist los?«, fragt Oliver. »Haben sie dich geschickt, um mir irgendeine Strafe zu verkünden?«

»Ich habe eine schlechte Nachricht.«

»Dann raus damit.«

»Unser Vater...«

»Was ist mit unserem Vater?«

»Er... Er ist tot«, stammelt Marco. »Er ist heute Morgen gestorben, ganz früh.«

Oliver hat das Gefühl, dass die Zeit stehen bleibt. »Aber das kann doch nicht sein! Er... war total fit. Was ist passiert? Ein Unfall?«

»Ein Herzinfarkt. Er hat nicht gelitten.«

»Wann?«

»Gegen sieben.«

Oliver schaut auf die Uhr. Es ist elf. »Vor vier Stunden? Und du kommst erst jetzt?«

»Ich ... ich hatte einen Zusammenbruch, Oliver. Ich wusste nicht, wie ich es dir sagen sollte. Und wie du reagieren würdest, in deiner Situation ...«

Oliver spürt eine schreckliche Wut in sich aufsteigen. Sein Vater? Tot? Das ist etwas, was er sich einfach nicht vorstellen kann. Zorn, Trauer und ein heftiges Gefühl der Ungerechtigkeit kämpfen in ihm. Ihm wird bewusst, dass ihre letzten Gespräche aus nichts als Beschimpfungen, Vorwürfen und fruchtlosen Äußerungen bestanden haben. Alles kommt hoch, was er seinem Vater gerne gesagt hätte. Was sein Vater ihm hätte sagen sollen. Eine regelrechte Sturmflut. Mit dem Handrücken wischt er sich die Tränen aus den Augenwinkeln. Er wird nicht weinen. Nicht jetzt. Nicht hier, vor seinem Bruder.

»Ich will ihn sehen.« Olivers Worte hängen in der Luft. »Jetzt.«

»Du weißt, dass das nicht geht. Du stehst unter Quarantäne.«

»Du bist doch ein Wasserkrieger, oder nicht? Befiehl ihnen, mich rauszulassen.«

»Aber die Regeln ...«

»Zum Teufel mit den Regeln! Es ist unser Vater, verdammt noch mal!«

Marco schüttelt langsam den Kopf. »Du änderst dich nie«, sagt er.

Ohne den Blick von ihm zu lösen, reißt Oliver sich die Sensoren von Brust und Armen.

»Was... was machen Sie da?«, schaltet sich der Arzt ein.

Oliver ist so voller Schmerz und Wut, dass er ihn gar nicht hört. Er steht auf und rüttelt an der Türklinke.

»Aufmachen!«, schreit er.

Der Arzt wirft ihm einen strengen Blick zu. »Mit der Quarantäne ist nicht zu spaßen«, sagt er.

»Machen Sie auf, oder ich schlage die verdammte Scheibe mit dem Stuhl ein«, droht Oliver.

Der Arzt wendet sich fassungslos an Marco. Als Wasserkrieger ist sein Rang höher als der des Arztes. Im Bunker ist alles eine Frage der Hierarchie.

Marco seufzt tief. »Wie hoch ist die Kontaminierungswahrscheinlichkeit?«, fragt er schließlich.

Der Arzt tut so, als würde er nicht verstehen.

»Ich habe Sie gefragt, wie hoch die Kontaminierungswahrscheinlichkeit ist!«, wiederholt Marco laut.

»Äh... nun ja, ich würde sagen, unter einem Prozent, aber...«

»Machen Sie die Tür auf«, sagt Marco kühl.

Der Arzt tut es widerstrebend.

Oliver verlässt das Isolationszimmer und bleibt vor seinem Bruder stehen.

»Danke«, sagt er nur. »Wo ist Papa?«

»Er wurde gerade ins Krematorium gebracht.«

»Du hättest ihn ohne mich verbrennen lassen?«

»Die Regeln schreiben vor, das ein Verstorbener...«

»Stopp. Es reicht. Ich hab genug gehört. Ich will ihn sehen.«

»Soll ich mitkommen?«

»Nicht nötig.«

# 6

Oliver eilt entschlossen durch die Gänge des Bunkers. Mehrere Bekannte grüßen ihn, doch er reagiert nicht. Er steuert geradewegs auf die Einäscherungskammer zu, überwältigt von Gefühlen, die er kaum beherrschen kann. Es tut ihm leid, dass er so hart zu seinem Bruder gewesen ist. In so einem Moment sollte er wohl vergessen, was sie trennt. Aber dazu fühlt er sich gerade nicht in der Lage. »Lass dir etwas Zeit und sprich mit Marco, wenn du ruhiger bist«, hätte sein Vater ihm geraten, der sich irgendwann mit Olivers impulsivem Wesen abgefunden hat. Aber sein Vater wird nie wieder da sein, um ihm zu helfen, die überschäumende Energie zu bändigen, die ihn immer daran hindert, sich an die strengen Vorschriften des Bunkers anzupassen. Er wird nie wieder da sein, um ihm Ratschläge zu geben, die er sich nur schwer anhören konnte. Ratschläge, die ihn aber doch oft auf den richtigen Weg zurückgebracht oder dafür gesorgt haben, dass er sich gewisse Probleme gar nicht erst eingehandelt hat. Im Bunker mit seinen militärischen Regeln werden Entgleisungen hart bestraft.

Oliver bleibt vor der Tür der Einäscherungskammer stehen. Er holt tief Luft und betritt zum ersten Mal den Raum, den er und seine Klassenkameraden früher immer »den Grill« genannt haben. Heute kommen ihm diese Zeiten weit weg vor. Er denkt, dass Sams Vater sein Sprichwort ergänzen sollte: Man muss im Leben über alles lachen können, aber bitte im richtigen Moment.

»Was kann ich für Sie tun?«, fragt der Empfangsbeamte.

»Ich möchte den Leichnam meines Vaters sehen. Nikolaï Sokolov.«

»Oh... mein aufrichtiges Beileid.«

Oliver nickt. Der Mann kommt ihm vage bekannt vor. Er muss ihn schon einige Male gesehen haben. Ist ja auch kein Wunder, da nur zweitausend Menschen im Bunker leben. Eine Art Kleinstadt, nur eben unterirdisch.

»Wenn Sie mir bitte folgen würden.«

Als Oliver den Leichnam seines Vaters sieht, werden seine Knie weich, und er verliert beinahe das Gleichgewicht.

»Alles in Ordnung?«

»Ja«, stammelt Oliver. »Danke.«

»Soll ich Sie einen Moment allein lassen?«

»Ja. Bitte.«

»Ich bin nebenan, wenn Sie mich brauchen.«

Als er mit seinem Vater allein ist, tritt Oliver näher und legt ihm eine Hand an die Wange. Dann schließt er die Augen.

»Es tut mir leid«, murmelt er. »Es tut mir leid, Papa. Warum bist du einfach so gestorben? Ich hätte dir gerne noch ein paar Dinge gesagt. Dinge, die man einer Leiche nicht sagen kann.«

Oliver beugt sich vor und legt die Stirn an die seines Vaters. Die Berührung ist seltsam, aber tröstlich. Wie kann es sein, dass dieser starke Mann, den scheinbar nichts aus der Fassung bringen konnte, ohne das kleinste Vorzeichen gestorben ist? Oliver richtet sich wieder auf und bemerkt eine klebrige rote Flüssigkeit an seinen Fingern. Blut. Er untersucht das Genick seines Vaters. Sein Datenimplantat wurde entfernt. Die Elektroden, die das Gerät mit den Synapsen seines Vaters verbunden haben, wurden nicht einmal herausgezogen. Oliver kennt Ethan, den jungen Mann, der mit dieser Aufgabe betraut ist, und er wundert sich über seine Nachlässigkeit. Er dreht sich um und wischt sich die Hände an einem Recyclingpapier ab, dann wirft er es in den Schacht, der es der Wiederverwertung zuführt. Das Papier wird durch das Unterdrucksystem angesaugt.

Oliver setzt sich auf eine Bank, zu Füßen seines Vaters. Er weiß nicht, was er tun oder sagen soll, deshalb wartet er, starrt ins Leere, lässt seine Gedanken wandern. Wirre Bilder der letzten Tage mischen sich mit älteren Erinnerungen, auch mit seinen Albträumen, die ihn nachts verfolgen. So sitzt er eine ganze Weile, bis sein Blick an den Schuhsohlen seines Vaters hängen bleibt. Feiner roter Staub sitzt in den Rillen ihres Profils. Oliver vergewissert sich, dass er nicht träumt, beugt sich vor und schaut näher hin.

Abgesehen von den Fußspuren in Sektor Y hat er Erde dieser Farbe noch nie gesehen.

7

Oliver hält kurz inne, bevor er die Tür zum Labor öffnet. Dann drückt er energisch die Klinke und tritt über die Schwelle. Ihm gegenüber ist ein Tresen. Ein kleiner Mann hebt fragend den Blick.
»Hallo, ich heiße Oliver. Ich bin ein Freund von Ethan. Können Sie ihm sagen, dass ich da bin?«
Trotz seines inneren Aufruhrs ringt Oliver sich ein Lächeln ab. Der Mann hinter dem Tresen zuckt mit den Schultern.
»Das interne Kommunikationssystem ist gerade ausgefallen«, sagt er nur. »Ich warte auf die Techniker.«
»Und was heißt das?«
»Dass ich Ethan nicht informieren kann.«
»Okay. Geht es vielleicht auch direkt? Sein Büro ist doch gleich am Ende des Gangs, oder?«
»Sie wollen, dass ich meinen Posten verlasse, um ihm zu sagen, dass sie da sind?«
Oliver nickt.

Der kleine Mann rührt sich nicht. »Ausgeschlossen«, sagt er schließlich.

»Können Sie mir sagen, warum?«, fragt Oliver, der langsam die Geduld verliert.

»Es verstößt gegen die Vorschrift.«

»Das verstehe ich. Aber die Vorschrift beinhaltet doch bestimmt gewisse Ausnahmen, zum Beispiel, wenn das Kommunikationssystem ausgefallen ist.«

»Nicht, dass ich wüsste.«

»Na schön, ich will Ihnen keine Probleme machen«, lenkt Oliver ein. »Kann ich selbst zu ihm gehen? Dann müssen Sie Ihren Posten nicht verlassen.«

»Auch das verstößt gegen die Vorschrift. Kein außenstehendes Individuum darf das Labor ohne Vorlage von Formular B 26 mit Unterschrift des Laborleiters oder eines hohen Verantwortlichen des Bunkers betreten.«

Oliver seufzt. Am liebsten würde er den kleinen Mann von seinem Stuhl zerren und über den Gang schleifen, aber er beherrscht sich. Da kommt ihm ein Gedanke.

»Und wenn ich Ihnen versprechen würde, dass dreißig Kreditpunkte ganz diskret auf Ihren Kollektor übertragen werden könnten, bestünde dann die Chance, dass Sie irgendeine Möglichkeit finden, Ethan zu holen?«

»Das wäre gegen die...«

»...Vorschrift. Ich weiß, das haben Sie schon gesagt.«

»Für sechzig Kreditpunkte wäre es vielleicht möglich...«

»Fünfzig.«

»Es ist ein Vergnügen, mit Ihnen Geschäfte zu machen, Oliver«, sagt der Mann und streckt den Arm aus.

Oliver hält seinen Unterarm an den des Mannes und gibt seinem Implantat gedanklich den Auftrag, fünfzig Kreditpunkte zu überweisen. Als die Transaktion beendet ist, zeigt der kleine Mann ein großes Lächeln und entriegelt die Tür, die zu den Laborräumen führt.

»Hinterste Tür rechts«, sagt er.

Oliver verschwindet in den Gang, ohne den Mann eines weiteren Blickes zu würdigen. Er steuert auf die Tür des Büros zu und tritt ein. Und richtig, da sitzt Ethan, ein Stirnband mit diversen Geräten um den Kopf, darunter eine Lupe und eine starke LED-Lampe. Dieses praktische Accessoire erleichtert seinem Freund die Arbeit, verleiht ihm aber auch einen ziemlich speziellen Look. Als er den Kopf hebt, die Lupe vor dem linken Auge, erinnert er eher an einen verrückten Wissenschaftler als an den Jungen, mit dem Oliver früher stundenlang im Pausenraum Cageball gespielt hat.

»Hey Oliver, schön dich zu sehen! Ist ja schon ewig her...« Sein Gesicht verdunkelt sich. »Ich hätte dich lieber unter anderen Umständen wiedergesehen«, fügt er schnell hinzu. »Mein herzliches Beileid.«

Oliver lächelt schwach. »Danke. Es ist ein trauriger Tag.«

»Ich habe gehört, dass du in Quarantäne musstest. Geht es dir gut?«

»Ja, in der Hinsicht ist alles in Ordnung. Wenigstens etwas.«

»Du bist sicher nicht zufällig hier.«

»Nein. Ich komme gerade aus der Einäscherungskammer. Ich konnte dort einen Moment ... bei meinem Vater sein.«

Ethan nickt.

»Mir ist aufgefallen, dass sein Datenimplantat entfernt wurde«, fährt Oliver fort. »Die Synapsenverbindungen wurden nicht korrekt getrennt. Totaler Pfusch, wie mein Boss sagen würde. Ich habe gleich gedacht, dass so eine stümperhafte Arbeit bestimmt nicht auf dein Konto geht ... Das machst du doch sonst immer, die Datenimplantate entfernen, oder?«

»Ja«, sagt Ethan. »Das gehört zu meinem Job, und ich kann dir sagen, dass sich auch niemand darum reißt. Du hast recht. Wenn ich mich um deinen Vater gekümmert hätte, hätte ich es besser gemacht.«

»Wenn du es nicht warst, wer war es dann?«

Über Ethans Gesicht huscht ein Schatten. »Sein Datenimplantat wurde gleich heute Morgen von einem hochrangingen Wasserkrieger entfernt. Es ist außer Funktion. Der Blödmann hat es ihm regelrecht rausgerissen.«

»Weißt du, warum?«

»Keinen Schimmer. Jeder weiß doch, wie wertvoll die Implantate sind. Wir haben keine Rohstoffe, um neue herzustellen. Deshalb müssen wir ja die der Verstorbenen wiederverwenden.«

»Und du sagst, das von meinem Vater ist kaputt?«

»Ja, das Interface ist komplett hinüber. Man kann keine Erinnerungen oder gespeicherten Daten mehr lesen.«

»Könntest du es reparieren?«

»Ich kann es versuchen. Das gehört ja auch zu meinem Job.«

»Könntest du es jetzt gleich machen?«

»Ich verstehe nicht, was ...«

»Ich will wissen, was auf dem Implantat ist.«

»Aah! Mach mal langsam, Kumpel. Es gibt einen ganzen Ethikkodex, was die Implantate angeht. Wir nehmen sie den Toten ab, weil wir keine andere Wahl haben, aber den Inhalt darf man unter keinen Umständen anschauen. Er wird sofort gelöscht, und dann wird das Implantat bei jemandem von der Warteliste eingesetzt. Es wäre absolut regelwidrig, in den Erinnerungen eines Verstorbenen herumzuspionieren.«

»Aber es ist sehr wichtig.«

»Das verstehe ich, Alter, aber ich kann nichts für dich tun.«

»Ich glaube nicht, dass mein Vater an einem Herzinfarkt gestorben ist«, sagt Oliver langsam. »Ich glaube, er wurde ermordet.«

»Was? Wie kommst du darauf?«

»Aus mehreren Gründen, in die ich dich lieber nicht hineinziehen möchte.«

»Dann musst du sofort deinen Bruder benachrichtigen. Die Wasserkrieger werden eine Untersuchung anordnen und ...«

»Ich glaube, dass die Wasserkrieger knietief mit drinstecken.«

Ethan antwortet nicht gleich. Er scheint die Tragweite von Olivers Worten zu erfassen.

»Das wäre ja schrecklich«, flüstert er schließlich.

»Ja. Schrecklich – und gefährlich. Ich bin mir beinahe sicher, dass mein Vater den Bunker heimlich verlassen hat. Er muss irgendeine Entdeckung gemacht haben, die den Wasserkriegern nicht gefällt.«

»Draußen? Hast du dafür Beweise?«

»Unter den Schuhen meines Vaters sind Reste einer rötlichen Erde, die nirgends im Bunker zu finden ist. Ich bin sicher, dass ein Test aus dem geologischen Labor das bestätigen würde. Und warum sollten die Wasserkrieger ihm sein Implantat rausreißen? Ist das schon mal vorgekommen?«

Ethan schüttelt langsam den Kopf. »Nein, noch nie. Ich werde dir helfen«, sagt er. »Ich werde versuchen, das Implantat zu reparieren, damit wir an die Daten kommen.«

Ethan steht auf und geht zu einem Schrank mit verschlossenen Fächern, entriegelt eins davon mit seinem digitalen Daumenabdruck und holt ein übel zugerichtetes Implantat heraus. Dann setzt er sich an seinen Arbeitsplatz und beginnt eine ganze Reihe komplizierter Vorgänge, denen Oliver reglos zuschaut. Er beobachtet die mal hoffnungsvolle, mal verzweifelte Mimik seines Freundes und ist froh, dass der junge Informatiker so beharrlich ist. Die Zeit vergeht, und Ethan treten Schweißperlen auf die Stirn. Oliver begreift, dass die Prozedur länger dauern wird, und lässt sich auf einen Stuhl sinken. Nach etwa zwei Stunden taucht Ethan aus seinem Zustand absoluter Konzentration auf.

»Und?«, fragt Oliver.

»Die haben es wirklich so richtig verhunzt!«

»Nichts zu machen?«

»Das habe ich nicht gesagt.« Ethan lächelt schief. »Indem sie es rausgerissen haben, haben sie jede Verbindung mit unseren herkömmlichen Lesegeräten unmöglich gemacht. Kurz gesagt, es ist nicht möglich, die Daten wie gewohnt anzusehen oder das Implantat jemand anderem einzusetzen. So wie es aussieht, glaube ich fast, dass sie darauf rumgetrampelt sind, um die Daten zu zerstören.«

»Aber?«

»Aber es gibt eine interne Sicherungskopie, und die scheint noch intakt zu sein. Es ist mir gelungen, den üblichen Zugang zu umgehen und eine direkte Verbindung herzustellen.«

»Und was heißt das in Worten, die ein Informatik-Loser wie ich versteht?«

»Das heißt«, sagt Ethan und holt Luft, »dass man, wenn ich meine Drähte richtig verschweißt habe, die Sicherungskopie an ein Implantat anschließen kann.«

»Genial. Versuchen wir es?«

»Nein, warte. Vorher musst du zwei Dinge wissen: Erstens, das hier ist eine echte Flickarbeit. Du hast keine Möglichkeit, etwas auszuwählen oder vorzuspulen, wenn du die Daten siehst. Das heißt, du wirst alles sehen, was dein Vater im Gedächtnis bewahrt hat, und zwar in Rohfassung, ohne Interface, und nicht unbedingt in chronologischer Reihenfolge. Und ich bin mir nicht sicher, ob die Daten nach der Sichtung noch zur Verfügung stehen, wenn man nicht neu startet und wieder bei null anfängt...«

»Also wird es lange dauern, sich alles anzusehen, und wenn man es gesehen hat, kann man sich bestimmte Stellen nicht noch mal anschauen, ja?«

»Ja.«

»Und zweitens?«

»Wie gesagt, du wirst dich direkt an seine Erinnerungen anschließen müssen. Kein Interface, kein Filter. Du wirst die Wahrnehmungen deines Vaters so unmittelbar erleben, als wären es deine eigenen... Das könnte eine ziemlich krasse Erfahrung sein.«

Oliver schweigt. »Egal«, sagt er schließlich. »Ich muss es wissen. Alles.«

»Gut. Du musst nur diesen Stecker in deinen Übertragungsadapter stecken, dann geht's los.«

Oliver läuft zu Ethan und umarmt ihn. »Danke für deine Hilfe.«

»Keine Ursache, Alter. Dafür hat man doch Freunde, oder nicht?«

Oliver tritt zurück und runzelt die Stirn. »Was soll das rote Blinklicht?«, fragt er.

Ethan dreht sich um. »Das ist der stille Alarm. Er löst nur sehr selten aus.« Hastig tritt er an seinen Computer. »Wir haben gerade ein Warnschreiben bekommen. Gegen dich liegt ein Verhaftungsbefehl vor, Oliver.«

»Warum?«

»Vorzeitiger Abbruch der Quarantäne.«

»Scheiße.«

»Stimmt das?«

»Ja. Mein Bruder hat mich rausgelassen, damit ich meinen Vater vor der Einäscherung noch mal sehen konnte.«

»Dann sitzt ihr zwei jetzt ganz schön in der Kacke. Die Wasserkrieger werden keine Ruhe geben, bis sie dich haben. Hier im Bunker kannst du ihnen nicht entkommen. Du musst dich stellen.«

»Mit dem Implantat meines Vaters in der Hand? Kommt nicht infrage. Ich muss sehen, was da drauf ist, bevor ich eine Entscheidung treffe.«

»Aber du kannst doch nirgendwo hin!«
»Ich hab da schon eine Idee. Danke für alles, Ethan«, ruft Oliver. Dann rennt er aus dem Zimmer.

8

Wildschweins Gesicht ist etwa so herzlich wie eine Steinmauer. Sein markanter Kiefer ist zusammengebissen, und seine schwarzen Augen sind starr. Er scheint in Gedanken versunken zu sein, und weder Sam noch Oliver wagen, das lange Schweigen zu stören, das sich ausgebreitet hat. Die Freunde wechseln einen besorgten Blick. Schließlich dröhnt der Bariton des Riesen durch die enge Kammer, in der sich Besen und andere Putzgeräte drängen.

»Du bist schlimmer als ein Blutegel am Sack!«, erklärt er rundheraus.

Oliver verdaut den Ausdruck wortlos. Er weiß, dass sein Boss so Druck ablässt.

»Oliver Sokolov«, fährt Wildschwein fort. »Seit ich deine privilegierte Rebellen-Visage auf der Schwelle zu meinem Büro gesehen habe, wusste ich, dass du Ärger machen würdest. Und das Schlimmste ist, dass du es nicht mal mit Absicht tust.«

»Ich ...«

»Schnauze. Jetzt rede ich. Du bist ein echter Quälgeist. Das habe ich gleich erkannt. Du hast ein Talent dafür, dir einen Haufen Probleme einzuhandeln, weil du überall deine Nase reinstecken musst. Aber du hast den Mut, zu den Konsequenzen zu stehen, und das gefällt mir. Wenn ich richtig verstehe, was du mir gerade erzählt hast, denkst du, dass die Wasserkrieger etwas mit dem Tod deines Vaters zu tun haben. Und dir ist es irgendwie gelungen, sein Datenimplantat in die Finger zu bekommen. Korrekt?«

»Ja.«

»Und jetzt brauchst du Zeit, um Beweise zu sammeln?«

»Ja.«

»Und warum glaubst du, dass ich dich nicht einfach verrate, jetzt gleich, für ein paar hübsche Kreditpunkte?«

Oliver spürt, dass Sam sich versteift. Er legt ihm eine Hand auf den Arm, damit er sich nicht einmischt. Das hier ist eine Sache zwischen Wildschwein und ihm.

»Keine Ahnung. Ich verlasse mich auf meinen Instinkt. Ich glaube, dass du ein guter Mensch bist, Wildschwein. Außerdem glaube ich, dass dir die Wasserkrieger nicht besonders am Herzen liegen und dass du genug davon hast, immer wieder die Drecksarbeit zu machen, damit ein paar ranghohe Funktionäre ein schönes Leben führen können. Das ist eine einzigartige Gelegenheit, den Laden hier mal so richtig aufzumischen.«

Wildschwein richtet seine schwarzen Augen auf Oliver, dann grinst er wie ein Raubtier. »Du bist ganz schön pfiffig, Sokolov. Kein Zweifel. Wohl wahr, dass sie mir nicht am Herzen liegen, die verdammten Wasserkrieger. Die waren mir schon immer verdächtig. Allerdings wären wir ohne sie schon alle vor Jahren verdurstet. Es braucht schon Mumm, um da rauszugehen und Wasser zu besorgen.«

»Hast du dich nie gefragt, ob man uns nicht alle nach Strich und Faden verarscht?«

»Was soll das heißen?«

»Was, wenn da draußen gar nicht die Hölle ist, die man uns seit Jahren beschreibt? Wenn es gar nicht so gefährlich ist?«

Diesmal hat er Wildschwein überrascht. Der Boss öffnet den Mund, aber es kommt nichts heraus. Das sieht ziemlich dämlich aus, aber Oliver hütet sich, ihn darauf hinzuweisen.

»Ich brauche Gewissheit«, fährt Oliver fort. »Und ich bin sicher, dass das Datenimplantat meines Vaters die Antwortet enthält. Wenn die Wasserkrieger es in die Finger bekommen, werden wir es nie erfahren.«

»Wir *müssen* ihm helfen«, sagt Sam eindringlich, der sich nicht länger zurückhalten kann.

Wildschwein steht auf und stemmt die Hände in die Hüften, sodass die Muskeln an seinen Armen und seinem massigen Oberkörper besonders gut zur Geltung kommen.

»Du bist nicht der Erste, der abtauchen will, weil er eine Dummheit gemacht hat«, sagt er. »Aber du kannst dich darauf verlassen, dass wir dir die nötige Zeit beschaffen. Der beste Ort, um sich zu verstecken, ist der Sektor G. Da ist die Tunneldichte besonders hoch, und es gibt jede Menge Schlupfwinkel. Allerdings stinkt es gewaltig, es wimmelt nur so von Ungeziefer, und man sollte besser keine Platzangst haben, wenn man da ein paar Tage verbringen will.«

»Das wird mich nicht abhalten.«

»Gut. Dann schau her«, sagt der Koloss. Er breitet eine Karte vor sich aus und nimmt einen Stift. »Jede Ziffer, die ich hier eintrage, ist ein Ort, an dem wir Wasser und Nahrung für dich deponieren, jeden Tag an einer anderen Stelle.«

»Danke. Von ganzem Herzen – danke.«

»Freu dich nicht zu früh, Kleiner. Das wird kein Spaß. Selbst wenn ich dir garantiere, dass wir ihnen nicht helfen, werden sie nach dir suchen wie die Bluthunde. Sie werden ohne Pause patrouillieren, Drohnen losschicken ... Du musst vorsichtig sein. Und jetzt solltest du verschwinden. Hier ist dein neues Zuhause.« Wildschwein öffnet einen Belüftungsschacht, der tief ins Innere des Bunkers führt. »In etwa achthundert Metern kommst du an eine Kreuzung. Dann folgst du der Karte.«

DER BUNKER

Oliver verabschiedet sich von den beiden mit einem Handschlag, der länger ausfällt als gewöhnlich. Dann taucht er in die dunklen Eingeweide des Bunkers.

9

Sektor G. Ein Labyrinth aus Lüftungsschächten und Rohren, überall brummt und vibriert es. Oliver verkriecht sich in einen natürlichen Hohlraum in der Seitenwand, leicht erleuchtet von einem Fluchtwegeschild, das sein fahles Licht auf die feuchten Steine wirft. Schön ist es nicht, aber auch nicht schlechter als anderswo. Er ist schließlich nicht hier, um die Landschaft zu bewundern. Oliver nimmt an, dass er so weit vom Herzen des Bunkers entfernt ist, dass man ihn erst in einer ganzen Weile finden wird. Es ist Zeit, das Datenimplantat seines Vaters anzuschließen. Seine Hand zittert leicht, als er den kleinen Metallstecker an sein eigenes Implantat anschließt. Wird es funktionieren? Was wird er erfahren? Er macht die Augen zu und ruft gedanklich die Verbindung mit seinem Interface auf. Die Wirkung erfolgt unverzüglich. Eine erste Erinnerung taucht auf. Das hat nichts mit den üblichen Downloads zu tun, über die man Nachrichten sieht oder einen Film schaut. Ethan hatte recht. Über das Implantat seines Vaters erlebt Oliver die Ereignisse mit einer Intensität, als wären es seine eigenen. Er sieht genau das, was sein Vater gesehen hat, er fühlt, was sein Vater gefühlt hat. Über der gespeicherten Erinnerung blinkt ein Datum:

20. August 2075

Olivers Vater sitzt auf einem abgewetzten Sofa, in einer Wohnung, ein Bier in der Hand. Er dreht den Kopf und schaut aus dem Fenster. Wie immer empfindet er den Anblick des alten Hafens von Marseille als tröstlich. In den Straßen herrscht Gedränge, die Sonne brennt, und die warmen Farben der Steine sind beruhigend. Er löst sich mit Bedauern aus seiner besinnlichen Pause. Jemand umklammert seine Wade. Seine beiden Jungs, zwei und vier Jahre alt, streiten sich um ein Spielzeug. Der Kleine zieht am Bein seines Vaters, um sich aufzurichten.

»Papa! Auto!«, sagt er.

Er will das Spielzeugauto wiederhaben, das sein Bruder ihm weggenommen hat.

»Marco, bitte leih deinem kleinen Bruder das Auto.«

Der ältere Junge mustert den Vater aufmerksam. Befehl oder Vorschlag?, scheint er sich zu fragen. Der wohlwollende Tonfall seines Vaters lässt Raum für Zweifel.

»Marco.«

Diesmal verzieht der Junge das Gesicht. Sein Vater gibt nicht nach.

Marco schnappt sich vier Autos und überlässt seinem kleinen Bruder eins davon. Natürlich das, das er am wenigsten mag. Aber der Kleine ist zufrieden und lässt das Auto über das Sofa fahren, bis ans Bein seines Vaters, wobei er mehr oder weniger überzeugende Motorengeräusche nachahmt.

»Wie war dein Tag, Lucas?«

Lucas wendet sich seiner Frau zu.

»Gut. Die Schüler haben konzentriert mitgearbeitet. Wir sind gut vorangekommen. Heute Mittag gab es allerdings ein Problem. Das Wasser wurde abgestellt, und die Köchin konnte nicht kochen. Die Kollegen aus der Küche haben ein Picknick organisiert.«

»Himmel! Das passiert ja immer öfter!« Die Mutter seufzt. »Ich habe die Planung für die nächste Woche bekommen, sie haben noch eine zusätzliche Stunde Wasserstopp angekündigt. Dann gibt es nur noch von acht bis 18 Uhr Wasser.«

»Es wird schlimmer«, bestätigt Lucas. »Heute Morgen kam in den Nachrichten, dass die Deutschen den Rhein umlenken, um ihr Land zu versorgen. Nur ein winziger Teil davon wird noch zwischen den Landesgrenzen fließen. Der Ton zwischen dem Präsidenten und der Kanzlerin verschärft sich. Das verheißt nichts Gutes...«

»Ich mache mir Sorgen, Lucas.« Die Mutter berührt die Schulter des Vaters. »Bei uns ist es ja auch nicht besser. Anscheinend wollen die Savoie und die Haute-Savoie ihre Abkommen mit den angrenzenden Départements neu aushandeln. Sie behaupten, dass ihre Wasserressourcen zu schnell zur Neige gehen.«

Lucas steht auf und tritt ans Fenster. Mit zusammengekniffenen Augen blickt er in die Sonne. Nicht eine Wolke am Horizont. 44 Grad. Die typische Temperatur für August. Seit drei Monaten ist kein Tropfen Regen mehr auf Marseille gefallen.

»*Verdammte Erderwärmung*«, *murmelt er.*

»*Wie bitte?*«, *fragt seine Frau.*

»*Ach, nichts.*«

Zwei Arme legen sich von hinten um ihn. Er liebt Naya wie am ersten Tag. Genussvoll schließt er die Augen. Als er sie nach einigen Sekunden wieder öffnet, fällt sein Blick auf die riesigen Flüchtlingslager, die die Stadt umgeben. Regelrechte Festungen, in denen die armen Menschen zusammengepfercht werden, die aus Afrika geflohen sind und ihr Leben riskiert haben, um in Frankreich eine bessere Zukunft zu finden. Sie wussten ja nicht, dass sie hier die Hölle erwartet.

»*Letzte Woche gab es in den Lagern 108 Tote*«, *flüstert Naya.*

»*Wie kann man das zulassen?*«, *erwidert Lucas.*

»*Die Behörden sind überlastet. Sie kommen kaum den Anfragen der Einwohner nach. Die Lager haben das Nachsehen.*«

»*Das ist keine Umgebung, in der ich meine Kinder aufwachsen sehen will*«, *schnaubt Lucas.*

»*Ich auch nicht, Liebling. Ich auch nicht.*«

»*Denkst du, wir sollten wegziehen? Ich habe gehört, dass die Vincents ihre Koffer gepackt haben.*«

»*Ja, das habe ich auch gehört. Sie sind in die Normandie*

gezogen, dort haben sie ein Ferienhaus. Da ist es wohl nicht ganz so schlimm mit der Trockenheit.«
Wohin man auch blickt, ist der Befund eindeutig. Die Vegetation stirbt. Der Großteil der Bäume hat die Dürren der letzten Jahrzehnte nicht überlebt, nur einige Palmen halten noch durch, aber wie lange noch? Der Süden des Landes gleicht einer Wüste.
»Du hast meine Frage nicht beantwortet«, sagt er.
»Wegziehen? Wohin denn? Wir haben kein Ferienhaus im Norden. Und meine Eltern, was sollen die ohne uns machen?«
Lucas nickt und nimmt Naya in die Arme. Er küsst seiner Frau zärtlich die Stirn und streicht sanft die Träne weg, die über ihre Wange läuft.
»Ich liebe dich«, sagt er.
»Papa! Auch Küsschen!«
Lucas geht in die Knie, um Oliver auf den Arm zu nehmen. Der Kleine drängelt sich immer wieder dazwischen, wenn seine Eltern sich küssen. Lucas wirbelt ihn durch die Luft.
»Ja! Noch mal! Noch mal Flugzeug!«, ruft er.
Langsam verdrängt das Lachen die Tränen und beendet das Gespräch von Naya und Lucas.

Oliver reißt den Stecker heraus. Sein Herz schlägt heftig. Er hat gerade zum ersten Mal das Gesicht seiner Mutter gesehen. Sein Vater hat auf ihrer Reise zum Bunker alle Fotos verloren, die er von ihr hatte. *Wie schön sie war!*, denkt er. Und er ist überwältigt von den Gefühlen seines Vaters. So viel Liebe... Das ist so anders als das Bild, das er von diesem kalten, ernsten Mann hat. Der kurze gestohlene Moment weckt viele neue Fragen in ihm: Oliver wusste weder, dass seine Eltern in Marseille gelebt haben, noch, dass sein Vater Lehrer war.

Seltsam. Sehr seltsam.

Und noch seltsamer ist, wie seine Mutter ihn angesprochen hat: Lucas. Was ist mit Nikolaï?

Oliver brennt darauf, mehr über die Vergangenheit seines Vaters zu erfahren, um all diese grauen Flecken zu tilgen. Wenn er sich wieder in den Inhalt des Implantats vertieft, wird er dann die nächste Erinnerung sehen oder eine ganz andere? Fast bereut er es, die Erinnerungsreise unterbrochen zu haben. Er will wieder den Stecker anschließen, als ein vertrautes Geräusch an sein Ohr dringt.

Das Surren einer Wartungsdrohne!

Er hat sie oft genug benutzt, um das Geräusch zu kennen. Innerlich verflucht er das kleine Fluggerät, das entwickelt wurde, um auf der Suche nach schadhaften Stellen ununterbrochen durch die Tunnel zu schwirren, und das von Algorithmen gesteuert wird, denen kein Winkel entgeht. Während das Geräusch näher kommt, überwiegt die alles entscheidende Frage: Wie lässt sich das verdammte Ding täuschen, damit er unentdeckt bleibt?

Das Geräusch wird eindringlicher, doch Oliver zögert, sein Versteck zu verlassen und willkürlich durch die Gänge zu rennen. Die Drohne ist nur noch wenige Meter entfernt. Oliver hält den Atem an. Wie durch ein Wunder ändert sie die Richtung und surrt in einen abzweigenden Gang. *Das war knapp,* denkt er. Er kann, er darf jetzt nicht verhaftet werden. Er ist so nahe dran! Auf dem Implantat sind ungeheuerliche Informationen, davon ist er überzeugt. Er verlässt seine Nische. Das nächste Mal wird er nicht so viel Glück haben, und dann sitzt er wie eine Ratte in der Falle. Er braucht ein besseres Versteck.

Langsam geht er weiter, die Ohren gespitzt, und hofft, dass sich irgendeine Lösung auftut. Mit ausgestreckten Händen tastet er sich durch die schummrigen Gänge, von Lichtinsel zu Lichtinsel. An der nächsten Abzweigung hört er wieder das Surren der Drohne und eilt zurück in die Dunkelheit. Plötzlich gibt der Boden unter ihm nach, und er fällt in einen Schacht. Er versucht, sich mit den Armen an den Wänden abzufangen. Aber der Schacht ist zu steil, und die Metallwände bieten keinen Halt. Lange Sekunden vergehen, bis er unsanft auf einem steinigen Untergrund landet. Ein heftiger Schmerz schießt ihm in den Ellbogen, und sein linker Hüftknochen tut verdammt weh. Er verzieht das Gesicht, trotzdem ist er erleichtert.

Wenigstens nichts gebrochen, stellt er schnell fest.

Er konzentriert sich. Kein Drohnengeräusch mehr.

Vielleicht hatte er sogar Glück im Unglück. Ganz kurz knipst er seine Taschen-LED an. Er ist in einer natürlichen Höhle gelandet. Sie scheint keinen Ausgang zu haben, da kein Luftfilter seinen Fall gebremst hat. Fast zwei Meter über ihm gähnt der Schacht, durch den er gefallen ist. *Das wird nicht leicht, da wieder hochzukommen...* Er wird eine andere Lösung finden müssen.

Aber erst will er das Implantat noch einmal anschließen. Er macht es sich so bequem wie möglich und taucht wieder in die Vergangenheit seines Vaters ein. Die Erinnerungslotterie führt ihn in eine neuere Episode zurück.

10

13. Juli 2090

Lucas steht sehr gerade, die rechte Hand auf dem Herzen, die linke neben dem Körper, wie es die Tradition will. Wie jeden Monat wohnt er der großen Zeremonie zu Ehren der Wasserkrieger bei, die den Bunker verlassen werden, um Nachschub der kostbaren Ressource zu beschaffen. Alle Bewohner haben sich im Forum versammelt, dem weitläufigen Raum in Form eines Amphitheaters, wo die großen Gemeinschaftsereignisse stattfinden. Männer, Frauen, Kinder, Alte, alle sind zusammengekommen, um den mutigen Soldaten Glück zu wünschen, damit sie mit neuen Vorräten wiederkehren. Die Truppe besteht aus dreißig Männern in schweren Hightech-Kampfanzügen. In dieser Montur sehen die Wasserkrieger beinahe aus wie Cyborgs. Ihre Waffen blitzen im Scheinwerferlicht und erinnern die Bewohner daran, wie gefährlich es ist, sich nach draußen zu wagen. Hinter den dreißig Mutigen steht ein Gefolge aus zehn raupenartigen Robotern. Sie haben vorne eine Fortbewegungseinheit, gefolgt von zehn zylinderförmigen Behältern mit einem Fassungsvermögen von vier Kubiklitern. Sie sind so konstruiert, dass sie sich in den Trümmern der Alten Welt, die das Vorankommen an der Oberfläche erschweren, mühelos fortbewegen können.

Während die Musik, die immer zum Aufbruch der Wasserkrieger gespielt wird, durch das Forum hallt, erklingen Applaus und Anfeuerungsrufe für die Helden, die bereit sind, ihr Leben aufs Spiel zu setzen. Neben Lucas steht Oliver und klatscht halbherzig mit, während Marco, sein großer Bruder, so viel Lärm wie nur möglich macht. Seine Begeisterung für die Krieger grenzt schon an Vergötterung. Bald wird auch er zu ihnen gehören.

Lucas klatscht nicht. Durch eine derartige Provokation müsste er sich eigentlich Probleme einhandeln, aber wer würde es schon wagen, sich mit der einzigen Person anzulegen, die in der Lage ist, das Atomkraftwerk des Bunkers am Laufen zu halten? Bei diesem Gedanken muss Lucas das Lachen unterdrücken. Das Leben ist manchmal wirklich absurd... Verstohlen mustert er seine Söhne. Marco ist so wie er selbst, er kann Berge versetzen, um sein Ziel zu erreichen. Es wird ihm gelingen, bei den Wasserkriegern aufgenommen zu werden, daran zweifelt Lucas nicht eine Sekunde. Und Oliver... der Rebell, der Träumer, der schon seit frühester Kindheit die Grenzen ausreizt... Lucas liebt Marco und bewundert ihn für seinen unerschütterlichen Willen. Doch obwohl Lucas sich schämt, es einzugestehen, war Oliver schon immer sein heimlicher Liebling. Der kleine Oliver, der ihm so oft Sorgen bereitet hat, der ihn gezwungen hat, seine Art, Vater zu *sein, zu überdenken, seine vorgefassten Meinungen zu hinterfragen, sich weiterzuentwickeln. Das hat er seinem Sohn nie gesagt. In letzter Zeit sind die Gespräche zwischen ihnen schwierig geworden. Lucas bedauert das, aber er muss seine Rolle spielen. Ob es ihm gefällt oder nicht, er gehört zu den wichtigsten Persönlichkeiten im Bunker. Er muss vorsichtig sein und darf Oliver in seinem Drang, alles umzuwerfen, keinesfalls ermuntern. Obwohl er selbst den Bewohnern des Bunkers nur zu gern zurufen würde, dass diese Zeremonie nichts als ein gigantischer fauler Zauber ist.*

Unter dem Jubel der Menge setzt sich die Prozession in Bewegung und verschwindet in der großen Hauptschleuse, die nach draußen führt. Nur die Wasserkrieger haben das Recht, sie zu durchschreiten. Aber in der Menge sind ohnehin nur wenige, die sich nach draußen wagen würden, selbst wenn sie die Erlaubnis hätten.

Lucas aber gehört zu diesen Verrückten. Er hat Stunden damit verbracht, ganze Nächte, während der Bunker im Schlaf lag, durch das Labyrinth zu streifen, das sich in alle Richtungen um die unterirdische Festung ausbreitet. Niemand ahnt, dass er an den langen Tagen, die er in seinem Labor verbringt, nicht eine einzige Einstellung am Regulierungssystem des Atomkraftwerks geändert hat, sondern dass er durch den Lüftungsschacht verschwindet, der sich in einer Ecke des Raums befindet?

Heute ist ein großer Tag. Gestern hat er einen Gang gefunden, der zum Ausgang der Wasserkrieger führt. Jetzt wird er endlich überprüfen können, ob seine Vermutung stimmt...

Während die Menge der letzten Roboterraupe nachblickt, die in der Luftschleuse verschwindet, verdrückt sich Lucas diskret. Marco merkt nichts. Oliver dagegen wirft ihm einen erstaunten Blick zu.

»Ich muss zur Arbeit«, lügt Lucas.

In Olivers Augen weicht die Überraschung der Enttäuschung, die Lucas nicht entgeht.

Bald, denkt er. Bald werde ich dir alles sagen, mein Sohn, dann wirst du mich nie wieder so ansehen...

Lucas wendet sich ab und geht zügig in sein Labor. Er schließt die Panzertür hinter sich ab, schlüpft in einen Schutzanzug, wie ihn die Wartungskräfte tragen, und kriecht in das Belüftungssystem. Mit der Karte, die er im Laufe der Jahre angefertigt hat, arbeitet er sich langsam durch das Labyrinth nach oben. Sein Weg ist lange nicht so geradlinig wie der der Wasserkrieger. Wenn er sie einholen will, muss er sich beeilen. Die Tunnel sind nicht alle als Durchgänge angelegt, und mehrmals muss Lucas krabbeln oder sogar kriechen, um voranzukommen. Schon bald läuft ihm der Schweiß übers Gesicht. Endlich hat er sein Ziel erreicht: die Luftschleuse zur Außenwelt, eine gigantische Höhle mit zwei dicht schließenden Toren. Er schiebt sich in ein großes Belüftungsrohr, das direkt über dem Tor nach draußen verläuft und sich etwa 15 Meter über dem Boden befindet. Er ist so leise, wie es nur geht. Wenn er sich nicht irrt, werden die Wasserkrieger jeden Augenblick das innere Tor zur Luftschleuse öffnen und in die Höhle kommen.

Vor zwei Tagen hat Lucas ein kleines Loch in das Rohr

gebohrt. Er ist nervös. Neugierig auf das, was er entdecken wird, aber er hat auch ein bisschen Angst, denn durch das kleine Loch könnte er beim Öffnen des Tors zur Außenwelt mit dem Virus in Kontakt kommen. Doch das Risiko geht er bereitwillig ein. Er drückt das Auge an das Loch. Das Tor öffnet sich zischend, die Wasserkrieger sind da. Im Gleichschritt betreten sie die Luftschleuse.

Das Tor schließt sich wieder, und die Prozession bleibt stehen. Zu Lucas' grenzenlosem Staunen ziehen die Krieger die luftdichten Kampfanzüge aus und befreien sich von ihrer Ausrüstung.

»Nette Zeremonie! Und wir waren wieder mal super!«, ruft der Oberbefehlshaber.

»Wie immer«, wirft einer der Soldaten ein.

»Meine Herren, wir errichten das Lager«, verkündet der Kapitän.

»Zu Befehl!«

Nach und nach beginnt eine eingespielte Choreografie. Feldbetten werden aufgestellt, Schlafsäcke ausgerollt. Dann wird ein großer Tisch aufgebaut, auf dem nahezu unanständige Mengen an Lebensmitteln ausgebreitet werden. Lucas begreift nicht, was da vor sich geht.

»Sollen wir die Behälter gleich auffüllen, Boss?«, fragt ein Soldat.

»Ja, dann ist es erledigt. Und wir haben drei schöne Tage zum Sportmachen und Kartenspielen«, erwidert der Oberbefehlshaber.

Die Soldaten gehen auf eine große Tür in der Höhlenwand

zu, die sie mit einem Magnetchip entriegeln. Die Tür schiebt sich zur Seite und gibt den Blick auf mehrere dahinterliegende Wasserschläuche frei. Die Männer entrollen die Schläuche, befestigen sie an den Behältern der Roboterraupen und öffnen die Hähne. Nach etwa zwanzig Minuten sind die Behälter voll. Die Wasserkrieger rollen die Schläuche wieder auf, schließen die Tür, setzen sich an den Tisch und stürzen sich in eine ausgelassene Party, die bis zum Morgen gehen wird.

Oben im Rohr kann Lucas es nicht fassen. Er findet bei Weitem nicht das erste Mal heraus, dass die Anführer im Bunker etwas verheimlichen. Aber so eine Täuschung hätte er nicht erwartet. Die Wasserkrieger riskieren nicht nur nicht ihr Leben, um Wasser zu besorgen, sie haben vermutlich noch nie eine Zehe in die Außenwelt gesetzt! Jetzt versteht Lucas, warum sie immer Stillschweigen über ihre Missionen bewahren und warum der Einzige, der sich nicht an diese Regel gehalten hat, verschwunden ist ... Wenn die Bewohner des Bunkers davon Wind bekämen, würden die Privilegien der Krieger zweifellos schnell infrage gestellt werden.

Lucas hat genug gesehen. Langsam kriecht er durch das Rohr zurück und macht sich auf den Rückweg, den Kopf voller Fragen.

Oliver kappt die Verbindung. Wie schon beim ersten Mal haut ihn das Erlebte total um. Er weiß nicht, was ihn mehr verwirrt – die unglaubliche Lüge der Wasserkrieger oder die Gedanken seines Vaters über ihn. Er ist wie benommen. Wie konnte er sich so in seinem Vater täuschen? Warum haben sie es nie gewagt, offen miteinander zu sprechen? Jetzt ist es zu spät. Oliver spürt, dass ihm die Tränen kommen. Verloren in dieser Höhle, ganz auf sich gestellt, fragt Oliver sich, warum er seine Gefühle so lange unterdrückt hat. Die erste Träne läuft über seine Wange. Er lässt sie und schluchzt lautlos. Nach einer Weile versiegen die Tränen. Irgendwann fühlt er sich besser. Ein bisschen. Immerhin. Das muss reichen.

Er betrachtet das Implantat seines Vaters und schüttelt den Kopf. Nein, er ist noch nicht bereit für die nächste Runde. Zu aufwühlend. Wer weiß, was er noch erfahren wird?

Sein Magen knurrt, eine barsche Erinnerung an seine prekäre Lage. Jetzt muss er erst mal hier raus.

11

Oliver läuft ruhelos in der Höhle herum und sucht nach Anhaltspunkten, doch er entdeckt keinen Hinweis, wo genau er sich befindet. Die Höhle ist nicht sehr groß und hat, wie vermutet, keinen Ausgang, abgesehen von einigen winzigen Stollen in der Wand, die für Menschen zu eng sind. An der etwa zehn Meter hohen Decke hängen lange Stalaktiten, die sich über Jahrtausende gebildet haben müssen. Aber für die Schönheit des Ortes hat er keinen Blick. Die Höhle befindet sich nicht auf seiner Karte, er muss also improvisieren. Abgesehen von dem Schacht, durch den er gefallen ist, sieht er nur eine andere Möglichkeit: eine zweite, weniger breite Öffnung in der Wand, die sich etwa drei Meter über ihm befindet. Anders als am Schacht scheint dort ein Metallsims zu sein, an dem er sich vielleicht festhalten könnte. Vorausgesetzt, es gelingt ihm, so hoch zu springen. Er versucht es mehrmals, aber ihm fehlen mindestens vierzig Zentimeter. Er öffnet seinen Rucksack und mustert missmutig dessen kargen Inhalt: eine halb leere Trinkflasche, einige Päckchen trockener Kekse, eine Ersatzbatterie für seine Lampe, sein Laserimpulsmesser und eine Rettungsdecke. Nichts, was er brauchen könnte, um aus dieser Falle wieder herauszukommen.

Er darf jetzt keine Panik kriegen. Er muss sich konzentrieren. Ohne Wasser und Nahrung und ohne Möglichkeit, die Höhle zu verlassen, muss er kein Hellseher sein, um sich seine Zukunft auszumalen. Er wird verdursten, und niemand wird je seine Leiche finden. Ihm fällt ein Ausspruch seines Vaters wieder ein: »Solange ein Unglück noch nicht eingetreten ist, behalte die Hoffnung und denk nicht zu viel nach. Manchmal kommt die Lösung ganz von allein.«

Der letzte Gedanke beruhigt ihn nicht wirklich und bringt ihn auf etwas anderes. Da er selbst genügend von ihnen gereinigt hat, könnte Oliver schwören, dass die Öffnung, die er gerade entdeckt hat, ein Entsorgungsschacht für Müll der Sorte 4 ist: nicht wiederverwertbare Reststoffe. Aber es liegt kein Müll am Boden. Das könnte zweierlei bedeuten: Entweder wird der Schacht nicht genutzt, oder die Reststoffe wurden vernichtet. Die Höhle muss bewohnt sein, und Oliver ahnt schon, vom wem. Er springt auf und läuft wieder unter die Öffnung. Mit seiner Lampe leuchtet er die Ränder ab. Nasser grauer Schlick bedeckt die Innenwand.

»Scheiße!«, sagt er laut.

Augenblicklich holt er sein Laserimpulsmesser aus der Tasche. Tatsächlich, die Höhle scheint von Entsorgungsratten besiedelt zu sein. Das erklärt auch die vielen kleinen Stollen, die er entdeckt hat. Vorsichtig tritt er an einen von ihnen heran und findet schwarze Exkremente, die er bei seinem ersten Rundgang übersehen hat. Noch ein Problem. Wenn es stimmt, was seine Kameraden aus der Instandhaltungsmannschaft erzählt haben, dann sind diese Bestien nicht nur aggressiv, sondern auch extrem schlau.

Ursprünglich war die Idee genial, wie so oft bei den schlimmsten wissenschaftlichen Irrtümern. Die Forscher hatten Ratten genetisch so manipuliert, dass sie in der Lage waren, absolut jeden Unrat zu verdauen, sodass selbst nicht wiederverwertbare Abfälle dieser Spezies als Nahrung dienen konnten. Eine Art Bio-Recycling. Heraus kamen Tiere, die größer und gefräßiger waren als ihre Artgenossen, und zwar dermaßen, dass sie übereinander herfielen, wenn die Nahrung knapp wurde. Diese unvorhergesehene Besonderheit hatte die Wissenschaftler besonders begeistert: Die Spezies regulierte sich selbst! Man musste nur dafür sorgen, dass sie an einem geschlossenen Ort blieb, dann war alles in Ordnung.

Aber natürlich ist es nicht so gelaufen wie erhofft. Die Ratten haben schnell die Fähigkeit entwickelt, Tunnel in den Stein zu nagen, bevölkern inzwischen längst einen Großteil des Bunkers und verursachen beträchtliche Schäden, die von den Wartungsmannschaften repariert werden müssen.

Abgesehen von den Hühnern und Insekten, die auf den unterirdischen Farmen gezüchtet werden, um die Bevölkerung zu ernähren, hat Oliver seit Jahren kein Tier mehr gesehen. Die Aussicht, es mit einer Entsorgungsratte zu tun zu kriegen, gefällt ihm gar nicht. Er entfernt sich so weit von den Stollen wie möglich, und da er seinen knurrenden Magen nicht mehr ignorieren kann, gestattet er sich einen Keks und einen Schluck Wasser. Der Keks ist schnell verschwunden, und Oliver ist noch längst nicht satt. Aber wenn er überleben will, muss er das wenige, das ihm bleibt, rationieren. Wer weiß? Wenn Wildschwein merkt, dass niemand das hinterlegte Essen abholt, schickt er vielleicht einen Suchtrupp los? *Und wie sollen sie dich hier finden?*, flüstert eine Stimme in Olivers Kopf. Aber auch wenn er keinen Ausweg sieht, will er sich nicht der Verzweiflung hingeben. Er stellt seine Lampe auf die schwächste Stufe, um Strom zu sparen, und betet um die rettende Idee, die ihm noch nicht gekommen ist.

Nach einer Weile hört er ein Rumpeln. Von einer Drohne stammt das Geräusch nicht. Schnell begreift er, worum es sich handelt: Eine übel riechende, schlammige Masse fällt klatschend durch die Öffnung in der Wand. Der Entsorgungsschacht ist seiner Bestimmung nachgekommen. Abfall der Sorte 4. Oliver wird schlecht. Er will gar nicht wissen, woraus dieser ekelerregende Haufen besteht. Wenige Augenblicke später hört er ein Quieken. Er stellt seine Lampe stärker. Von allen Seiten kommen Nager in Katzengröße aus den Stollen. Es sind schon mindestens zehn. Sie stürzen sich auf den Abfall und verschlingen den dreckigen Schlamm. Rasch kommen weitere dazu, jetzt sind es mindestens zwanzig. Sie klettern übereinander hinweg, schubsen, beißen einander sogar. Mit ihren glasigen Augen und ihren abgezehrten Körpern erinnern sie ihn an Geschöpfe aus einem Horrorfilm, und ihre Narben, Verletzungen und Missbildungen machen es nicht besser.

Monster wie aus einem Albtraum, denkt Oliver. *Und sie scheinen völlig ausgehungert zu sein.*

Er hat den Eindruck, einen dieser Filme mit lebenden Toten zu sehen, die in den 2000er-Jahren in Mode waren, nur mit Nagern statt Menschen. Bald ist alles aufgefressen und die Jagd vorbei. Die Tiere werden noch streitsüchtiger, sie fauchen und schnaufen bedrohlich.

Nach und nach legt sich das Einschüchterungsgehabe, und ein paar Ratten ziehen sich in ihre Schlupfwinkel zurück. Eine hält abrupt inne. Sie hebt witternd die Nase. Wenn auch ihre Augen schon viel zu lange ohne Licht auskommen müssen und von einem milchigen Film überzogen sind, so ist ihr Geruchssinn umso besser. Sie dreht sich in Olivers Richtung und kommt schnüffelnd näher.

»Verdammt«, murmelt Oliver. »Zisch ab, du Mistviech!«

Aber die Ratte steuert unbeirrt auf ihn zu. Einige ihrer Artgenossen folgen ihr. Oliver weicht nicht von der Stelle und fährt die Klinge seines Laserimpulsmessers aus. Mit ihren mickrigen zehn Zentimetern ist die Waffe nicht ideal, aber ihr Plasmastrahl, der sogar Eisen schneidet, wird die Ratten zerteilen wie Butter.

Der erste Nager greift mit einer Geschwindigkeit an, die Oliver überrascht. Reflexartig gelingt es ihm, das Messer zu schwingen, um die Ratte im Flug zu stoppen, und trennt ihr den Kopf ab. Die anderen scheinen zu zögern. Oder sich zu organisieren. Während einige sich auf den Körper ihres Kameraden stürzen und Fetzen herausreißen, scharen sich immer mehr von ihnen um Oliver. Oliver erinnert sich an Sams Warnung: Die verflixten Viecher sind ziemlich gerissen.

In einer geordneten Bewegung gehen die Ratten zum Angriff über. Oliver hat noch nie im Leben gekämpft, aber er weiß, dass er seine Gegner überwältigen muss, wenn er hier lebend rauskommen will. Ohne nachzudenken, drischt er auf alles ein, was ihm unter die Klinge kommt. Zu Olivers Füßen sammeln sich immer mehr Kadaver. Ab und zu befördert er einen Angreifer mit einem heftigen Tritt quer durch die Höhle. Langsam nimmt die Zahl der Entsorgungsratten ab, und schließlich ist der Ansturm vorbei. Schnaufend, die Lampe in der einen Hand, das Messer in der anderen, wirft Oliver den letzten Überlebenden einen wilden Blick zu, als wollte er sie warnen, ihn noch einmal herauszufordern. Doch die Ratten haben verstanden, dass sie nicht gewinnen können. Diesmal nicht. Sie begnügen sich damit, Fleischstücke aus den toten Leibern zu reißen und sich damit in ihre Tunnel zu verziehen.

Oliver wankt einige Schritte zurück. Der Gestank ist unerträglich. Er muss sich übergeben. Mehrmals. Er atmet tief durch und bemüht sich, den schlechten Geschmack in seinem Mund zu ignorieren. Langsam weicht er weiter zurück und lässt sich an der Felswand nach unten rutschen. Vor ihm bilden seine Opfer einen unförmigen Haufen.

Allmählich breitet sich ein beinahe irres Grinsen auf seinem Gesicht aus und verwandelt sich in ein nervöses Lachen. »Solange ein Unglück noch nicht eingetreten ist, behalte die Hoffnung und denk nicht zu viel nach. Manchmal kommt die Lösung ganz von allein.«

So unglaublich es ihm vorkommt, sein Vater hatte recht. Mitten in diesem Chaos, das über ihn hereingebrochen ist, tut sich eine Lösung auf. Eine so widerwärtige Lösung, dass sich ihm fast der Magen umdreht, aber doch eine Lösung...

Methodisch schichtet Oliver die Rattenkadaver unter der Öffnung des Entsorgungsschachts auf, sodass der

Stapel möglichst kompakt wird. Als die abscheuliche Tätigkeit vollbracht ist, stellt er einen Fuß oben auf den Berg. Er versucht, nicht auf das Knacken der Knochen zu achten, die unter seinem Gewicht brechen. Der erste Sprung misslingt, er berührt aber immerhin den Metallrand der Öffnung. Rückwärts landet er in einer klebrigen Pfütze. Doch er kann seinen Ekel überwinden. Er wird es schaffen.

Beim vierten Versuch schließt sich seine Hand um den Metallvorsprung, und er umklammert ihn fest. Er kann auch die zweite Hand darum schließen und holt tief Luft, bevor er sich aus der Kraft der Arme nach oben zieht. Innerlich dankt er seinem Bruder, der ihn zu diesem bescheuerten Muskeltraining verdonnert hat, als er sich auf die Aufnahmeprüfung bei den Wasserkriegern vorbereitet hat. Olivers Muskeln sind steif vor Anspannung, aber er lässt nicht nach. Er muss irgendwie in diese Öffnung kommen. Sein Leben hängt davon ab. Seine Beine baumeln ins Leere. Plötzlich findet er einen Halt. Einen Stalaktit, der es ihm erlaubt, eine Hand vom Vorsprung zu lösen und weiter oben zu positionieren. Mit einem Ruck gelingt es ihm, seinen ganzen Körper in den Tunnel zu ziehen. Glücklicherweise sind die Wände nicht glatt. Am Metall sind Überreste von Müll festgekrustet. Ekelhaft, aber wenigstens nicht rutschig, und darauf kommt es an. Mit den Füßen stemmt, mit den Armen zieht er sich langsam aufwärts. Vor Anstrengung läuft ihm der Schweiß über die Stirn. Er hebt den Kopf und stöhnt vor Erleichterung, als er sieht, dass kaum zwei Meter über ihm ein Quergang verläuft. Mit letzter Kraft hievt er sich in den Gang. Sekundenlang bleibt er dort liegen, schnaufend, doch mit einem Lächeln im Gesicht. Er hat es geschafft.

12

Der Weg aus den Abfallrohren dauert länger, als Oliver erwartet hat. Er tastet sich vorsichtig voran, um nicht noch einmal in die Tiefe zu stürzen, und findet schließlich eine Klappe, die er aufschraubt und über die er wieder in das Lüftungssystem des Bunkers gelangt. Er ist erschöpft, und er hat kaum noch Nahrung und Wasser. Den Blick auf die Karte gerichtet, nähert er sich der Stelle, wo Wildschwein versprochen hat, eine Nahrungsration für ihn zu deponieren. Je näher er kommt, desto schneller geht sein Herzschlag. Nur noch zwei Biegungen, nur noch eine ...

»Uff!«, schnauft er.

Ein kleiner Beutel und eine Flasche warten am Boden neben der Mauer auf ihn. Gierig schraubt er die Flasche auf. Wieder einmal wird ihm bewusst, wie kostbar ein paar Schlucke Wasser sein können. Er schließt die Augen und dankt Wildschwein im Stillen, dass er Wort gehalten hat.

»Tut gut, was?«

Oliver zuckt zusammen und verschluckt sich. Hustend dreht er sich zu der Stimme um.

»Marco? Was machst du denn hier?«, stammelt er.

»Das sollte ich eher dich fragen. Himmel, du stinkst! Was ist passiert?«

»Lange Geschichte. Ich bin ein paar hungrigen Entsorgungsratten begegnet. Aber was viel wichtiger ist... Ich... ich habe Zweifel an der Todesursache unseres Vaters.«

»Inwiefern?«

»Ich habe den Verdacht, dass er den Bunker regelmäßig verlassen hat. Nach draußen. Er muss irgendetwas Unglaubliches über die Vorgänge hier entdeckt haben. Insbesondere über die Wasserkrieger... Du sagst ja gar nichts... Bist du nicht überrascht?«

»Bei dir überrascht mich gar nichts mehr, Oliver«, schnaubt Marco. »Du warst schon immer so, wolltest eine Welt erfinden, die unmöglich ist, und bist nicht in der Lage, die Realität zu akzeptieren. Erst dachte ich, du wärst wegen Papas Tod so durchgedreht. Du kannst dir nicht vorstellen, wie wütend mich das gemacht hat. Als Wasserkrieger hat mich dein verantwortungsloses Verhalten in eine sehr unangenehme Lage gebracht. Sie haben ein Verfahren gegen mich eröffnet, weil ich dich vorzeitig aus der Quarantäne entlassen habe.«

Oliver zuckt mit den Schultern. »Das tut mir leid. Ich wollte dich nicht in Schwierigkeiten bringen.«

»Ich weiß. Das willst du nie.«

»Trotzdem tue ich es ständig.«

Marco lächelt. Es ist Monate her, dass Oliver ihn hat lächeln sehen. Plötzlich würde er ihn gerne umarmen. Er geht näher.

»Du hast mir gefehlt, kleiner Bruder«, murmelt Marco und drückt ihn an sich.

»Papas Tod macht mich völlig fertig«, gesteht Oliver. »Ich hätte ihm gerne noch so viel gesagt.«

»Und ich erst. Wir waren in unserer Familie noch nie besonders gut darin, miteinander zu reden. Aber Papa hat dich sehr geliebt, weißt du ...«

»Wir haben uns die ganze Zeit gestritten.«

»Er wollte dich schützen, Oliver. Er wollte nicht, dass du Probleme bekommst. Aber er mochte deine rebellische Art, das kannst du mir glauben.«

»Das sagst du doch nur, um mich zu trösten.«

»Nein. Es stimmt. Ich habe ein Tagebuch in seinem Büro gefunden, zusammen mit Karten von der Außenwelt und Notizen ... Was ich gerade gesagt habe, steht da schwarz auf weiß.«

Oliver nickt langsam. Es passt zu den Erinnerungen, die er gesehen hat. »Wie hast du mich gefunden?«, fragt er.

»Glaubst du, mich würde interessieren, warum mein kleiner Bruder in den Tiefen des Bunkers abgetaucht ist? Ich bin deiner Spur gefolgt. Ich war in der Einäscherungskammer und bei deinem Freund

Ethan, der mir alles gesagt hat, als ich gedroht habe, ihn rauszuschmeißen ... Die Uniform der Wasserkrieger hat durchaus ihre Vorteile. Die härteste Nuss war Wildschwein. Ich dachte, der würde nie mit der Sprache rausrücken.«

»Wildschwein hat dir geholfen?«, wundert sich Oliver. »Wie hast du das denn geschafft?«

»Ich habe ihm die Wahrheit gesagt. Dass du mein kleiner Bruder bist und dass du mir wichtiger bist als alles andere auf der Welt. Wichtiger als die verdammte Uniform, wichtiger als die Gesetze des Bunkers. Ich habe es ihm beim Kopf unseres Vaters geschworen.«

Oliver spürt, dass ihm die Tränen kommen. Er schluckt mühsam. »Was machen wir jetzt?«, krächzt er.

»Du machst gar nichts«, bestimmt Marco. »Du hältst dich weiter versteckt, bis ich meine Untersuchungen beendet habe. Wenn der Tod unseres Vaters kein Zufall war, will ich wissen, wer ihn auf dem Gewissen hat und warum.«

»Unser Vater hatte Geheimnisse.«

Marco nickt. »Ja. Das ist noch untertrieben.«

»Wusstest du, dass wir früher in Marseille gewohnt haben? Dass unser Vater Lehrer war? Und dass er eigentlich Lucas hieß?«

Marco runzelt die Stirn. »Hast du das von seinem Datenimplantat?«

Oliver nickt.

»Nein, das wusste ich nicht. Er hat es mir nie gesagt.«

»Komisch.«

»Ja, aber auch nicht komischer, als dass er nach draußen gegangen ist und Zeit hatte, Karten der Umgebung zu erstellen...« Marco zieht etwas aus der Tasche. »Schau, hier ist sein Heft. Du kannst es haben. Ich habe es mir schon durchgelesen.«

Oliver nimmt das kleine ledergebundene Heft.

»Sieh dir weiter die Daten von seinem Implantat an«, sagt Marco. »Vielleicht verstehen wir dann, was passiert ist. Ich werde alle Möglichkeiten ausschöpfen, die ich in meiner Position habe, um die Wahrheit herauszufinden.«

»Sei vorsichtig, Marco. Die Wasserkrieger sind nicht die, für die du sie hältst. Papa hat herausgefunden, dass sie gar nicht nach draußen gehen, um Wasser zu holen. Es gibt einen Wasserspeicher, an dem sie die Kanister füllen, ohne überhaupt die Nase vor die Tür zu strecken.«

Marco zuckt nicht mit der Wimper. »Ich weiß. Das ist das Erste, was sie dir beibringen, wenn du bei ihnen aufgenommen wirst.«

»Ich verstehe es nicht. Warum tun sie das?«

»Der Oberbefehlshaber ist überzeugt, dass es das beste Mittel ist, damit die Leute die Wasserkrieger fürchten und respektieren. Er behauptet, es sei eine kleine Lüge, die die Bewohner des Bunkers vor Chaos und revolutionären Ideen bewahrt ...«

»Was für ein Quatsch!«, faucht Oliver.

»Ich wiederhole nur seine Worte.«

»Ich weiß, entschuldige.«

»Sehen wir uns morgen an der Stelle der zweiten Lieferung?«, fragt Marco.

»Abgemacht.«

»Dann berichten wir uns, was wir herausgefunden haben.«

»Ja.«

»Pass gut auf dich auf, Kleiner. Und wenn möglich, wasch dich. Du stinkst wie die Pest!«

Oliver lächelt. »Danke, Marco. Danke für alles.«

Als sein Bruder weg ist, lässt Oliver sich Zeit, um auszuruhen und etwas zu trinken. Dann macht er eine dünne Wasserleitung ausfindig, schraubt ein Verbindungsstück ab und baut sich eine improvisierte Dusche. Eine heillose Vergeudung, aber es tut gut, die stinkende Schmiere herunterzuspülen. Bei der Gelegenheit zieht er auch gleiche seine Kleider aus und wäscht sie. Dann schraubt er das Verbindungsstück wieder fest und hängt seine Sachen über einen Schacht des geothermischen Heizsystems.

Während er darauf wartet, dass sie trocknen, wickelt er sich in seine Rettungsdecke. Er fühlt sich besser. Bereit, wieder in die Vergangenheit seines Vaters einzutauchen.

13

10. Oktober 2075

Lucas sitzt mit Naya auf dem Balkon. Im Wohnzimmer spielen die Kinder mit den Großeltern. Man hört ihr Lachen durch die Glastür. Die Sonne geht unter und zaubert ein Schattenballett auf die alten Steinmauern. Alles wirkt perfekt.

Aber das ist es nicht. Es ist Herbst. Doch die Außentemperatur beträgt immer noch beinahe dreißig Grad, und es hat immer noch nicht geregnet. Seit über einem Monat kommt aus dem Wasserhahn nur noch ein ungenießbares Getröpfel, eine Mischung aus Sand und abgestandenem Wasser, wenn sie nach dem Zähneputzen nicht ins Trockene spucken wollen. Unaufhörlich sind Tanklaster zwischen der Stadt und den Entsalzungsanlagen unterwegs. Sie fahren in die Wohnviertel, um den Menschen ihre Wasserrationen zu bringen. Stundenlanges Warten in der prallen Sonne, das jedes zweite Mal mit einer Enttäuschung endet, weil die Tanks wieder leer sind. Heute Morgen, wie schon am Vortag, hat Lucas umsonst angestanden. Ihre Reserven sind beinahe aufgebraucht.

Und außerdem ist da der Wasserkrieg. Er war unvermeidlich. Deutschland und Frankreich kämpfen um die kostbare Ressource. Die Bombardements versetzen die Menschen in Angst und Schrecken. Bei jedem Alarm müssen sie ihre Sachen packen, die Kleinen schnappen und sich im Keller in Sicherheit bringen. Mehrere Krater klaffen im Viertel. Mit jedem Tag wird Marseille weniger lebenswert.

Lucas drückt Nayas Hand. Sie sprechen nicht. Es ist alles gesagt. Sie begnügen sich damit, einander zu trösten, wie sie es immer getan haben. Sie haben eine Entscheidung getroffen. Sie gehen in den Norden, fliehen vor der Trockenheit Südfrankreichs, obwohl die Nachrichtensender den Einwohnern dringend davon abraten, ihre Wohnungen zu verlassen. Sie sind nicht die Ersten. Beinahe die Hälfte aller Bewohner ihres Hauses ist schon weggezogen. Die Hoffnung schwindet mit jedem Tag.

Naya dreht sich um und beobachtet ihre Eltern, die mit Oliver und Marco spielen. Sie schluchzt. Lucas nimmt sie in den Arm.

»Sei stark, Liebes.«

»Entschuldige. Es ist so schwer.«

»Ich weiß. Aber wir haben keine andere Wahl.«

Lange Zeit verharren sie so, den Blick ins Leere gerichtet, zögern den Moment des Abschieds hinaus. Naya wischt sich die Tränen weg und streicht sich die Haare glatt. Sie will nicht, dass ihre Kinder sie weinen sehen. Sie ist es, die schließlich aufsteht und Lucas mit sich in die Wohnung zieht. Sie wechselt einen Blick mit ihren Eltern und umarmt sie lange, dann schultert sie ihren vollgepackten Rucksack. Lucas tut es ihr gleich. Sie haben ihre Campingausrüstung und so viel Wasser und Nahrung, wie sie tragen können. Im Innenfutter seiner Jacke hat Lucas all ihre Ersparnisse versteckt. Jetzt ist der Moment gekommen.

»Machen wir eine Wanderung?«, fragt Marco.

»Eine sehr lange Wanderung«, erwidert sein Vater.

Die Großeltern verabschieden sich von den Jungen.

»Warum bist du traurig, Oma?«, fragt Marco.

»Aber ich bin doch nicht traurig, mein Schatz. Ich freue mich nur so, dass du mir ein Küsschen gibst, das ist alles.«

Oliver mit seinen zwei Jahren versteht überhaupt nichts. Er begnügt sich damit, einen feuchten Kuss auf die Wangen seiner Großeltern zu drücken.

»Und jetzt los mit euch. Lasst es nicht zu spät werden«, sagt Nayas Mutter.

»Können Oma und Opa nicht mitkommen?«, fragt Marco.

»Sie kommen später nach«, sagt Lucas.

Die Antwort scheint den Kleinen zufriedenzustellen. Diese unerwartete Wanderung findet er aufregend. Und wie soll man einem Vierjährigen sagen, dass er seine Großeltern nie wiedersehen wird? Dass seine Großmutter nicht mehr in der Lage ist, mit ihnen zu kommen, und dass ihr Großvater bei ihr bleiben wird, was auch passiert?

Der Weg die Treppe hinunter erscheint ihnen endlos. Dann sind sie auf der Straße. Ein letztes Winken von Nayas Eltern. Lucas reißt sich zusammen, um nicht zu weinen. Sie haben sich fest vorgenommen, die Kinder nicht zu beunruhigen. Er *sieht seine Frau an. Ihr Kiefer ist angespannt. Er kann sich vorstellen, wie schlimm es für sie ist. Er hätte nie gedacht, dass er einmal eine solche Wahl treffen müsste.*

Im langsamen Tempo der Kinder macht sich die Familie auf den Weg Richtung Norden, weit mehr hinter sich lassend als eine Wohnung. Lucas hat das Gefühl, dass es ihm die Seele zerreißt, dass er einen Teil von sich aufgibt. Und doch geht er weiter, einen Schritt nach dem anderen, ohne einen Blick zurück. Das Leben der Kinder steht auf dem Spiel. Die etwas kühlere Abendluft verschont sie vor der Hitze. Sie werden vor allem nachts reisen müssen, um die brennende Sonne und die heißen Winde zu meiden, die über die Wüstenlandschaft fegen, stets in der Hoffnung auf einen weniger trockenen Ort.

Oliver trennt aufgewühlt die Verbindung. Kein einziges Mal hat sein Vater diesen erzwungenen Aufbruch zur Sprache gebracht. Was ihnen wohl alles auf dem Weg in den Norden zugestoßen ist? Und seine Großeltern? Sind sie noch am Leben? Während er sich fragt, warum sein Vater sie nie erwähnt hat, blättert er in dem Heft, das Marco ihm gegeben hat. Das Tagebuch beinhaltet einige persönliche Notizen, quer über die Seiten gekritzelt oder an die Ränder, vor allem aber sind darin Skizzen und Karten, die zweifellos die Landschaft in der näheren Umgebung des Bunkers abbilden. Eine der Karten zeigt den Weg zu dem Rohr über dem Ausgangstor des Bunkers, das

Oliver bereits in der Erinnerung seines Vaters gesehen hat.

Noch ein ganzer Tag, bis Marco wiederkommt.

Da er nichts anderes zu tun hat, kann er sich den Ort ebenso gut mit eigenen Augen ansehen. Über eine Stunde läuft er durch die labyrinthischen Gänge, ehe er sein Ziel erreicht. Wie sein Vater kriecht er in das Belüftungsrohr in der Luftschleuse. E findet sogar das kleine Loch, durch das der Vater die Wasserkrieger beobachtet hat. Jetzt ist der Raum leer.

Bleierne Müdigkeit überkommt Oliver. Es war ein anstrengender Tag. Ohne es zu merken, sinkt er in einen tiefen, traumlosen Schlaf.

14

Stimmengewirr reißt Oliver aus dem Schlaf. Panisch richtet er sich auf und versucht sich zu erinnern, wo er ist. Mit einem Mal kommt alles zurück. Sein Ausbruch, das Notizbuch seines Vaters, die Luftschleuse und der Ausgang nach draußen... Er drückt das Gesicht an das Rohr und beobachtet, was fünfzehn Meter unter ihm passiert. Fünf uniformierte Wasserkrieger stoßen einen sechsten in die Höhle. Sie haben ihn eng umzingelt und drängen ihn vor sich her. Die Anspannung ist greifbar. Breite Schultern, braune glatte Haare und dieser Gang... Das ist doch Marco!

In welche furchtbare Lage ist er hineingeraten? Oliver spitzt die Ohren, aber die Gruppe ist noch zu weit weg. Er kann dem Gespräch nicht folgen. Ihn beunruhigt jedoch, dass die fünf Männer, die Marco umringen, ihre komplette Schutzausrüstung tragen. Sie nähern sich dem Ausgangstor. Genau unter dem Lüftungsrohr bleiben sie stehen. Diesmal kann Oliver sie bestens verstehen.

»Anwärter Marco Sokolov«, bellt der Kapitän, »Sie sind angeklagt, ohne Erlaubnis Ihres Vorgesetzten eine Untersuchung eingeleitet, Ihre Befugnisse überschritten und Ihren Bruder Oliver vorzeitig aus der Quarantäne entlassen zu haben. Darüber hinaus wirft man Ihnen die Zurückhaltung von Informationen und Machtmissbrauch gegenüber dem Informatiker Ethan Jorieu vor. Kraft der Verantwortung, die mir unser Oberbefehlshaber übertragen hat, und in Anbetracht dieser Vorwürfe ist es meine Pflicht, Sie regelgemäß zu bestrafen. Haben Sie etwas zu Ihrer Verteidigung vorzubringen?«

Während der ganzen Rede hat Marco seinem Gegenüber fest in die Augen geschaut.

»Ihr seid nichts als ein Haufen Lügner und Feiglinge«, sagt er dem Krieger ins Gesicht.

Der geht nicht darauf ein. »Werden Sie uns den Ort mitteilen, an dem sich Ihr Bruder versteckt hält? Das ist Ihre letzte Chance auf lindernde Umstände.«

»Niemals.«

Tatenlos muss Oliver das Geschehen mit ansehen. Der Kampfgeist und Mut seines Bruders erfüllen ihn mit Bewunderung.

»Dann erkläre ich Sie hiermit für schuldig an den genannten Vorwürfen. Vom heutigen Tag an gehören Sie, Marco Sokolov, nicht mehr zu den Bewohnern des Bunkers Nummer 17. Sie werden offiziell als gefallen gelten, um den Frieden und die Harmonie im Bunker zu wahren und um den angesehenen Namen Ihres Vaters nicht zu beschmutzen. Betrachten Sie dies als Abschiedsgeschenk unseres Oberbefehlshabers.«

»Frieden und Harmonie, wer's glaubt!«, entgegnet Marco. »Was macht ihr mit mir? Tötet ihr mich? Wie ihr es mit meinem Vater getan habt?«

»Wir sind doch keine Monster.« Der Kapitän lächelt kühl. »Sie werden einfach nur verbannt. Der hier anwesende Begleittrupp wird Sie in sicherer Entfernung vom Bunker mit einer Trinkflasche und einer Nahrungsration absetzen. Wir geben Ihnen eine Chance.«

»Eine Chance? Ohne Schutzanzug? Dann hole ich mir das Virus! Ihr verdammten ...«

Marco hat keine Zeit, seinen Satz zu beenden. Einer der Krieger versetzt ihm einen kräftigen Schlag mit seinem Sturmgewehr. Die Soldaten fesseln Marco die Hände auf dem Rücken, stoßen ihn auf die Rückbank eines kleinen Geländefahrzeugs und steigen selbst ein. Warnlichter blinken, und Signaltöne schrillen, während sich das riesige Tor zur Außenwelt langsam öffnet.

Oliver, oben in seinem Ausguck, verfolgt die Szene entsetzt. Er hat Angst, was mit Marco passieren wird, und er fragt sich, ob auch er Gefahr läuft, sich mit dem Virus zu infizieren. Soll er versuchen, das Loch zu verstopfen? Kurz zögert er, dann beschließt er, es zu lassen. Er will unbedingt wissen, wie es draußen aussieht.

Seine Enttäuschung ist groß, als er die Umrisse von Felsen erkennt, die exakt so aussehen wie die Felsen an den Wänden im Inneren des Bunkers. *Was hast du denn erwartet, du Idiot?*, sagt er zu sich. *Du weißt doch, dass die Eingänge zum Bunker in Höhlen liegen, damit man sie von außen nicht sieht.*

Unter dem Blick des Kapitäns, der seinen Bruder gnadenlos ins Exil geschickt hat, verlässt der Geländewagen leise surrend die Luftschleuse und verschwindet in der Höhle. Das schwere Tor schließt sich hinter ihm.

Innerhalb kürzester Zeit ist Marcos Leben völlig auf den Kopf gestellt worden. Oliver spürt eine gewaltige Wut in sich aufsteigen. Erst sein Vater und jetzt Marco ... wie konnten die Dinge so schnell eine solche Wendung nehmen? Am liebsten würde er laut brüllen. Aber das geht nicht, er darf nicht die Beherrschung verlieren. Fieberhaft blättert er das Tagebuch seines Vaters nach Informationen über die Außenwelt durch. Das kleine Heft ist so vollgeschrieben, dass er noch keine Zeit hatte, sich alles durchzulesen. Oliver überfliegt einige nutzlose Passagen. Informationen über das Virus oder Tipps, wie man draußen überlebt, findet er nicht. In dem Heft geht es vor allem um das Innere des Bunkers und die Möglichkeiten, nach draußen zu kommen.

Seine Entscheidung fällt binnen Sekunden: Er wird den Bunker verlassen. Er wird versuchen, Marco zu finden. Das ist er ihm schuldig. Jetzt will er nur noch kehrtmachen und den Wasserkriegern so schnell wie möglich hinterher. Er beobachtet den Oberbefehlshaber. Der Typ sieht nicht so aus, als wolle er die Luftschleuse demnächst verlassen. Es ist unmöglich, im Rohr herumzukriechen, ohne ein Geräusch zu verursachen. Der Oberbefehlshaber setzt sich auf einen Stuhl.

»Verdammte Entsorgungsratte«, murmelt Oliver mit zusammengebissenen Zähnen. Der Mistkerl wartet, bis seine Männer zurückkommen.

Oliver weiß nicht, wohin sie seinen Bruder bringen, aber es scheint ganz so, als würde es eine Weile dauern, bis er nach ihm suchen kann. Widerstrebend beschließt er, das Implantat seines Vaters wieder anzuschließen, um die Zeit wenigstens sinnvoll zu nutzen.

15

10. November 2075

Lucas starrt in die rötliche Glut. Hinterm Feuer sieht er Naya und die Kinder, die endlich dicht aneinandergeschmiegt in dem kleinen Zelt schlafen. Lucas erinnert sich an die Urlaube mit seinen Eltern, als er selbst klein war. Eine andere Zeit, ein anderes Leben, denkt er. Damals waren sie sich ihres Glücks gar nicht bewusst, in einer friedlichen Welt zu leben, in der es ihnen an nichts fehlte. Und vor allem hätten sie niemals gedacht, dass sich alles so schnell ändern könnte.

Das war vor der Großen Erwärmung, bevor die immensen Permafrostböden in Russland ihre Milliarden Tonnen CO_2 freigesetzt und einen Prozess noch beschleunigt hatten, der längst nicht mehr kontrollierbar war... Lucas wirft einen Zweig ins Feuer und schaut zu, wie die Flammen sanft daran lecken und das Holz nach und nach verzehren. Tote Zweige. Milliarden abgestorbene Bäume. Alle Landschaften, die sie durchquert haben, gleichen einander. Seit Tagen hat Lucas das Gefühl, durch einen Pflanzenfriedhof zu wandern.

DER BUNKER

In einem Monat, in dem sie unermüdlich mit den Kindern marschiert sind, haben sie etwa dreihundert Kilometer zurückgelegt. Kurz vor Einbruch der Nacht hat er sich die Zeit genommen, das Vorgebirge des Zentralmassivs zu betrachten, das sich vor ihnen ausbreitet. Zum ersten Mal seit Beginn ihrer Reise hat er in der Ferne ein paar grüne Flecken entdeckt. Bäume, die noch am Leben sind. Wasser? Hoffnung?

Lucas ist sich nicht mehr so sicher, ob es die richtige Entscheidung war, Marseille zu verlassen. Sie haben schon ein Viertel ihres Geldes ausgegeben. Wie sie sind Tausende andere Klimaflüchtlinge unterwegs. Auf der Suche nach Wasser und Nahrung verlieren sie jeden Tag kostbare Zeit. Natürlich gibt es zahlreiche Verkaufsbuden, die an der Migrationsroute, wie die Achse von Süden nach Norden genannt wird, wie Pilze aus dem Boden geschossen sind. Aber die Preise sind unerschwinglich, und Lucas nimmt lieber Umwege in Kauf, um in den umliegenden Dörfern zu rasten. Es war schon immer so, dass einige Menschen vom Elend der anderen profitieren. Manche Dinge ändern sich nie. Für diese Aasgeier sind der Krieg und die Wasserknappheit ein unverhoffter Glücksfall. Lucas merkt, dass er, je mehr Zeit vergeht, immer weniger an eine bessere Zukunft glaubt. Aber für Naya und die Kleinen muss er stark sein. Er darf sich seine Zweifel und Sorgen nicht anmerken lassen. Er muss weitermachen, koste es, was es wolle...

Doch das ist nicht leicht. Insbesondere weil er, je weiter sie nach Norden kommen, die zunehmende Feindseligkeit der Einheimischen spürt, die sie bestenfalls mit Mitleid betrach-

ten, häufiger aber wie Aussätzige. Die Gesten der Hilfsbereitschaft, die sie zu Beginn ihrer Reise erlebt haben, werden immer seltener, und trotz ihrer zwei kleinen Kinder würdigt sie kaum jemand eines Blickes. Sie sind nur vier Klimaflüchtlinge unter vielen anderen. Migranten in einer Masse von Migranten, und sie benötigen Wasser und Nahrung. Dinge, die auch den Menschen, die hier leben, fehlen… Lucas kann es ihnen nicht verübeln. Genau wie er wollen die Menschen ihre Familien beschützen. Er erinnert sich an die Flüchtlingslager rund um Marseille. Das Schicksal der Menschen hatte ihn berührt, aber hatte er sich auch nur einmal die Mühe gemacht, ein Lager zu besuchen oder Decken und Lebensmittel für die Menschen zu spenden, die sich in den Zelten des Roten Kreuzes drängten? Lucas schüttelt den Kopf. Er hätte nie gedacht, dass er sich einmal in der gleichen Lage befinden würde.

Die zunehmende Gewalt und Kriminalität sorgen ihn ebenfalls. Was anfangs wie eine Art große Reisegruppe war, in der man sich gegenseitig unterstützte, wird mit jedem Tag feindseliger. Manchen Familien ist das Geld ausgegangen, und sie können sich nicht mehr ernähren. Die Zelte der kostenlosen Essensausgabe halten dem Ansturm der Hungrigen kaum stand, und nicht selten kommt es zu Schlägereien um einen Beutel Reis oder eine Packung Kekse. Auch wenn Lucas sein Bestes tut, um seine Familie aus diesen Handgemengen herauszuhalten, spürt er, dass die Anspannung wächst. Er achtet sehr darauf, niemandem sein Erspartes zu zeigen. Wer weiß, wozu manche Menschen fähig sind?

Und dann ist da noch diese seltsame Krankheit, von der

alle reden. *Es hat schon viele Tote gegeben.* Lucas hat eine Zeitung aufgetrieben, in der die Epidemie als eine Folge der großen Migration dargestellt wird. *Zu viele Menschen sind unterwegs, es gibt nicht genug Wasser, mangelnde Hygiene...* Sie haben schon Dutzende Erkrankte am Straßenrand gesehen, es war kein schöner Anblick. *Die Kranken leerten sich buchstäblich aus. Die Informationen aus der Zeitung hat er noch genau im Gedächtnis:*

Choleraepidemie. Sterblichkeitsrate: über 95 Prozent ohne entsprechende antibiotische Behandlung. Ansteckungsrisiko: hoch. Übertragung über verseuchtes Wasser, Spucke, Blut.

Das hat gerade noch gefehlt, denkt Lucas, den Blick in die Glut gerichtet. Fast eine Stunde lang gibt er sich düsteren Grübeleien hin, bevor ihn die Müdigkeit übermannt. Die Augen fallen ihm zu. Er legt sich zu Naya und den Kindern, um wenigstens ein paar Stunden Schlaf zu bekommen, bevor sie sich wieder lange vor Tagesanbruch auf den Weg machen werden. Behutsam quetscht er sich zwischen sie in das kleine Zelt und gibt sich Mühe, sie nicht zu wecken.

Eine weitere Nacht unterwegs... Wie viele werden es noch sein, bis sie einen Ort finden, an dem sie neu beginnen können?

Alarmiert von dem Signalton der Luftschleuse, zieht Oliver den Stecker. Die Wasserkrieger sind zurück.

Nach einem kurzen Wortwechsel mit ihrem Kapitän parken die fünf Männer den Wagen. Ihre Mission ist beendet.

Oliver beißt die Zähne zusammen. Vorsichtshalber wartet er noch ein bisschen, dann macht er sich auf den langen Rückweg durch den Belüftungsschacht. Seine Muskeln sind steif, und anfangs kommt er nur mühsam voran. Langsam findet er seinen Rhythmus. Er steuert den Ort an, an dem Wildschwein seine Lebensmittelration hinterlegen sollte, und ist erleichtert, als er den kleinen Beutel entdeckt. Zweimal hört er die Motoren von Drohnen, die durch die Gänge schwirren, aber es gelingt ihm ohne Schwierigkeiten, ihnen aus dem Weg zu gehen. Er entfernt sich weiter und weiter vom Herzen des Bunkers und peilt den einzigen geheimen Ausgang an, den er kennt: den Ausgang in Sektor Y... Sektor um Sektor lässt er hinter sich und kommt schließlich dort an, wo vor wenigen Tagen sein Schutzanzug kaputtgegangen ist. Zögernd betrachtet er die Luftschleuse. Ohne Schutzanzug, das weiß er, kann er schon in wenigen Tagen tot sein. Man hat ihm die Risiken der Kontaminierung so oft eingebläut, dass er seit seiner frühesten Kindheit davor Respekt hat.

Er denkt an seinen Bruder, an dessen Mut. Er stellt sich vor, hier in den Gängen ausharren zu müssen, nichts anderes tun zu können, als auf Wildschweins Rationen zu warten und in ständiger Angst vor den

Drohnen leben zu müssen. Und außerdem ... hat er schon immer diesen lockenden Ruf der Freiheit gehört, das mächtige Bedürfnis gespürt, seinen Horizont zu erweitern und zu erfahren, wie es da draußen aussieht. Man hat ihnen so oft erzählt, dass die Außenwelt die Hölle ist, dass er irgendwann Zweifel an diesem Schreckensszenario bekommen hat. Seit er weiß, wie die Krieger den Bunker mit Wasser versorgen, lässt ihm eine Frage keine Ruhe mehr: Hat man sie all die Jahre belogen?

Er holt tief Luft und öffnet die Schleuse. Er tritt hindurch und lässt Sektor Y hinter sich. Sektor Z. Er ist draußen! Sein Herz hämmert in seiner Brust. Er atmet so langsam wie möglich, als könne er, wenn er weniger Luft aufnimmt, die Ansteckung mit dem Virus vermeiden. Natürlich ist das idiotisch, das weiß er, aber er kann nicht anders. Und selbst wenn er sich infiziert, würde es Stunden dauern, bis sich die ersten Symptome zeigen.

Die ersten Schritte sind die schwierigsten. Er geht über dieselbe rote Erde, die unter den Sohlen seines Vaters gehaftet hat, und entdeckt einen Trampelpfad, der darauf hinweist, dass der Durchgang öfter benutzt wurde. Er beschließt, ihm zu folgen, und läuft schneller. Ganz sicher ist im Bunker der Alarm losgegangen, als er die Schleuse geöffnet hat. Wird der Oberbefehlshaber ihm seine Männer hinterherschicken? Oliver weiß es nicht, aber er möchte lieber einen möglichst großen Vorsprung vor seinen potenziellen Verfolgern haben. Im Augenblick bewegt er sich durch einen felsigen Gang, der sich vor ihm erstreckt, so weit der Strahl seiner LED-Lampe reicht. Er läuft etwa einen Kilometer, bis er vor sich Licht sieht. Das Sonnenlicht wird mit jedem Schritt heller, Oliver kann seine Lampe ausschalten. Er läuft noch schneller.

Als er endlich aus der Höhle tritt, muss er die Augen zusammenkneifen, so sehr blendet es ihn. Es haut ihn beinahe um. Zum ersten Mal seit fünfzehn Jahren sieht er wieder die Sonne.

2
DRAUSSEN

16

Natürlich hat Oliver Hunderte Filme gesehen. Er weiß, wie ein Sonnenaufgang aussieht. Aber nichts hat ihn auf diese Vielfalt an Farben und Gefühlen vorbereitet. Zaghaft lugt die Morgensonne über den Horizont, inmitten rosafarbener Schattierungen, die einen wolkenlosen Tag ankündigen. Die ersten Strahlen berühren sein Gesicht und bringen eine angenehme Wärme, während eine leichte Brise über die Hügel weht. Wohin Oliver auch blickt, überall zeigt sich ihm die Unermesslichkeit der Landschaft, das genaue Gegenteil der engen Räume, in denen er aufgewachsen ist.

Aber er macht sich nichts vor. Trotz ihrer Schönheit hat die Landschaft nichts Einladendes. In allen Richtungen erblickt er eine riesige Wüste aus Sand und Steinen, deren Monotonie nur selten von ein paar Dornbüschen unterbrochen wird. In diesem Punkt haben die Wasserkrieger nicht gelogen. Frankreich ist nicht mehr, wie es war. Steinige Hügel, so weit das Auge reicht.

Oliver fragt sich, in welcher Region er sich befindet. Schwer zu sagen, es sieht hier ganz anders aus als auf den Fotos, die er vor langer Zeit in der Datenbank des Bunkers gesehen hat. Aus Sicherheitsgründen hat man ihnen nie genau gesagt, wo sich der Bunker Nummer 17 befindet.

»In der nördlichen Hälfte Frankreichs«, hat sein Lehrer geantwortet, als Oliver danach gefragt hat. Das hilft ihm heute nicht weiter.

Die sanft geschwungenen Hügel, die sich vor ihm erstrecken, erlauben Oliver, gewisse Regionen auszuschließen. Mehr aber auch nicht. Er selbst befindet sich auf halber Höhe eines Hügels, der die umliegenden Erhöhungen etwas überragt. Um sich herum sieht er zahlreiche Risse im Gestein von unterschiedlicher Größe. Dieser Ort ist ein echter Löcherkäse, es scheint hier jede Menge Höhlen zu geben. Bevor er weitergeht, verbringt er eine ganze Weile damit, sich bestimmte Anhaltspunkte zu merken, damit er, falls nötig, den Eingang zum Bunker wiederfindet. Wenn er Marco aufgespürt hat, werden sie vielleicht zusammen zurückgehen und die Wahrheit ans Licht bringen...

Er beschattet die Augen mit einer Hand und mustert aufmerksam den Horizont auf der Suche nach irgendeiner Spur der Zivilisation. Hier und da sind verlassene, halb im Sand versunkene und von verdorrten Dornenranken bedeckte Höfe oder Dörfer zu sehen, die nur darauf zu warten scheinen, dass die Natur endgültig ihr Recht zurückfordert. In der Ferne, vielleicht zehn, zwanzig Kilometer östlich, scheinen größere Gebäude aufzuragen. Eine Stadt? Die Umrisse sind verschwommen, beinahe durchscheinend im Morgenlicht, aber hat er eine Wahl? Er hat nicht die leiseste Ahnung, wo er seinen Bruder suchen soll, und er denkt, dass eine Stadt der beste Ort ist, um Nachforschungen anzustellen.

Oliver marschiert los. Jetzt kann er seine Kondition mal woanders testen als auf dem Laufband ... Er stapft voran wie ein Roboter, behält sein Ziel fest im Auge, das leider nicht so schnell größer wird, wie er gehofft hat. Abgesehen von einigen Echsen zwischen den Steinen und Vögeln, die sehr hoch am Himmel kreisen, sieht er kein Anzeichen von Leben. Er, der bisher keine fünf Meter gehen konnte, ohne in den Fluren des Bunkers jemanden zu treffen, spürt Unbehagen bei dem Gedanken, ganz allein durch dieses Niemandsland zu streifen. Wo sind all die Menschen hin? Mehr als ihre physische Abwesenheit ist es das totale Fehlen irgendwelcher Lebenszeichen, das ihn zunehmend verstört.

Natürlich hat er den Großen Kollaps in der Schule durchgenommen: Er hat gelernt, dass aufgrund der Transcholera-Epidemie alles zusammengebrochen ist. Als über neun von zehn Personen innerhalb weniger Wochen starben, ist das ganze System einfach eingestürzt. Man hatte erreicht, was später der *Point of no return* genannt wurde: Den Moment, in dem es unmöglich wird, die Stabilität der Gesellschaft weiter aufrechtzuerhalten. Es gab keine Armee mehr, keine Krankenhäuser, keine Schulen, keine Feuerwehr, keine Polizei ... Ein ungeheures Chaos. Ein paar wenige Glückliche hatten gerade noch Zeit, sich in die Bunker zu retten. Alle anderen ...

Die Dokumentarfilme, die Oliver über die letzten Stunden der französischen Gesellschaft gesehen hat, haben alle ein ähnliches Bild gezeichnet: die Rückkehr zu primitiven Instinkten, hemmungsloser Gewalt und grenzenlosem Egoismus. Die großen Städte und Wälder wurden von Feuersbrünsten verschlungen, Geschäfte wurden geplündert, und, das Schlimmste von allem, es kam reihenweise zu Atomkatastrophen. Ohne Techniker waren die riesigen Reaktoren außer Kontrolle geraten. Es kam immer häufiger zu Unfällen, bei denen radioaktive Strahlung freigesetzt wurde und verseuchte Gebiete entstanden, die sogenannten »Schwarzen Zonen«. Die Strahlenschädigung ist ein unsichtbarer, schleichender Tod, womöglich qualvoller, als am Virus zu sterben.

Oliver durchzuckt ein Gedanke: Was, wenn er geradewegs in eine Schwarze Zone hineingerät? Wenn die Luft, die er atmet, nicht nur durch das Virus, sondern auch noch radioaktiv verseucht ist? Das würde diese gewaltige Leere erklären, die ihn umgibt.

DRAUSSEN

Er ist so in Gedanken versunken, dass er weder auf den Schweiß achtet, der ihm über Schläfen und Rücken rinnt, noch auf die Sonne, die immer unerbittlicher auf ihn niederbrennt. Er wird müde, sicher, aber er ist jung und in bester körperlicher Verfassung. Regelmäßig genehmigt er sich einen kleinen Schluck Wasser und fragt sich dabei jedes Mal, wo er seine Flasche das nächste Mal auffüllen wird...
Zwei Stunden später ist die Stadt kein Trugbild mehr. Oliver ist erleichtert. Er erkennt in der Ferne Gebäude mit zerbrochenen Fensterscheiben, in denen sich die Sonne spiegelt. Um die Hochhäuser in der Mitte verläuft ein Gürtel aus niedrigeren Gebäuden. *Eine Kleinstadt,* vermutet er. Besser gesagt, das, was davon noch übrig ist. Er wischt sich den Schweiß von der Stirn. Es wird sicher noch zwei Stunden dauern, bis er über Asphalt laufen wird. Er ist außer Atem, erschöpft von dem Marsch in der prallen Sonne. Seine Haut brennt, und in seinem Kopf dreht sich alles. Gerade hat er sich die Lippen mit dem letzten Wassertropfen befeuchtet, den er noch hatte. Er schaut sich um. Sengend heißer Boden, zu Wellen geweht durch die Wüstenwinde, einzelne Felsen, entblätterte Baumstämme, ein paar vertrocknete Gräser. Nirgends Schatten.
Oliver stößt einen tiefen Seufzer aus und läuft weiter. Sein Ziel befindet sich vor ihm, es sind nur noch wenige Kilometer. Er darf jetzt nicht aufgeben. Er

nimmt seine letzten Kräfte zusammen. »Ein Schritt nach dem anderen, so kommt man voran«, hat sein Vater immer gesagt. Er bemüht sich, diese Maxime umzusetzen. Die Stadt kommt näher. Er ist fast da.

Fast.

Fünfhundert Meter.

Eine Kleinigkeit.

Höchstens ein paar Minuten.

O Mann, was für ein Pech, denkt er, als er auf die Knie fällt.

Dann liegt er am Boden.

Er verliert das Bewusstsein.

Die Sonne brennt erbarmungslos auf seine gerötete Haut.

17

»Fuku, bei Fuß!«

Oliver erwacht mühsam. Er hat das Gefühl, dass sein Körper nur aus Schmerz besteht. Sein Gesicht brennt entsetzlich. Und sein Kopf! Es ist, als würde eine Horde Bisons darin unentwegt im Kreis herumtrampeln. Und dann ist da noch dieses komische Gefühl. Etwas Raues, Nasses und Klebriges reibt über seine Wange.

»Fuku! Bei Fuß, habe ich gesagt! Hörst du? Ich habe dir doch schon gesagt, dass du keine Menschen fressen darfst!«

Der Hund leckt unbeirrt weiter.

Mittlerweile sind die Worte in Olivers Gehirn angekommen. So orientierungslos er ist, die Vorstellung, von einem Hund verschlungen zu werden, reißt ihn aus seiner Benommenheit. Es gelingt ihm, die Augen zu öffnen und sich langsam zu regen.

»Hallo, du«, bringt er mühsam hervor.

Es ist das erste Mal, dass er einen Hund sieht... Der

hier wirkt nicht besonders bedrohlich. Oliver zieht rasch die Informationen aus seinem Datenimplantat zurate. Es ist ein Mischling, ziemlich klein, mit weißem, schwarz und braun geflecktem Fell. Vielleicht eine Mischung aus Foxterrier und Bordercollie? Ist ja auch egal. Er sieht nett aus mit dem kleinen runden Fleck über dem rechten Auge.

»Fuku, aus!«, befiehlt seine Besitzerin. »Was hast du denn da schon wieder aufgestöbert?«

Oliver richtet sich auf.

»Verflixte Sandviper«, flucht sie erschrocken. »Er ist nicht tot!«

Der Hund bellt.

Das Mädchen kommt vorsichtig näher und stellt eine Trinkflasche vor Oliver auf den Boden.

»Ich lasse dir etwas Wasser da. Viel Glück.«

»Danke«, krächzt Oliver.

Das Mädchen entfernt sich. »Fuku, wir gehen!«

Der Hund rührt sich nicht.

Das Mädchen läuft weiter, ruft wieder nach dem Hund, der jedoch keine Lust zu haben scheint, ihr zu folgen. Beinahe trotzig setzt er sich zu Olivers Füßen. Das Mädchen seufzt und kommt zurück.

»Verdammter Dickkopf«, knurrt sie.

»Hallo. Ich heiße Oliver.«

»Ich bin Tschernobyl. Meine Freunde nennen mich Tsché. Für dich Tschernobyl.«

»Und der Hund heißt Fuku?«

»Jep. Fukushima.«
»Komischer Name.«
»Nach einem Atomunfall in Japan, ist schon eine Weile her ...«
»Ja, danke, ich hab's kapiert. Tschernobyl, Fukushima ... Sehr originell.«
»Ich habe ihn so genannt, damit niemand auf die Idee kommt, ihn zu essen.«
»Wer würde einen Hund essen?«, fragt Oliver überrascht.
»Wo kommst du denn her?«, fragt sie spöttisch. »Manche Leute würden für ein Stück Fleisch ihre eigene Mutter verkaufen.«

Das Mädchen beäugt ihn argwöhnisch. Er nutzt die Gelegenheit, um sie ebenfalls zu mustern. Sie muss ungefähr in seinem Alter sein, höchstens 18. Sie trägt leichte Leinenkleidung, verstärkt mit Leder. Um den Kopf hat sie ein Tuch geschlungen wie ein Beduine, und eine runde Lederbrille hält das Ganze um ihre Stirn. Sie hat ein freundliches Gesicht, gebräunte Haut und ist ziemlich klein und schmal. Ihre braunen Augen blitzen intelligent. Ein paar braune Locken lugen unter der Kopfbedeckung hervor.

»Flirtest du etwa mit mir?«, fragt sie, ohne Oliver aus den Augen zu lassen.

»Wenn, dann flirtest du wohl eher mit mir.«

Die strenge Maske fällt ab, und sie lacht laut. »Du bist doch nicht gefährlich, oder?«

»Nein, ich glaube nicht.«
»Keine Waffe?«
»Nein. Außer meinem unwiderstehlichen Lächeln.«
»Na komm, dann hoch mit dir. Ich glaube, wir zwei werden uns gut verstehen«, sagt sie und reicht Oliver die Hand. »Normalerweise sammele ich keine Fremden ein, aber Fuku scheint dich zu mögen.«
Oliver erhebt sich stöhnend. Die Hündin springt kläffend an ihm hoch. Sein Kopf dreht sich, und seine Beine sind weich.
»Sie will gestreichelt werden.«
»Was?«
»Fuku. Sie will, dass du sie streichelst. Mach dir keine Sorgen, wenn es dir nicht gut geht. Das ist die Dehydrierung. Trink einen Schluck Wasser.«
»Danke«, sagt Oliver verlegen. »Darf ich sie bei ihrem Spitznamen nennen, oder besteht sie auch auf dem ganzen Namen?«
»Du bist ja ein Scherzkeks. Fuku geht in Ordnung.«
Oliver hat nicht die leiseste Ahnung, wie man einen Hund streichelt. Unbeholfen streckt er die Hand aus, und Fuku schmiegt sofort ihren Kopf hinein. Er krault sie, so gut er kann. Dem Tier scheint es zu gefallen.
»Du musst was trinken«, sagt Tsché.
Oliver hebt die Flasche an die Lippen und nimmt einen langen Zug.
»He, langsam, mein Freund.«

»Oh. Entschuldige.« Er will ihr die Flasche zurückgeben. Hoffentlich hat er sie nicht verärgert, weil er ihre Vorräte runtergestürzt hat.

»Nein, trink ruhig. Aber langsam, sonst musst du dich übergeben.«

Oliver nickt und trinkt weiter, diesmal in kleinen Schlucken.

»Weißt du, dass du ein ganz schöner Glückspilz bist? Wenn Fuku dich nicht gefunden hätte, hättest du bestimmt nicht mehr lange überlebt. Was hast du denn da gemacht in der Affenhitze? Wolltest du dich umbringen, oder was?«

»Nein, überhaupt nicht.«

»Sondern? Hier gibt's nur Steine. Die Stadt ist seit gut zehn Jahren verlassen. Zu heiß, zu schlecht geschützt vor den Sandstürmen ... Sie hieß mal Forges-les-Eaux. Die Bewohner sind alle weggegangen, um anderswo zu leben.«

»Ich ... ich habe mich verirrt.«

»Zu Fuß? Hast du kein Motorrad?«

Olivers Instinkt rät ihm zu lügen. »Doch. Aber ich hatte eine Panne, ein paar Kilometer von hier. Ich habe nach Schatten gesucht. Und dann bin ich ohnmächtig geworden.«

»Ah, ich verstehe. Warst du bei den Tiefen Türmen?«

»Äh ... ja. Genau.«

»Tja, da hast du echt Glück gehabt, dass Fuku dich

gefunden hat. Sonst wärst du auf der langen Liste der Verschollenen gelandet.«

»Hmja...«

»Warte mal, bis du dein Gesicht siehst. Du hast einen richtig üblen Sonnenbrand. Der wird verdammt wehtun.«

»Besser, als tot zu sein.«

»Stimmt. Soll ich dich zu deinem Motorrad bringen? Ich kenne mich mit Mechanik ganz gut aus.«

»Nein, das lohnt sich nicht. Der Motor ist hinüber«, lügt Oliver. »Aber vielleicht könntest du mich in die nächste Stadt bringen?«

»Meinetwegen, jetzt ist es auch schon egal... Und mein Vater hat immer gesagt, dass man niemanden allein in der Wüste lassen darf. Das war eine seiner Regeln. Ich kann noch hören, wie er mir eintrichtert: ›Es hat schon genug Tote gegeben, mein Mädchen.‹ Aber zu dritt auf dem Motorrad wird es eng.«

Oliver zuckt mit den Schultern und lächelt.

»Komm ja nicht auf dumme Gedanken!«, warnt Tsché. »Dem Letzten, der welche hatte, hab ich zwei Zähne ausgeschlagen.«

Oliver merkt, dass er rot wird. »Nein, natürlich nicht«, stammelt er.

Tsché lacht laut. »Du bist aber süß, wenn du rot wirst... Oder ist das der Sonnenbrand? Na los, komm.«

Sie zieht ihn zu den ersten Häusern der Geisterstadt. Ihr Motorrad steht im Schatten auf seinem Ständer.

»Was hast du hier gemacht?«, fragt Oliver.

»Sachen gesucht, natürlich. Es gibt doch immer was zu holen in den verlassenen Städten, wenn man keine Angst vor der Wüste hat, vor den Skeletten und der Einsamkeit... Ich habe in meiner Stadt einen Laden. Es läuft ganz gut. Jeder weiß, wenn der Preis stimmt, treibt Tsché alles auf. Fahren wir?«, fragt sie und zeigt auf ihr Elektromotorrad.

Oliver mustert seine Jacke und stellt fest, dass sie völlig verstaubt ist. Aus Höflichkeit und um seine Wohltäterin nicht schmutzig zu machen, klopft er sich die Kleider aus. Eine Staubwolke wirbelt auf. Er muss husten.

»So ist es besser, oder?«, fragt er.

»Heiliger Rollgabelschlüssel!«, ruft Tsché. »Wenn ich das gewusst hätte!«

»Was?«

»Du hast doch gesagt, dass du bei den Tiefen Türmen warst?«

»Äh... Ja...«

»Und wie sehen die aus?«

»Was?«

»Die Tiefen Türme. Kannst du sie mir beschreiben?«

Oliver schweigt. Ihm gefällt die Wendung nicht, die das Gespräch genommen hat.

»Bist du ein Maulwurf?«, fährt Tsché ihn an.
»Wie bitte?«
»Du kommst aus einem Bunker, stimmt's?«
»Ich ...«
»Lüg mich nicht an! Ich habe deine Uniform erkannt.«
»Ja.«
»Und du willst dich einfach so in der Stadt zeigen?«
Oliver weiß nicht, was er sagen soll.
»Na schön, es gibt ein paar Dinge, die du wissen musst: Erstens, das Leben hier draußen ist kein Zuckerschlecken. Jeder schaut auf seinen Vorteil, jeder verteidigt seine Interessen. Denk ja nicht, dass du mit offenen Armen empfangen wirst. Du wirst dir dein Essen verdienen müssen wie jeder andere auch. Zweitens, sorg dafür, dass niemand erfährt, dass du ein Maulwurf bist. Oder ein Bunkerbewohner, wenn dir das lieber ist. Mir ist noch keiner untergekommen, der nicht auseinandergenommen wurde. Es gibt Menschen, die über Leichen gehen, um an ein paar Informationen über die Lage eines Bunkers zu kommen, und damit meine ich nicht nur die Jäger.«
»Jäger?«
»Ja, die Bunkerjäger. Organisierte Banden, die für die Stadtstaaten arbeiten. Die haben keinen Funken Mitleid, dafür die beste Ausrüstung, und sie sind gut bezahlt. Wem die auf der Spur sind, für den gibt es kein Entrinnen.«

»Das klingt ja nicht gerade beruhigend. Und was mache ich, damit sie mich in Frieden lassen?«

»Zuallererst schmeißt du diese Klamotten weg«, bestimmt Tsché. »Wir werden in der Geisterstadt schon was für dich finden. Und wenn du mit jemandem redest, drehst du erst siebenmal die Zunge im Mund um, damit du keinen Blödsinn sagst und dich verrätst. Glaubst du, du schaffst das?«

»Ja, ich glaube schon. Und diese Stadtstaaten, was genau sind die? Davon habe ich noch nie gehört.«

»Fragen über Fragen.« Tsché seufzt übertrieben. »Ich für meinen Teil schätze ja Ruhe und Einsamkeit. Aber ich habe das Gefühl, dass ich mit dir auf beides verzichten muss. Also, kurz gesagt, nach dem Großen Kollaps, als alles zusammengebrochen ist, gab es drei Möglichkeiten: Die meisten hatten keine Wahl. Sie sind verdurstet, verhungert, am Virus gestorben, in den Massenkrawallen oder an Strahlenschäden. Und die anderen mussten sich organisieren. Solche Glückspilze wie du haben einen Platz in einem Bunker bekommen. Die Mehrheit der Überlebenden hier oben musste alles ganz neu lernen, neue Lösungen finden, sich anpassen, um irgendwie durchzukommen. Überall sind kleine Gemeinden entstanden.« Sie macht eine ausladende Geste. »In dieser Welt lebe ich, voller Provisorien, Erfindungen, Tauschgeschäfte und auch voller Gewalt... Und dann gibt es noch die letzte Kategorie Leute: diejenigen die genug

Geld hatten, um sich zu schützen, aber nicht die richtigen Beziehungen, um einen Platz in einem Bunker zu bekommen. Vor allem die Unternehmen haben die Dinge in die Hand genommen. Einige CEOs haben verstanden, was los war. In kürzester Zeit sind riesige Stadtmauern hochgezogen worden. Die meisten Stadtstaaten liegen am Meer und haben ihre eigenen Entsalzungsanlagen. Andere haben sich militärisch Zugang zu Berggebieten verschafft, wo die Gletscher noch nicht geschmolzen waren, und Pipelines in ihre Städte gelegt. In diesen Städten sind sozusagen Mini-Zivilisationen nach dem Vorbild von früher entstanden, mit Polizei, Gesundheitssystem, Schulen ...«

»Unglaublich«, murmelt Oliver.

»Ja, das stimmt. Der Mensch ist schon erstaunlich einfallsreich.«

»Warst du mal in einem dieser Stadtstaaten?«

»Nein. Und die Bewohner verlassen ihre Festung nie. Angeblich leben sie dort noch mit allem Komfort. Fließend Wasser, Strom, Telefon, was weiß ich ...«

»Wolltest du denn nie dahin?«

»Junge, du solltest dich schleunigst an die Regeln der neuen Welt gewöhnen: Jeder für sich. Klar? Die Stadtstaaten sind so gut geschützt, dass es Selbstmord wäre, sich ihnen auch nur zu nähern. Sie sind von kilometerlangen Minenfeldern umgeben, und drum herum fliegen permanent Drohnen. Nur manchmal verlassen ihre Soldaten die Stadt zur Ressourcenbeschaffung, wie sie es nennen... Denen sollte man lieber nicht über den Weg laufen, das sage ich dir.« Tsché steigt mit angespannter Miene auf ihr Motorrad. »Komm. Wir besorgen dir jetzt was zum Anziehen.«

18

Nach gut zwei Stunden Fahrt bei rasendem Tempo sind sie von einer dicken braunen Staubschicht bedeckt. Sogar Fuku hat die Farbe gewechselt. Während der Fahrt hat die Hündin stoisch vor ihrem Frauchen über der Batterie des Motorrads gesessen, gleich hinterm Lenker. Tsché klopft sich lange und routiniert den Staub ab, dann wendet sie sich Oliver zu.

»Vor dir siehst du die Cité Grise, die Graue Stadt. Eine richtige Stadt mit Menschen«, erklärt sie ihm leise. »Wenn jemand dich fragt: Du bist ein alter Freund von mir, den ich bei den Tiefen Türmen getroffen habe, und ich hab dich eingeladen, unsere Stadt zu besichtigen. Alles klar?«

»Jep. Alles klar.«

Endlich kann Oliver die sonderbare kleine Stadt genauer in Augenschein nehmen, die vor ihm liegt. Als Erstes fallen ihm die sechs Windräder auf, die das Städtchen umgeben. Sie müssen mindestens 150 Meter hoch sein und überragen die Umgebung wie drohende Schildwachen. Das Dröhnen der Rotoren ist deutlich zu hören. Nicht gerade angenehm, aber die Einwohner scheinen sich damit abgefunden zu haben, denn es sieht nicht so aus, als würde jemand darauf achten. Das Zweite, was auffällt: Es gibt Bäume! Ein regelrechter Wald aus Nadelhölzern und Eukalyptus umgibt die Stadt und spendet Schutz gegen die Sandwinde aus der Wüste. Im Schatten der Bäume entdeckt Oliver sogar Gärten, in denen Gemüse wächst. Die Häuser sind niedrig, rund und strahlend weiß und reichen tief in den Boden. Über kleine Treppen gelangt man hinein. So etwas hat Oliver noch nie gesehen.

»Na?«, sagt Tsché stolz.

»Tut das gut, endlich Bäume zu sehen!«

»Das verdanken wir alles unserem Bürgermeister, Henri Bajnai. In seinem früheren Leben war er Architekt und entwickelte ökologische Stadtviertel. Und er kennt sich mit Agroforstwirtschaft aus.«

»Agroforstwirtschaft?«

»Dabei werden Bäume und Gemüse zusammen angebaut. In Afrika, mitten in der Wüste, hat man damit schon vor Jahrzehnten unglaubliche Ergebnisse erzielt.«

»Cool. Und wie habt ihr es geschafft, dass hier so viele Bäume wachsen?«

»Henri hat diesen Ort bereits angelegt, als die Vegetation immer spärlicher wurde. Zuerst hat er eine ganze Wand aus *callitris tuberculata* gepflanzt. Das sind die kleinen Nadelbäume, die du am Außenrand des Waldes siehst, die widerständigsten Bäume der Welt. Sie kommen aus Australien. Damals haben sich alle über Henri und sein verrücktes Projekt lustig gemacht. Es war hier wegen der Erderwärmung schon ziemlich trocken, und niemand glaubte, dass überhaupt noch irgendetwas wachsen würde. Aber entgegen aller Erwartungen sind die Setzlinge größer und zu richtigen Bäumen geworden und haben einen Schutzwall gegen die Wüste gebildet. Als Nächstes hat Henri die Eukalyptusbäume gepflanzt, die wachsen schnell und können bis zu fünfzig Meter hoch werden. Sie lieben Sonne, mögen aber keine Trockenheit. Da kommen die Windräder ins Spiel. Sie betreiben eine Wasserpumpe, die Grundwasser aus extremer Tiefe hochpumpt und in ein automatisches unterirdisches Bewässerungssystem einspeist. So ist der Wald nach und nach größer geworden. Weitere Menschen, zum Beispiel meine Eltern, sind hergezogen, um Henri zu unterstützen, und so sind damals etwa zwanzig solcher Häuser entstanden.«

»Und wie viele Einwohner leben heute hier?«

»Etwa dreitausend, in etwas mehr als achthundert Häusern. Im Schatten der Bäume bauen wir Gemüse für die ganze Gemeinde an und tauschen es gegen Waren aus den umliegenden Dörfern.«

»Das ist wirklich erstaunlich. Wenn man die Landschaft sieht, die die Stadt umgibt... Und du handelst mit Gegenständen aus der Alten Welt?«

»Genau. Wir haben einige Handwerker hier, die das meiste herstellen können, was wir im Alltag benötigen, aber es gibt keine Fabriken mehr, und manche Dinge können wir einfach nicht produzieren. Dann wenden sich die Leute an mich. Die meisten hier verlassen das Dorf nur ungern.«

»Und was besorgst du für sie?«

»Alles Mögliche. Strom gibt es ja. Es reicht also vom ganz normalen Föhn über die Whiskeyflasche bis zu Barbiepuppen oder Playmobilfiguren...«

Oliver muss lächeln.

»Ich weiß, das klingt komisch, aber du solltest die Augen der Kinder sehen, wenn ich ihnen eine Kiste mit Rittern mitbringe oder eine Puppe.«

»Entschuldige, ich wollte deinen Job nicht abwerten, überhaupt nicht!«

»Keine Sorge.« Tsché grinst. »Es braucht schon mehr, um mich zu verärgern.«

»Wen haben wir denn da? Die schönste Frau der Stadt ist zurück! Was bringst du uns diesmal mit?«, mischt sich ein runzliger alter Mann in ihr Gespräch ein.

Seine Haut erinnert an zerknittertes Pergamentpapier, aber seine kleinen blauen Augen blitzen, und so wirkt er weniger gebrechlich.

»Oliver, darf ich dir Hiram vorstellen? Hiram, das

ist Oliver«, sagt Tsché. »Oliver ist ein alter Freund, den ich zufällig in einer Bar bei den Tiefen Türmen wiedergetroffen habe. Er interessiert sich für unsere Gemeinde.«

»Sehr erfreut, Oliver.«

»Ganz meinerseits.«

»Ich bin der Vorsitzende des Festkomitees«, erklärt Hiram. »Es ist wichtig, für gute Stimmung zu sorgen, damit sich alle hier wohlfühlen.«

»Hiram ist nicht nur das«, bemerkt Tsché. »Er ist auch ein kleiner Schluckspecht, der sich jedes Jahr abrackert, um den besten Schnaps der Region zu destillieren. Und außerdem hält er sich für einen unwiderstehlichen Frauenhelden ...«

»Sie hat nicht erwähnt, dass ich auch der einzige Schnapsbrenner der Region bin. Wir sind die Einzigen im Umkreis von Kilometern, die ein paar Apfelbäume haben. Und hat Tsché dir schon verraten, dass wir bald heiraten werden?«, sagt der Alte und zwinkert Tsché zu.

Oliver weiß nicht, was er darauf erwidern soll.

»Hm, ist ja nicht gerade gesprächig, dein Oliver«, stellt Hiram fest. »Ich muss ihm wohl ein paar Gläschen spendieren, damit er ins Reden kommt.«

»Vielleicht später, Hiram. Erst mal muss ich ihm die Stadt zeigen. Und das mit der Hochzeit verschieben wir auch auf später ... Vielleich so in zehn Jahren, passt dir das?«

»In zehn Jahren bin ich tot!«

Tsché lacht. »Eben, Hiram. Eben.«

»Ach, die Jugend ... Kein bisschen Mitleid für einen einsamen alten Mann ...«, jammert Hiram und setzt seinen Weg fort.

»Komischer Vogel«, bemerkt Oliver, als der Alte außer Hörweite ist.

»Ja. Sollen wir uns weiter umschauen?«

»Gerne morgen, Tschernobyl«, lehnt Oliver höflich ab. »Ich bin ehrlich gesagt total kaputt, und mein Gesicht brennt. Hast du vielleicht eine Salbe oder so was?«

»Natürlich. Entschuldige. Ich liebe diesen Ort hier so, dass ich ganz vergessen habe, wie es dir geht ... Sag einfach Tsché, okay?«

Oliver lächelt und nickt.

»Um diese Uhrzeit wird es schwierig sein, irgendwo ein Zimmer zu bekommen«, überlegt Tsché. »Du schläfst am besten bei mir im Gästezimmer. Die Leute werden reden, aber das wäre nicht das erste Mal.«

»Haben deine Eltern nichts dagegen?«

»Ich habe keine Eltern mehr.«

»Oh. Das tut mir leid. Ich wollte nicht ...«

»Warum soll es dir leidtun? Wir sind hier nicht in deinem Bunker«, sagt sie leise. »Ich erinnere dich daran, dass 99 Prozent aller Menschen gestorben sind. Wir alle haben jemanden verloren. So ist es eben. Das Leben.«

»Ich weiß.«

»Ach, wirklich?«

Oliver schluckt. »Meine Mutter hat die Epidemie nicht überlebt, und mein Vater ist vor ein paar Tagen gestorben.«

Zum ersten Mal wirkt Tsché verlegen. »Ich... Äh, mein aufrichtiges Beileid. Ich wollte dich nicht verletzen. Was ist passiert?«

»Ich glaube, dass er etwas herausgefunden hat, was die Anführer des Bunkers geheim halten wollen. Sie haben ihn erledigt.«

»Bist du deshalb abgehauen?«

»Ja. Unter anderem. Ich versuche auch, meinen Bruder wiederzufinden. Die Wasserkrieger haben ihn verbannt. Sie haben ihn irgendwo ausgesetzt, aber ich weiß nicht, wo.«

»Die Wasserkrieger?«

»So nennen sich die Soldaten, die unseren Bunker bewachen.«

»Und warum?«

»Sie werden im Bunker verehrt. Eigentlich ist es ihre Aufgabe, den Bunker zu verlassen, mit der Außenwelt zu kämpfen und mit Wasser zurückzukommen, das wir zum Überleben brauchen.«

»Eigentlich?«

»Es ist alles nur Show. Der Bunker verfügt anscheinend über große Wasservorräte.«

»Das ist ja krass.«

»Ganz meine Meinung.«
»Tja, krasse Dinge wirst du hier an der Oberfläche auch sehen... Und du hast keine Ahnung, wohin sie deinen Bruder gebracht haben?«
»Nein. Offen gesagt habe ich gehofft, dass du mir helfen könntest.«
»Dir helfen? Das würde ich gerne, aber dazu müssten wir wissen, wo wir anfangen sollen.«
»Könntest du vielleicht ein paar Freunde bitten? Habt ihr die Möglichkeit, mit anderen Gemeinden zu kommunizieren?«
»Ja, natürlich. Über Funk, ganz altmodisch. Das Satellitennetz hat ziemlich schnell den Geist aufgegeben, und die alten Kommunikationsmittel wie das Telefon funktionieren nicht mehr. Aber das ist nicht das Problem.«

Oliver zieht fragend eine Augenbraue hoch.

»Hast du vergessen, was ich dir über Maulwürfe gesagt habe?«, fährt ihn Tsché an. »Wenn ich mich über Funk nach einem verlorenen Typen in der Wüste erkundige, garantiere ich dir, dass alle Banditen und Bunkerjäger der Region sich auf das Gebiet stürzen wie Fliegen auf ein Transcholera-Opfer.«

Oliver verzieht das Gesicht, doch Tschés Argument leuchtet ihm ein. Ohne weitere Einwände folgt er ihr zu ihrem Haus und tritt hinter ihr ein. Es ist klein, aber gemütlich. Die Küche geht in ein größeres Zimmer über, in dessen Mitte sich eine Feuerschale befindet. Tsché bietet Oliver einen Sessel an. Fuku kuschelt sich neben ihn. Er streichelt sie zerstreut.

»Ich glaube, sie mag dich«, sagt Tsché, als sie mit einem Glastöpfchen zurückkommt. »Hausmittel gegen Sonnenbrand: Lavendelöl und Aloe Vera. Sehr wirksam.«

Sie kommt näher und öffnet den Tiegel. Oliver streckt die Hand danach aus, doch Tsché schlägt sie weg.

»Nicht anfassen. Lass mich das machen.« Vorsichtig verteilt sie die Salbe auf Olivers Gesicht. »Himmel, du glühst ja!«

Oliver überkommt eine wirre Angst. »Habe ich Fieber?«, fragt er.

»Ein bisschen vielleicht.«

Ein Muskel an seinem Kiefer zuckt.

»He, entspann dich«, sagt Tsché. »Das ist ganz normal bei einem Sonnenstich. Daran stirbst du nicht.«

»Und wenn das Fieber durch etwas anderes kommt?«

Tsché sieht ihn verblüfft an.

»Wenn ich verseucht bin?«

»Verseucht? Wovon?«

»Na, vom Virus«, ruft Oliver. »Der Transcholera!«

Tsché lacht laut auf. »Soweit ich weiß, ist der letzte Transcholera-Fall über zehn Jahre her«, sagt sie.

»Aber ... im Bunker hat man uns gesagt, dass ...«

»Dann sind eure Wissenschaftler schlecht informiert. Oder sie haben euch Märchen erzählt.«

Schon nach wenigen Sekunden tut der Balsam seine lindernde Wirkung. Oliver hat ein kribbeliges Gefühl dabei, als Tsché ihm über das Gesicht streicht.

»Danke«, sagt er verlegen. »Das tut echt gut. Ich hatte das Gefühl, innerlich zu braten.«

»Gern geschehen. Geschenk des Hauses. Mit Sonnenbrand darf man nicht spaßen. Wenn er anschwillt, muss ich dich zum Arzt bringen, und das wird ein Vermögen kosten. Du legst dich jetzt ins Bett. Im kleinen Zimmer am Ende des Flurs. Es ist frisch bezogen. Und mach dir keine Sorgen wegen der Transcholera. Du hast keine Symptome. Ich werde mir solange überlegen, was wir für deinen Bruder tun können.«

Oliver steht auf und geht durch den Flur. Vor einem Regal voller Uhren bleibt er stehen. Es sind Dutzende. In allen Farben, einfache und komplizierte, kleine und große.

»Meine Sammlung«, bemerkt Tsché. »Am liebsten mag ich automatische Uhren oder die ganz alten, die man selbst aufziehen kann. Batterien sind rar. Du darfst dir eine aussuchen, wenn du möchtest.«

»Echt?«

»Klar. Weißt du, nachdem uns neun von zehn Menschen verlassen haben, gibt es mehr als genug davon.«

Oliver lässt sich Zeit und sucht sich eine Armbanduhr mit Ziffernblatt und Uhrwerk aus, dem man zuschauen kann, wie es die Zeiger bewegt. Er fragt sich, ob eines Tages wieder jemand in der Lage sein wird, ein solches Meisterwerk der Mechanik zu konstruieren.

»Danke, Tsché«, sagt er.

Gerade als er die Tür öffnen will, dreht er sich um.

»Tsché?«

»Ja?«

»Warum tust du das? Warum hilfst du mir?«

»Denk ja nicht, dass ich eine Wohltäterin bin. Wie gesagt, jeder sorgt für sich. Aber meine Eltern haben mir beigebracht, mich um verlorene Tiere zu kümmern, und diese lästige Angewohnheit bin ich einfach nicht losgeworden. Stimmt's, Fuku?«

Die Hündin bellt, als sie ihren Namen hört.

Oliver nickt und betritt das Zimmer. Eine Wasserschüssel und ein Handtuch erwarten ihn auf einem kleinen Tisch. Er schließt die Tür, zieht die zu großen Kleider aus, die sie in der Geisterstadt gefunden haben, und genießt das schlichte Vergnügen, sich den Staub abzuwaschen, der an seiner Haut klebt. Er hat unglaubliches Glück gehabt, auf einen Menschen wie Tsché zu treffen. Als er sauber ist, lässt er sich aufs Bett sinken und schließt die Augen. Tut das gut! Ihm kommt der Gedanke, dass er ohne den kleinen Hund vermutlich verdurstet wäre... Die Vorstellung dreht ihm den Magen um. Er denkt an seinen Bruder. Ist es ihm so ergangen? Hat er die Hitze der Wüste zu spüren bekommen? Ist er noch am Leben?

Obwohl er so müde ist, findet Oliver keinen Schlaf.

DRAUSSEN

Also holt er das Datenimplantat seines Vaters aus dem Rucksack und schließt es an. Augenblicklich taucht er wieder in die Vergangenheit ein.

19

10. Januar 2076

Lucas' Sinne sind in Alarmbereitschaft. Seit einer Woche hat er so gut wie nicht geschlafen und kann sich kaum aufrecht halten. Naya ist dicht neben ihm und hält die Hände der Kleinen ganz fest. Sie haben das letzte Essen, das sie hatten, den Kindern gegeben. Marco und Oliver sind erstaunlich brav. Früher wäre es undenkbar gewesen, so lange mit ihnen in einer Warteschlange still zu stehen, aber es ist, als hätten sie den Ernst der Lage begriffen, als hätte die Angst ihrer Eltern sie angesteckt. Sie stehen jetzt schon fast vier Stunden hier.

Vier Stunden seit der Razzia ...

Lucas lässt die Gedanken schweifen. Er erinnert sich mit Bitterkeit an die letzten Wochen. Wie hatte es nur so weit kommen können?

Während ihrer endlosen Reise durch Frankreich hatten sie viele Flüchtlinge kennengelernt, sogar Freundschaften geschlossen und Teile des Wegs mit anderen Familien zurückge-

legt. Die meisten wollten zu Verwandten oder Freunden, die bereit waren, sie in ihren Häusern aufzunehmen. Lucas und Naya hatten schnell begriffen, dass es für Menschen wie sie, die kein klares Ziel vor Augen hatten, so gut wie unmöglich war, sich irgendwo dauerhaft niederzulassen. Alle Gemeinden hatten bereits ihr Kontingent an Flüchtlingen aufgenommen, die Türen waren zu. Noch schlimmer war, dass man sie immer aggressiver abwies. Eine schädliche Stimmung hatte sich im Land ausgebreitet. Man zählte mittlerweile fast zwei Millionen Tote infolge der Bombardements, vor allem aber durch die verheerenden Auswirkungen der Choleraepidemie, die man auf den Strom der Klimaflüchtlinge zurückführte.

Eines Tages hatte Lucas ein paar Flüchtlinge vom »Grünen Tal« sprechen hören, einem riesigen Waldgebiet in einer abgelegenen Ecke Schwedens. Dort war man angeblich bereit, Menschen willkommen zu heißen, die ein neues Leben anfangen wollten. Das Gerücht besagte, dass Schweden nicht so stark unter der Trockenheit leide und die Regierung eingewilligt habe, Neuankömmlinge aufzunehmen. Doch natürlich hatte die Reise ihren Preis, für den Großteil der Migranten war er unerschwinglich. Lucas und Naya hatten noch Geld. Genug, um die Überfahrt zu bezahlen. Genug für eine Chance...

Nach wochenlangem Marsch hatten sie ihr Ziel erreicht: Calais. Doch der Zutritt zur Stadt war gesperrt. Natürlich waren sie nicht die Einzigen, die Frankreich mit dem Schiff verlassen wollten. Sie wurden gezwungen, sich vor der Stadt in einem riesigen Lager einzurichten, wo Schmutz und Gewalt herrschten. Die Sanitäranlagen waren außer Funktion. Regeln gab es nicht. Wenigstens hatten sie ihr eigenes Zelt. Diejenigen, die keins hatten, wurden in riesigen Gemeinschaftszelten zusammengepfercht, wo Diebstähle und Prügeleien an der Tagesordnung waren.

Lucas war rastlos. Nachts schlief er kaum mehr als zwei Stunden. Im Flüchtlingslager von Calais konnte alles passieren. Jederzeit. Das war kein Ort für eine Familie. Schnell stellte Lucas fest, dass es ihm nicht gelingen würde, die Fahrkarten nach Schweden auf regulärem Weg zu kaufen. Es hieß, die Wartezeit betrage drei Jahre ... Blieben also nur noch die Schlepper. Das war natürlich noch teurer. Und riskanter. Fischerboote nahmen Flüchtlinge mit, umgingen irgendwie die Patrouillen der Küstenwachen und setzten sie im Zielland in kleinen Buchten ab. Lucas und Naya hatten mehrere Tage gezögert, doch es war klar, dass ihr Geld nicht für drei Jahre reichen würde. Nicht einmal für ein Jahr. Also hatten sie ihre Entscheidung getroffen. Lucas konnte einen Schlepper auftreiben und hatte ihm beinahe ihre gesamten Ersparnisse anvertraut. Er war zerrissen zwischen der Angst, übers Ohr gehauen worden zu sein, und der Hoffnung auf erträglichere Lebensbedingungen. Natürlich würde die Reise schwierig werden. Aber Schweden ... Nach Monaten unter der sengenden Sonne ließ ihn schon der Name des Landes träumen.

Ausgerechnet am Vorabend vor der geplanten Abreise hatte es eine Razzia gegeben. Wie aus dem Nichts waren Sol-

DRAUSSEN

daten aufgetaucht, hatten gebrüllt und Flüchtlinge aus ihren Zelten gezerrt. Ein regelrechter Orkan aus Stiefeln und Geschrei. Wer sich widersetzte, wurde geschlagen. Lucas und Naya waren den anderen fassungslos gefolgt und in einen der Laster gestiegen, mit denen man sie in ein riesiges Stadion gebracht hatte.

Und hier sind sie nun, inmitten einer endlosen Warteschlange, umgeben von Sicherheitsbarrieren. Es geht einfach nicht voran.

Oliver zupft seinen Vater am Ärmel. »Papa, ich hab Hunger.«

»Ich weiß, mein Schatz. Aber wir haben leider nichts mehr.«

Der Kleine fängt an zu weinen, verhalten, beinahe lautlos. Lucas beißt die Zähne zusammen. Olivers Tränen haben nichts Trotziges. Sein Kind leidet, und er kann nichts dagegen tun. Seine Ohnmacht macht ihn fast verrückt.

Eine ältere Frau nimmt einen Keks aus ihrer Tasche, bricht ihn in zwei Teile und schenkt ihn den beiden Jungen. Die Tränen versiegen. Lucas verbeugt sich, um ihr zu danken.

»Das ist doch selbstverständlich«, sagt die Frau. »Wir müssen einander helfen.«

»Das hätte nicht jeder getan.«

»Vielleicht. Ich heiße Marie.«

»Ich bin Lucas. Das ist meine Frau Naya, und die Kleinen heißen Marco und Oliver.«

»Schön, Sie kennenzulernen, Lucas.«

»Wissen Sie, warum man uns hierhergebracht hat?«

»Ich habe nicht die leiseste Ahnung«, sagt die alte Frau.

»Aber es erinnert mich an die traurigen Ereignisse, die wir alle aus dem Geschichtsbuch kennen.«

»Was meinen Sie?«

»Ich war im Laster mit einer Frau, die das Gleiche schon in einem anderen Lager erlebt hat. Ich weiß nicht, ob es stimmt, aber sie hat immer wieder beteuert, dass die Soldaten uns eine Identifikationsnummer auf den Arm tätowieren würden.«

»Das werden sie nicht ... Wozu soll das gut sein?«

»Ich weiß es nicht. Ich wiederhole nur, was sie gesagt hat.«

Lucas und seine Familie rücken langsam vor. Die Wartezeit ist endlos, und jetzt bricht die Nacht herein. Niemand gibt ihnen eine Decke. Die Kleinen zittern. Lucas und Naya nehmen sie fest in die Arme. Die Leute schlafen auf dem nackten Boden und rappeln sich mühsam auf, wenn sie weiter gedrängt werden.

Erst im Morgengrauen sind sie an der Reihe, in das große weiße Plastikzelt zu gehen. Die Kinder sind am Ende ihrer Kräfte. Sie schlafen in den Armen ihrer Eltern.

»Ich habe Angst«, sagt Naya, leise, um die Kinder nicht zu wecken.

»Ich auch«, gesteht Lucas und drückt ihre Hand.

Sie betreten das Zelt und stehen Soldaten in weißen Kitteln gegenüber.

»Name?«

Lucas zögert.

»Name!«, wiederholt der Soldat. »Ich habe nicht den ganzen Tag Zeit.«

»Delorme. Lucas und Naya. Die Jungen heißen Oliver und Marco.«

»Marco ist der Kleine?«

»Nein, der Große.«

»Alles klar, weitergehen.«

Lucas runzelt die Stirn und mustert die Zahlen, die dem Mann vor ihnen auf den Arm tätowiert worden sind.

»Na los, los«, ermuntert ihn ein anderer Soldat. »Kommen Sie, es tut nicht weh. Dann können Sie wieder ins Lager. Ich rate Ihnen, lassen Sie ihn einfach machen.«

Lucas geht wie ein Automat weiter. Naya folgt ihm.

Der Mann hat nicht gelogen. Er spürt nur einen leichten Stich. Die Kinder fangen trotzdem an zu weinen, als sie dran sind, weil das unangenehme Gefühl sie aus dem Schlaf reißt. Lucas setzt Oliver auf dem Boden ab und sieht ihn an. Der Kleine reibt sich den Unterarm, gleich über dem Handgelenk, wo eine Nummer auf seiner hellen Haut leuchtet: RC 2722.

RC steht wohl für »refugié climatique«, Klimaflüchtling, denkt Lucas. Er beißt die Zähne zusammen. Seine Söhne werden wie Vieh behandelt. Eine Träne läuft ihm über die Wange. Vielleicht hätten sie Marseille nicht verlassen sollen.

Auf der Rückfahrt zum Lager ist es totenstill. Niemand wagt, über das Geschehene zu sprechen. Die Demütigung übersteigt ihr Fassungsvermögen.

Nur ein Mann bricht das Schweigen: »Wie können sie uns das antun? Wir sind doch Franzosen, genau wie sie!«

»Ich glaube, das ist nicht mehr viel wert«, erwidert eine

Frau niedergeschlagen. Die Trauer steht ihr ins Gesicht geschrieben.

Schon als sie bei der Rückkehr ins Lager den Laster verlassen, hat Lucas eine schlechte Vorahnung. Er treibt die Kinder an, so schnell wie möglich zum Zelt zu laufen. Als er feststellt, dass seine Befürchtung eingetreten ist, flucht er laut, er kann nicht anders. Ihr Zelt ist weg, genau wie alle ihre Habseligkeiten. Sie sind niedergeschmettert. Zum Glück steckt das wenige Geld, das sie noch haben, im Schaft seines Wanderstiefels. Er schaut auf die Uhr. Noch haben sie Zeit...

Im Laufschritt verlassen sie das Lager. Jede Sekunde zählt. Lucas rennt voraus. Atemlos erreicht er den kleinen Felsen in der Bucht, wo ein Boot auf sie warten soll. Sie sind ein bisschen zu spät, aber...

Nichts. Kein Boot.

Lucas wirft sich auf den Boden.

Er kann nicht anders. Er bricht in Tränen aus. Naya und die Kleinen haben ihn bald eingeholt. Die Kinder verstehen nicht, warum ihr Vater weint. Sie versuchen, ihn zu trösten. Umsonst.

Ein alter Mann kommt, auf einen Gehstock gestützt, über den Küstenweg an den Strand. Sein Gesicht zeigt die Spuren einer anderen Zeit, als man noch an der frischen Luft lebte, sich Wind und Sonne aussetzte. Sein Rücken ist gekrümmt, doch seine Augen sind wach.

»Kein Boot da, hm?«, sagt er und bleibt bei ihnen stehen.

»Nein«, erwidert Lucas verzweifelt.

»Seien Sie froh.«

»Froh?«, knurrt Lucas. »Wollen Sie uns verhöhnen? Wir haben alles verloren.«

»Ich wohne schon eine ganze Weile hier, und schon eine ganze Weile sehe ich Leute wie Sie.«

»Leute wie uns?«, wiederholt Naya.

»Leute, die Frankreich verlassen wollen.«

»Ja, und?«

»Und ich verstehe Sie. Unser Land ist ein einziger Saustall geworden. Aber diese Boote sind keine gute Idee.«

»Und warum nicht?«, fragt Lucas. »Jedenfalls besser, als in dieses entsetzliche Lager zurückzukehren. Da hat man uns alles gestohlen, was wir noch hatten!«

»In den alten Kuttern von den Schleppern würde ich nicht mal durch die Bucht hier fahren«, sagt der Alte. »Das sind Wracks. Ich wette, dass keiner von denen je ans Ziel gekommen ist. Das Meer kennt kein Erbarmen.«

»Was wollen Sie damit sagen?«

»Ich will damit sagen, dass die Schlepper die Leute ein paar Meilen vor die Küste bringen und sie dort sich selbst überlassen. Wer an Bord steigt, ist nach zwei Tagen ertrunken... Was haben sie Ihnen versprochen, wohin sie Sie bringen? Schweden? Island?«

Lucas nickt langsam. »Schweden. An einen Ort, den man das Grüne Tal nennt.«

»Ja, glauben Sie denn, dass die Schweden scharf drauf sind, Tausende Franzosen aufzunehmen?« Der Mann spuckt zu Boden, bevor er weiterspricht. »Ich denke, wenn auch nur eins dieser Boote durch ein Wunder an ihre Küste kommt, würde ihre Küstenwache damit kurzen Prozess machen. So wahr ich Johannick heiße!«

»Was soll nur aus uns werden?«, fragt Naya tonlos.

»Tja, das weiß ich auch nicht«, sagt Johannick. »Aber was halten Sie davon, heute Abend einem einsamen alten Mann Gesellschaft zu leisten?«

Lucas hebt hoffnungsvoll den Blick.

»Ich habe ein paar Zimmer frei, Nudeln, Schinken und eine gute Flasche Rum, die es verdient hat, dass mit ihr angestoßen wird«, fügt er hinzu und reicht Lucas die Hand. »Kommen Sie, mein Lieber, man darf nie die Hoffnung verlieren. Ihre Kleinen müssen sehen, dass ihr Vater nicht aufgibt.«

Lucas ergreift seine Hand und schüttelt sie lange. Dann richtet er sich auf.

Oliver zieht den Stecker. *Wie schrecklich*, denkt er. Er schiebt den Ärmel seines Pullovers nach oben und betrachtet seinen Unterarm. Ein unscharfes Drachen-Tattoo verläuft über seine sehnigen Muskeln. Das gleiche, das Marco hat. Eine Nummer kann er darunter nicht erkennen. Die Tätowierung ist etwas verschwommen, die Farben sind matt. Bis heute hat Oliver sich immer gefragt, wie sein ernsthafter Vater auf die Schnapsidee kommen konnte, seinen beiden kleinen Söhnen einen Drachen auf den Unterarm tätowieren zu lassen. Jetzt kennt er die Antwort. Sie hatten nur einen Zweck: die Zahlen zu verdecken, die darunter lagen. Was die üble Verbrennung angeht, die sein Vater am Unterarm hatte, will er lieber nicht wissen, wie die zustande kam. Oliver streckt sich auf dem Bett aus. Die Vergangenheit seines Vaters gibt ihm immer mehr Rätsel auf. Nichts von dem, was er gesehen hat, stimmt mit dem überein, was Nikolaï Sokolov ihm erzählt hat. Dieses neue Kapitel hat ihm eine weitere Information geliefert, die ihn zutiefst verstört. *Delorme.* Oliver Delorme. Sein Name ist nicht Sokolov. Oliver hat das Gefühl, dass man ihm etwas Wertvolles, etwas Grundlegendes genommen hat. Heute hat er einen Teil seiner Identität verloren, einen Teil von sich selbst. Er kann nicht anders, als es seinem Vater zu verübeln, dass er sie auf ganzer Linie belogen hat.

20

»Morgen, Tsché«, sagt Oliver, als er ins Wohnzimmer kommt.
»Morgen ist gut. Es ist schon fast Mittag!«
»Mittag? Wirklich? Das tut mir leid …«
»Macht doch nichts. Anscheinend hattest du es nötig. Möchtest du was essen?«
Oliver setzt sich bereitwillig an den Tisch. Im Tageslicht, von Sonnenstrahlen durchflutet, ist das Zimmer wirklich schön. Die runden Mauern haben eine beruhigende Wirkung. Er macht große Augen, als er Äpfel und Birnen in einer Schale entdeckt.
»Bitte, bedien dich.«
Oliver nimmt sich eine Frucht und betrachtet sie lange, bevor er vorsichtig hineinbeißt. Sie ist süß und säuerlich zugleich. Er schließt die Augen und kostet den Geschmack aus.
»Oh Mann, das ist dein erstes Mal, was?«
»Ja. Obst gibt es im Bunker nicht. Und das einzige Gemüse, das unter der Erde wächst, sind Schwarz-

knollen, fader Salat und Tomaten, die nach Wasser schmecken. Kein Vergleich mit diesem Apfel! Ich danke dir, Tsché.«

»Nichts zu danken.«

»Es gibt ein paar Dinge, die ich mich nicht zu fragen traue, seit wir uns begegnet sind.«

»Schieß los.«

»Wo genau sind wir?«

Tsché staunt. »Du weißt nicht, wo dein Bunker liegt?«

»Nein. Das gehört zu den Sicherheitsregeln. Abgesehen von ein paar hohen Funktionären kennt niemand die genaue Lage.«

»Aber die Leute ... ich meine, die Erwachsenen, die sich dorthin geflüchtet haben, müssen doch wissen, wo er liegt?«

»Nein.« Oliver schüttelt den Kopf. »Alle, die ich gefragt habe, haben mir dieselbe Antwort gegeben. Der Treffpunkt lag in einer Stadt. Dann wurden wir in einem Lastwagen durch die Nacht gefahren. Niemand konnte sehen, wohin.«

»Das ist doch bescheuert. Ich verstehe nicht, warum.«

»So bescheuert ist es nicht«, entgegnet Oliver. »Nimm zum Beispiel meinen Bruder. Sie konnten ihn nur verbannen, weil er nicht weiß, wo sich der Bunker befindet. Sie haben ihn bewusstlos geschlagen, ihm die Augen verbunden und ihn irgendwo abgelegt.«

»Hm, so gesehen ... Aber auf dich trifft das ja nicht zu, oder?«

Oliver zögert.

»Sag lieber nichts«, sagt Tsché. »Du folgst meinem Rat, und das ist gut so. Hüte dich vor jedem.«

»Auch vor dir?«

»Vor jedem. Man weiß nie, woher die Gefahr kommt. Und um deine Frage zu beantworten, wir befinden uns in der Normandie, etwa vierzig Kilometer südöstlich von Dieppe, wenn dir das was sagt.«

»So ungefähr. Und die Geisterstadt, wo du mich gefunden hast?«

»Forges-les-Eaux?«, fragt Tsché. »Davon ist nicht mehr viel übrig.«

»Okay. Danke.«

»Keine Ursache. Und jetzt habe ich eine Frage: Was ist das Ding da an deinem Hals? Es ist mir gestern schon aufgefallen, als ich die Salbe aufgetragen habe.«

Automatisch berührt Oliver sein Implantat. Er hat es schon seit Jahren, er achtet gar nicht mehr darauf.

»Ein Datenimplantat. Wie ein Mini-Computer. Darauf kann man zum Beispiel große Mengen an Informationen speichern und hat so ein etwa zehnmal größeres, unfehlbares Gedächtnis.«

»Na, wunderbar. Ich habe schon davon gehört, aber noch nie eins gesehen«, sagt Tsché.

»Wir hatten einen der besten Spezialisten Frankreichs für diese Implantate im Bunker. Eine richtige

Intelligenzbestie. Er hat sich gut mit meinem Vater verstanden. Da, wo ich herkomme, hat fast jeder eins.«

»Und funktioniert es?«

Oliver grinst. »Wenn das, was du wissen willst, in meiner Datenbank ist, schon.«

»Also, wenn ich dich nach der Dichte von Cäsium frage, kannst du sie mir nennen?«

Oliver runzelt überrascht die Stirn, dann lächelt er. »1,873 Gramm pro Kubikzentimeter.«

»Unglaublich! Wie hoch ist der Eiffelturm?«

»324 Meter.«

»Temperatur der Kernschmelze?«

»327,5 Grad Celsius.«

»Abgefahren!« Tsché lacht. »Eine wandelnde Enzyklopädie.«

»Komischer Vergleich. Steht er noch?«

»Wer?«

»Der Eiffelturm.«

»Ich glaube schon, ja. Und entschuldige, ich wollte dich nicht kränken.«

Oliver zuckt mit den Schultern. »Wenn der Überraschungseffekt vorbei ist, ist es eigentlich gar nicht so außergewöhnlich. Es ist praktisch und schnell, aber man bekommt die gleichen Infos auch, wenn man mit irgendeinem beliebigen Computer recherchiert.«

»In deinem Bunker vielleicht«, schnaubt Tsché. »Hier ist das Internet nur noch eine Erinnerung, und

Computer mit Zugang zu einem Netz sind den Privilegierten vorbehalten, die in den Stadtstaaten wohnen.«

»Stimmt, entschuldige. Ich rede, ohne nachzudenken. Ich würde gerne noch etwas wissen.«

»Ja?«

»Etwas Persönlicheres. Deine Fragen nach Cäsium, Kernschmelze, dein Vorname ... Gibt es dafür eine Erklärung?«

»Mein Vater war Strahlenschutzwerker im Atomkraftwerk von Penly. In Dieppe.«

Oliver nickt.

»Willst du nicht wissen, was das bedeutet?«

»Im Großen und Ganzen ist ein Strahlenschutzwerker für die Maßnahmen verantwortlich, die sicherstellen, dass keine Strahlung austritt.«

»War das wieder dein Implantat?«

»Nee, das brauche ich dafür nicht. Mein Vater war Atomingenieur im Bunker. Sein Job war, den Mini-Reaktor am Laufen zu halten. Ohne den Strom, den der erzeugt, ist der Bunker nicht existenzfähig. Alle Wasserfiltersysteme, die Luftfilter und die Beleuchtung würden zusammenbrechen.«

»Dein Vater war also ein hohes Tier.«

»Ein richtig hohes. Er hat uns immer mit seinem Atomkram genervt. Ich glaube, er hat davon geträumt, dass wir mal in seine Fußstapfen treten.«

»Mein Vater auch. Er ist in seinem Job völlig aufgegangen. Er hat mir so viel erzählt, über den Reaktor, wie alles funktioniert...«

»Das erklärt aber immer noch nicht, warum du dich Tschernobyl nennst«, hakt Oliver nach.

Tsché seufzt. »Ich habe meine Mutter nie kennengelernt. Sie ist gestorben, als ich noch ein Baby war«, sagt sie dann. »Eine verirrte Kugel auf einer Demonstration, die sich das falsche Ziel gesucht hat. Als mein Vater gestorben ist, war ich 13. Ich war kein kleines Mädchen mehr, das die Nachbarn aus Mitleid bei sich aufgenommen hätten, aber auch noch nicht erwachsen... Ich musste lernen, allein zurechtzukommen. Eine Zeit lang habe ich mich mit Gelegenheitsjobs durchgeschlagen, dann hat es mich ziemlich genervt. Ich habe überlegt, wie ich meinen Lebensunterhalt verdienen kann. Ich wollte ein Geschäft eröffnen, unabhängig sein... Sylvie, eine Freundin, hat mich auf etwas gebracht, was mir längst hätte klar sein sollen. Die Leute, für die ich gearbeitet habe, hatten selber kaum was. Also habe ich beschlossen, ihnen zu besorgen, was sie brauchten. Am Anfang habe ich geschuftet wie ein Tier, um mir ein Lager aufzubauen. Um durch die Wüste zu ziehen, braucht man Erfahrung. Außerdem waren die meisten verlassenen Orte längst geplündert. Ganz zu schweigen von denen, die gefährlich sind. Wenn ich Erfolg haben wollte, musste ich also neue Beschaffungsorte auftun. Und da kam der Job meines Vaters ins Spiel...«

»Du holst doch nicht etwa Dinge aus verstrahlten Gebieten?«

»Doch.« Tsché lehnt sich zurück und lächelt. »Das ist mein Spezialgebiet. Ich habe einen Schutzanzug und Messgeräte, alles, was ich brauche, um die Schwarzen Zonen gefahrlos zu betreten.«

»Aber die Dinge, die du da sammelst, sind die nicht verstrahlt?«, fragt Oliver.

»Kommt drauf an. Ich reinige sie, und wenn der Geigerzähler dann kein beruhigendes Ergebnis liefert, kommen sie für eine Weile in ein Loch, das ich den ›Friedhof der Gegenstände‹ nenne. Wenn die Strahlung in Ordnung ist, bringe ich sie hierher oder zu den Tiefen Türmen.«

»Echt schlau. Gefährlich, aber schlau«, sagt Oliver anerkennend. »Und du hast keine Konkurrenz?«

»Doch, natürlich. Die Schwarzen Zonen sind keine netten Orte. Aber meine Konkurrenten sind meistens Laien. Sie gehen ziemlich schnell drauf, weil sie zu viel riskieren, oder, noch schlimmer, verstrahlte Dinge mitbringen, die die Leute krank machen. Ich habe mir einen Namen gemacht. Meine Kunden wissen, dass bei mir alles sauber ist. Das Geschäft läuft ziemlich gut, das hast du ja gemerkt. Und deshalb habe ich den Spitznamen Tschernobyl.«

»Und dein richtiger Vorname?«

»Der ist mein Geheimnis. Wir kennen uns noch nicht gut genug, dass ich ihn dir verrate.«

»Verstehe.« Oliver nickt. »Was ist heute an der Tagesordnung?«

»Ich muss etwas in die Tiefen Türme liefern. Ich werde die Gelegenheit nutzen, um diskret ein paar Leute zu kontaktieren und herauszufinden, ob sie zufällig was von einem Fremden in der Wüste gehört haben. Bist du bereit für eine Motorradfahrt?«

Bevor Oliver antworten kann, hallen drei kurze Schläge durch den Raum. Tsché schaut alarmiert zur Tür.

»Tsché? Hier ist Hiram. Kann ich reinkommen?«

Oliver erinnert sich an den kauzigen alten Mann, den sie gestern getroffen haben.

»Ist das der Schnapsbrenner?«, fragt er leise.

Tsché nickt und legt einen Finger an die Lippen.

»Einen Moment«, ruft sie.

Sie öffnet einen Schrank und schiebt einen kleinen Gegenstand in die Tasche ihres Sweatshirts, auf dem eine Rockband abgebildet ist, deren Mitglieder schon eine ganze Weile unter der Erde liegen dürften. Als Oliver klar wird, dass er sie ziemlich hübsch findet, ist sie schon an der Tür und drückt die Klinke. Die Anspannung weicht einem künstlichen Lächeln. Oliver fragt sich, warum sie so beunruhigt ist. Hiram hat auf ihn einen netten Eindruck gemacht, und Tsché schien ihn doch zu mögen. Das gutmütige Gesicht des Alten zerstreut seine Sorge.

»Hiram«, sagt Tsché. »Schöner Tag heute, was?«

»Herrlich. Können wir kurz reinkommen?«

»Wir?«

»Meine Freunde und ich …«

Zwei Männer von der Größe normannischer Wandschränke stehen hinter Hiram. Auch sie lächeln, doch Oliver überkommt ein schlechtes Gefühl. Wie um sein Unbehagen zu bestätigen, springt Fuku von ihrem Kissen und bleckt die Zähne.

»Es ist gegen meine Gewohnheit, Fremde in mein Haus zu lassen, Hiram. Ich muss dich leider bitten zu gehen.«

»Und ich muss darauf bestehen«, erwidert der Alte.

Spitze dünne Klingen erscheinen in den Händen der beiden Schränke. Sie lächeln nicht mehr.

»Wenn du darauf bestehst …«, sagt Tsché und weicht langsam zurück.

Fuku bellt lauter.

»Wenn du nicht willst, dass dein Pudel auf dem Grill landet, dann halt ihn zurück«, droht Hiram mit tonloser Stimme.

»Fuku, auf den Sessel!«, befiehlt Tsché.

Die Hündin gehorcht widerstrebend, doch sie lässt das Trio nicht aus den Augen, das in ihr Haus eingedrungen ist. Oliver weiß nicht, wie er sich verhalten soll. Er hat sich heimlich mit einer Glasflasche bewaffnet, die er unterm Tisch fest umklammert.

»Was willst du?«, fragt Tsché.

»Ich? Gar nicht viel, meine Schöne.«

»Weißt du, Hiram, deine Komplimente und dein Gegaffe fand ich schon immer ekelhaft.«

»Ach, das tut mir aber leid«, sagt Hiram süffisant.

»Komm schon, spiel nicht den Dickkopf. Lass uns deinen Freund mitnehmen, und mach kein Theater. Wir wissen beide, was ein Maulwurf wert ist. Diese Chance kann ich mir nicht entgehen lassen. Und glaub es oder nicht, du liegst mir am Herzen, Mädchen. Ich will nicht, dass dir etwas passiert.«

»Woher weißt du es?«, fragt Tsché.

»Ich bin doch nicht von gestern, Kleine. Tut mir leid, Oliver, aber deine Art, alles wie ein neugeborenes Kind anzustaunen, hat dich verraten ... Anfangs hatte ich Zweifel, aber als ich das Kabel an deinem Hals gesehen habe, wusste ich, dass ich das große Los gezogen habe! Ein Datenimplantat! Mein Gott, was für ein Glücksfall! Wer, abgesehen von einem Bewohner der Stadtstaaten, kann sich so ein Wunderwerk der Technik leisten?«

»Nur einer aus dem Bunker«, gibt Oliver zu.

»Mit dem, was ich für dich kriege, wenn ich dich an die Bunkerjäger verkaufe, kann ich mir ein schönes Leben machen. Dann muss ich nicht mehr zehn Stunden am Tag meinen Schnaps brennen. Ich habe eine schöne Rente verdient.«

Tsché zuckt mürrisch mit den Schultern. »Manchmal muss man eine Niederlage wohl eingestehen«, sagt sie. »Wir können hier nur als Verlierer herauskommen. Du kannst ihn haben. Er gehört dir, Hiram.«

Das Lächeln des Alten wird breiter und entblößt von Alkohol und mangelnder Pflege zerstörte Zähne.

»Eine weise Entscheidung. So wird man heutzutage alt... Hattest du selbst vor, ihn zu verkaufen?«, setzt er hinzu.

Tsché spuckt vor ihm aus. »Meine Eltern haben mir ein paar Werte mitgegeben, Hiram, und das ist alles, was ich von ihnen noch habe.«

»Mit der Zeit wirst du deine Meinung schon noch ändern. Oliver, komm mit«, befiehlt er, ohne die Stimme zu heben.

»Der nette Alte von gestern war mir lieber«, sagt Oliver und steht auf.

Die Flasche hat er noch in der Hand.

Hiram verzieht das Gesicht. »Was hast du damit vor?«

»Ich wollte dir damit den Schädel einschlagen«, erklärt Oliver freimütig. »In deinem Alter ist der bestimmt nicht mehr so stabil.«

»Na, du hast Mumm.« Hiram lacht auf. »Gut so. Den wirst du auch brauchen, wenn die Jäger dich foltern, um aus dir rauszuholen, wo du herkommst. Schluss jetzt! Paul, Mathis, schnappt euch den Maulwurf. Ihr müsst ihn nicht mit Samthandschuhen anfassen, aber ich brauche ihn lebend.«

Die beiden Männer stürzen sich auf Oliver. Dazu müssen sie allerdings erst um den Tisch herum, der zwischen ihnen steht. Oliver umklammert den Flaschenhals, bereit, sich zu verteidigen. Nur einen Wimpernschlag später sind sie bei ihm. Ein unheilvolles Knistern zischt durch den Raum, und der erste Angreifer fällt zuckend zu Boden. Sein Komplize starrt ihn verblüfft an. Dann begreift er, dass Tsché ihm mit einem Taser einen heftigen Stromstoß verpasst hat. Es dauert nur einen Moment. Lange genug, dass Fuku vorspringen und ihm fest in die Hand beißen kann. Mit einem leisen Klirren fällt das Messer zu Boden, und der Mann stößt einen heiseren Schrei aus. Diesen Moment wählt Oliver, um zuzuschlagen. Die Flasche explodiert über dem Schädel des Riesen, der den Schlag nicht kommen sieht, weil er mit dem Hund beschäftigt ist, der sich in seiner Hand festgebissen hat. Mit einem Schmerzensschrei sinkt auch er zu Boden. Hiram steht daneben. Seine Augen werden groß, während seine Hoffnung auf schnellen Reichtum schwindet. Oliver dreht sich zu ihm um und tritt ihm entschlossen entgegen. Hiram weicht zurück und drückt sich gegen die Eingangstür.

»Du wirst doch keinen alten Mann schlagen?«, krächzt er.

»Er vielleicht nicht, aber ich schon, und zwar ohne das kleinste Bedauern«, sagt Tsché und versetzt ihm eine saftige Ohrfeige, die ihn zu Boden wirft. »Weißt du, was das Beste an diesem Taser ist? Er hat eine doppelte Ladung!«

Sie lässt den Worten Taten folgen und verpasst dem Alten einen Schlag mit voller Stärke. Er verliert zuckend das Bewusstsein.

Oliver vergewissert sich schnell, dass die beiden anderen auch wirklich außer Gefecht gesetzt sind.

»Fürs Erste sind die weg vom Fenster«, sagt er.

»Noch eine ganze Weile, würde ich sagen.«

Tsché sieht ihn nachdenklich an. »Umso besser. Ich konnte Hiram noch nie leiden, aber ich hätte nicht gedacht, dass er so was tun würde.«

»Woher hast du es gewusst?«, fragt Oliver. »Du hast den Taser schon geholt, bevor du gesehen hast, dass Hiram Verstärkung dabeihatte.«

»Die Macht der Gewohnheit. Wie gesagt, die Welt ist gnadenlos. Man muss immer auf alles gefasst sein.«

»Danke, Tsché. Ohne dich ...«

»Lass gut sein.«

»Was machen wir jetzt?«

Tsché seufzt tief. »Wir sitzen in der Scheiße. Das Beste wäre, wenn wir sie umbringen, ihre Leichen loswerden und hoffen, dass sie mit niemandem gesprochen haben.«

»Ich muss gestehen, dass Leute umbringen mich nicht besonders reizt.«

»Mich auch nicht.«

»Gibt es noch eine andere Lösung?«

»Wir verschwinden so schnell wie möglich von hier und kommen nie mehr zurück.«

»Das würde heißen, dass du alles verlierst, oder?«
»Tja, das würde es wohl heißen. Wenn Hiram aufwacht, wird er Verstärkung holen, das ist sicher. Der geht so weit und kontaktiert die Bunkerjäger direkt. Das bringt ihm zwar weniger, aber immerhin etwas.«
»Werden sie uns verfolgen?«
»Ja. Ohne Gnade.«
»Dann sollten wir uns vielleicht lieber trennen«, schlägt Oliver vor.
»Wenn du noch vor heute Abend sterben willst, meinetwegen.«
»Warum willst du für mich dein Leben riskieren?«
»Ich weiß es nicht.« Tsché zuckt mit den Schultern. »Warum nicht? Ich habe die letzten Jahre ein bisschen was gespart. Das Geld ist gut aufgehoben bei einem Wucherer in den Tiefen Türmen. Mit der Summe könnten wir versuchen, über die Mauer zu kommen.«
»Die Mauer?«
»Zwischen Frankreich und Belgien. Sie wurde kurz nach dem Großen Kollaps gebaut, um die Flüchtlingsströme in den Norden in Schach zu halten. Fünfzig Meter hoch, alle hundert Meter Posten mit Maschinengewehren... Ein richtiges Monstrum. Angeblich gibt es oben in Schweden noch natürliche Wälder und Anbau im Freien.«
»Meinst du das Grüne Tal?«
»Ja. Kennst du es?«

»Ich habe davon gehört. Und du glaubst, wir könnten über die Mauer?«

»Mit Geld ist alles möglich. Außerdem ... bleibt uns nicht wirklich etwas anderes übrig.«

»Du hättest zulassen sollen, dass sie mich mitnehmen«, sagt Oliver verdrossen.

»Ich habe meine Prinzipien, schon vergessen? Wenn man die nicht respektiert, wozu soll man dann noch leben?«

Dem kann Oliver nichts entgegnen. Er nickt.

Tsché beginnt, geschäftig durchs Haus zu eilen. Sie sammelt ihre Sachen zusammen. Eine Reisetasche ist bereits gepackt, als wäre sie auf einen solchen Fall vorbereitet gewesen. Sie reicht Oliver einen Motorradhelm, sucht etwas zu essen und pfeift Fuku herbei, die sie mit großen Augen ansieht. Die kleine Hündin scheint sie anzuflehen, sie nicht zurückzulassen. Sie springt freudig an ihr hoch, als sie begreift, dass sie mitkommen wird auf die Reise. Vorsichtig fahren sie los, doch es steht kein Empfangskomitee für sie bereit. Wenigstens etwas.

Einige Minuten später jagt das Motorrad gen Süden durch die Wüste und zieht eine dicke Staubwolke hinter sich her.

21

»Willkommen in den Tiefen Türmen«, sagt Tsché, ohne zu lächeln.

Sie lässt aufmerksam den Blick schweifen, um böse Überraschungen auszuschließen.

Oliver ist verblüfft. Er sieht nichts weiter als einen riesigen Parkplatz, auf dem ein paar Autos und Motorräder stehen.

»Wo ist die Stadt?«, fragt er.

»Unter der Erde. Man hat hier mit einem Tiefbohrer gigantische zylinderförmige Höhlen angelegt, 150 Meter tief.«

»Ach, deshalb die *Tiefen Türme*.«

»Ganz genau. Es sind zehn Hohlräume, die einen Kreis bilden. Sie sind durch Tunnel miteinander verbunden. In der Mitte liegt eine riesige Halle, die als Marktplatz dient, und in den Türmen wohnen die Menschen.«

»Und was ist der Vorteil daran, sich zu begraben, wenn es gar kein Virus mehr gibt?«

»Der Schutz vor der Hitze.« Tsché lacht auf. »Das solltest du doch wissen! Da unten ist es wie in einem Keller, die Luft ist kühl, selbst wenn hier oben die Sonne brennt. Ein ausgeklügeltes Spiegelsystem versorgt die Wohnungen mit natürlichem Licht. Die Energie kommt von einem Solarfeld einige Hundert Meter neben der Stadt und wird in einer riesigen Batterie gespeichert.«

»Genial. Eine Art offener Bunker.«

»Genau. Die Bereiche, die direktem Sonnenlicht ausgesetzt sind, erlauben sogar eine ziemlich effiziente Landwirtschaft. Man braucht nur Pflanzen, die im Halbschatten gedeihen. Der Vorteil ist, dass man hier viel weniger Wasser benötigt als in der Grauen Stadt.«

»Und wo geht's rein?«

»In der Mitte ist eine Treppe, die zum Marktplatz führt. Das ist der einzige Zugang. So kann man sich im Fall eines Angriffs besser verteidigen.«

»Aber Angreifer könnten doch auch direkt durch die Türme einsteigen, oder?«

»Schon, aber dafür müssen sie erst mal die Elektrozäune überwinden, die jeden Turm umgeben. Dreißigtausend Volt. Das bitzelt ganz schön.«

Oliver nickt. Plötzlich wird er auf eine Bewegung aufmerksam, einige Dutzend Schritte von ihnen entfernt. Ein Mann scheint zwischen den Fahrzeugen auf dem Parkplatz umherzuirren.

»Wir haben Gesellschaft«, raunt er Tsché zu. Die dreht sich mit einem Stirnrunzeln um. »Ach, den kenne ich«, sagt sie. Sie scheint sich zu entspannen.

»Er sieht irgendwie komisch aus«, flüstert Oliver, ohne den jungen Mann aus den Augen zu lassen. Er muss etwa fünf Jahre älter sein als er. Er ist groß und kräftig. Ein Mehrere-Tage-Bart bedeckt sein Gesicht, und seine Kleidung ist schmutzig und stellenweise sogar zerrissen. Sein Blick irrt rastlos umher, ohne wirklich etwas zu sehen.

»Er ist krank«, erklärt Tsché. »Irgendwas Psychologisches oder Psychiatrisches. Ich habe ihn schon öfter gesehen. Er hängt hier rum, manchmal auf dem Parkplatz, manchmal unten in der Stadt. Die Wachen lassen ihn rein.«

»Er ist harmlos?«

»Ja.«

»Und wie überlebt er?«

»Das habe ich mich ehrlich gesagt noch nic gefragt... Ich vermute, dass die Leute Mitleid mit ihm haben und ihm etwas zu essen schenken.«

»Komisches Leben.«

»Komische Welt. Aber es ist doch beinahe ermutigend, dass es noch Menschen gibt, die sich um einen Geisteskranken kümmern.«

»Oder einen Gestrandeten aus der Wüste retten«, gibt Oliver zurück.

Tsché zwinkert ihm zu.

»Gehen wir?«, fragt Oliver.

»Ja. Ich will nur sicher sein, dass Hiram nicht ein paar Freunden Bescheid gesagt hat, bevor ich mich vom Motorrad entferne.« Tsché schaut sich noch einmal aufmerksam um. »Sieht so aus, als wäre die Luft rein. Wollen wir hoffen, dass wir unten keine Probleme bekommen.«

Gefolgt von Fuku steuern die beiden auf den Eingang der unterirdischen Stadt zu. Sie erreichen eine breite Treppe, über die man in die Tiefe gelangt. Zwei Wachen mit Maschinengewehren sind am Eingang postiert. Sie ähneln sich wie ein Ei dem anderen.

»Na, ihr Zwillinge«, grüßt Tsché sie lächelnd.

»Hallo, Tsché! Was bringst du uns heute?«

»Nichts Spannendes. Eine Batterie und ein Getriebe für Stéphans Werkstatt.«

»Okay. Und wer ist das?«

»Ein Freund.«

»Alles klar, ihr könnt runter. Pass gut auf deinen Hund auf. Ich hab gehört, dass in den letzten Tagen mehrere verschwunden sind. Seit die Hühner an der Vogelgrippe erkrankt sind, sind die Fleischvorräte knapp. Sind die Hühner in der Grauen Stadt nicht krank?«

»Nein, denen geht's gut«, antwortet Tsché. »Und danke für die Warnung. Würdest du für ein bisschen Kleingeld auf Fuku aufpassen? Ich will lieber kein Risiko eingehen. Wir bleiben nicht lange.«

»Hm, Kleingeld interessiert mich nicht. Aber wenn du mir ein paar Bücher besorgen kannst, gerne. Ich liebe Krimis. Aber echte, ja? Aus Papier.«

»Abgemacht«, sagt Tsché und schlägt ein. »Ich weiß, wo ich welche kriege.«

Sie vertraut dem Wächter ihre Hündin an, und die beiden machen sich an den Abstieg. Es sind verflixt viele Stufen. Etwas außer Atem kommen sie in einem riesigen, aus dem Fels gefrästen Raum an. Die Decke ist mindestens zwanzig Meter hoch, und Hunderte Spiegel werfen ein überraschend helles Licht auf den Platz. Tsché hat nicht zu viel versprochen. Eine Vielzahl kleiner Stände bieten alle möglichen Waren oder Dienste an. Es ist ein Durcheinander und eine Hektik, die sich Oliver noch vor wenigen Minuten nicht hätte vorstellen können.

»Der Marktplatz. Beeindruckend, was?«, fragt Tsché.

»Und wie.«

»An den Wänden sind insgesamt zehn Tunneleingänge, die zu den Türmen führen. Kneipen und andere Freizeiteinrichtungen befinden sich in Hohlräumen an den Tunnelwänden und am Rand des großen Platzes. Hier im Zentrum ist es ungefährlich, hier wacht die Miliz. Aber in den Bars und Kneipen sieht es anders aus ...«

Oliver nickt und versucht, sich alles einzuprägen.

»Was suchen wir?«

»Wir gehen zu Ziri. Das ist mein Bankier. Sein Geschäft liegt etwas abseits in der verrufenen Zone. Du redest nur, wenn dich jemand anspricht. Ansonsten lässt du mich machen.«

»Okay.«

Vor dem Geschäft, einer Art Höhle, die aus dem Stein gehauen wurde, stehen zwei Männer mit wenig vertrauenerweckenden Gesichtern. Der eine ist riesig, hat einen Stiernacken und mustert die Neuankömmlinge mit steinerner Miene. Er vermittelt einen Eindruck brutaler Stärke. Sein Kollege ist schmächtiger, doch seine tief liegenden schwarzen Augen und der ungepflegte Bart über seinen kantigen Gesichtszügen verleihen ihm ein ebenso beunruhigendes Aussehen. Über seine Wange läuft eine große Narbe.

»Hallo«, sagt Tsché.

»Grund des Besuchs?«, fragt der Mann mit der Narbe.

»Ich möchte Geld abheben.«

»Waffen?«

»Wie bitte?«

»Seid ihr bewaffnet?«

Tsché zuckt mit den Schultern und holt ein Springmesser und ihren Taser hervor.

»Die behalte ich solange«, sagt der Mann. »Und du hast nichts?«

»Nein«, sagt Oliver.

»Durchsuch ihn, Joe«, befiehlt der Kleine dem Muskelpaket. »Ich kümmere mich um das Mädchen.«

Oliver lässt sich durchsuchen. Er betet, dass der Koloss nicht sein Implantat entdeckt, das er diesmal unter einem leichten Schal verborgen hat. Die großen Hände tasten ihn schonungslos ab. Wütend nimmt er zur Kenntnis, dass der Kleine mit der Narbe unnötig lang Tschés Taille befingert. Doch er beherrscht sich und sagt nichts. Tsché hat ihn gebeten, keine Aufmerksamkeit auf sich zu ziehen.

Endlich lassen die beiden sie in die Höhle. Hier ist von dem natürlichen Licht nicht mehr viel übrig. Ein paar Kerzen erhellen das Geschäft und verleihen ihm das Flair einer Grabkammer.

»Was für eine schöne Überraschung!«, ruft Ziri fröhlich. »Das Fräulein Tsché.«

Tsché und Oliver treten näher. Jetzt erst kann Oliver den Bankier erkennen. Er ist ein kleiner dicker Mann mit runden Schweinsbacken, Kahlkopf und einem offenen Lächeln im Gesicht. Er trägt einen dreiteiligen Anzug, der in dem kargen Felsraum, in dem es nur einen Schreibtisch und drei zusammengewürfelte Stühle gibt, völlig deplatziert wirkt.

»Lange nicht gesehen«, sagt Tsché und drückt ihm die Hand.

»In der Tat. Sie möchten Geld einzahlen? Das Geschäft läuft?«

»Diesmal möchte ich etwas abheben.«

»Sehr wohl. Wollen wir mal sehen, das Fräulein Tsché...« Der Bankier blättert in einem kleinen ledergebundenen Buch.»Wie viel möchten Sie abheben?«

»Alles.«

Der Bankier hebt den Blick und sieht Tsché durchdringend an. Er sagt jedoch nichts. Er dreht sich um und öffnet einen Tresor, der mindestens fünfhundert Kilo wiegen muss. Er ist in den Fels eingelassen und sieht nicht so aus, als könne irgendjemand ihn dort wegbewegen. Ziri nimmt mehrere kleine Beutel aus dem Tresor und legt sie auf den Tisch. Er öffnet einen Beutel nach dem anderen und zählt Tsché die Goldmünzen vor.

»Ich vertraue dir, Ziri«, sagt sie.

»Vertrauen ist gut, Kontrolle ist besser«, widerspricht der Bankier und zählt weiter.

Oliver ist überrascht. Er hat mit Scheinen gerechnet, nicht mit Gold. Aber er lässt sich nichts anmerken. Er hat sich die Lektion, die ihm Hiram erteilt hat, gemerkt.

»Wir haben einen Gesamtbetrag von dreißig Gold- und vier Silbermünzen. Ein hübsches Sümmchen.«

»Die Frucht harter Arbeit«, bemerkt Tsché.

»Da habe ich keinen Zweifel. Wollen Sie uns verlassen, Fräulein Tsché?«

»Nein, natürlich nicht. Ich möchte mein Geschäft vergrößern. Die Immobilienpreise in der Grauen Stadt steigen.«

»Da bin ich aber froh. Sie hätten vielen Leuten hier

DRAUSSEN

gefehlt... Manche Dinge kann nur Tsché besorgen, das ist bekannt.«

»Sie sind sehr freundlich.«

»Ich sage nur die Wahrheit. Dann also bis bald.«

»Bis bald, Ziri.«

Erneuter Handschlag. Der Blick des Bankiers wird durchdringend. Oliver fragt sich, ob der Typ Gedanken lesen kann. Verlegen senkt Tsché den Blick. Eilig verlassen sie den Laden und entfernen sich von den zwei Schlägern, die noch immer vor dem Eingang Wache halten. Tsché hat ihr volles Portemonnaie sorgfältig in einem Täschchen verstaut, das sie unter der Kleidung trägt. Oliver und sie mischen sich in die Menge auf dem großen Platz. Es gibt zahlreiche Stände, die alle möglichen Waren anbieten, vor allem aber Essen und Kleidung. Die Kleidungsstücke verbinden kreativ die Mode der Alten Welt mit der Fantasie der lokalen Handwerker. Tsché beobachtet Oliver amüsiert, aber auch nervös. Schließlich versetzt sie ihm einen Stoß mit dem Ellbogen.

»Reiß dich zusammen«, zischt sie. »Guck nicht so erstaunt.«

»Oh, entschuldige«, murmelt Oliver, verärgert, dass er sich von der Neugier hat hinreißen lassen.

»Lust auf einen Snack? Nehmen wir einen Hirsepfannkuchen oder gegrillte Champignons? Das sind die zwei wichtigsten Nahrungsmittel hier.«

»Beides«, sagt Oliver. »Ich hab einen Bärenhunger!«

»Dann nach dir, mein Freund«, sagt Tsché und deutet auf einen Stand.

Der Duft von Gebratenem kitzelt Olivers Nase. Tsché kauft zwei Gerichte, die in Metallschalen serviert werden, und einen Krug Wasser mit zweifelhaftem Aussehen.

»Wollen wir uns setzen?«, fragt Tsché und zeigt auf zwei alte Campingstühle, die an einem klapprigen Tisch stehen.

»Unbedingt. Romantisch hier!«, witzelt Oliver. Tsché lacht und lässt sich auf einen der Stühle fallen. »Das tut echt gut, weißt du das?«

»Was?«, fragt Oliver mit vollem Mund.

»Nicht allein zu sein. Ich glaube, es war ganz gut, dass ich dich nicht in der Wüste gelassen habe.«

»Wow, danke für das Kompliment! Aber wenn ich daran denke, in welcher Lage du jetzt wegen mir bist, finde ich dich ganz schön optimistisch.«

»So bin ich eben«, sagt Tsché freimütig. »In dieser Welt gibt es genug Menschen, die ständig nach dem Warum fragen. Warum die vielen Toten? Warum hat sich der Planet gegen uns gewendet? Warum fehlt es uns an allem? Ich gehöre zu den anderen. Zu denen, die fragen: Warum nicht?«

»Warum nicht?«

»Warum sollten wir nicht Lösungen finden, die funktionieren, eine nach der anderen, und weitermachen?«

»Ich bewundere dich«, sagt Oliver. »Ich habe mein ganzes Leben auf der Warum-Seite gestanden, auch wenn es nicht die gleichen Fragen waren wie hier oben. Warum sollen wir dieses perspektivlose Maulwurfleben leben? Warum müssen wir immer die bescheuerten Regeln im Bunker respektieren, ohne dass sich je etwas ändert? Warum soll ich Atomingenieur werden, wie mein Vater, obwohl ich viel lieber draußen herumrennen und die Sonne auf der Haut spüren will?«

»Aber du hast den Mut gehabt, den Bunker zu verlassen, Oliver. Damit hast du die Grenze überschritten, du bist jetzt einer von den *Warum nicht*-Fragern.«

»Ja, vielleicht. Aber ich muss gestehen, dass mir diese ungewisse Zukunft Angst macht.«

»Das macht das Leben doch so spannend! Warum soll man nur überleben, wenn man leben kann?«

»Das stimmt. Aber kommen wir noch mal zum Anfang zurück«, sagt Oliver, um das Gespräch auf leichteres Terrain zu lenken. »Gibt es keine jungen Leute in der Grauen Stadt, dass du meine Gesellschaft so angenehm findest? Ich dachte, sie hat dreitausend Einwohner.«

Tsché lächelt. »Doch, schon. Es gibt einige in unserem Alter ... Da ist Lucinda, eine fesche Blondine, die sich einen Nagel abbricht, wenn sie nur die Schwelle ihres Hauses übertritt, und da ist Antoine, der größte Idiot des Planeten, der ständig die anderen fertigmacht, damit er glauben kann, dass er intelligent ist. Manchmal denke ich, dass das Schicksal schon seinen eigenen Humor hat. 99 Prozent aller Menschen sind tot, und ein Typ wie Antoine musste überleben.«

Oliver verschluckt sich vor Lachen fast an einem Bissen Hirsepfannkuchen. Tsché fährt ungerührt mit ihrer Aufzählung fort: »Dann wäre da noch Lila, die eigentlich ganz in Ordnung ist, nur ein bisschen oberflächlich, und Marc, der in mich verliebt ist, seit wir zehn sind.«

»Das ist doch wunderbar! Dann weißt du ja schon, wen mal du heiratest. Wie viele Kinder wollt ihr haben?«

»Sehr witzig. Wenn du Marc sehen würdest, könntest du meine Begeisterung verstehen.«

»Das ist aber nicht nett, die Menschen nach ihrem Äußeren zu beurteilen. Ich hätte mehr von dir erwartet, Madame *Warum nicht*.«

»Tja. Für Marc bin ich jedenfalls nur ›Madame *nicht*‹. Er spricht, denkt und bewegt sich wie ein Sechzigjähriger, liest den ganzen Tag und benutzt gerne komplizierte Ausdrücke. Meistens brauche ich ein Wörterbuch, um zu verstehen, was er mir erzählt. Nein, danke.«

Oliver lacht. »Dieser Marc klingt ziemlich cool. Du musst ihn mir unbedingt vorstellen.«

»Träum weiter«, stöhnt Tsché. »Und außerdem

können wir sowieso nie wieder in die Graue Stadt zurück.«

Während sie das sagt, verfinstert sich ihr Gesicht. Oliver merkt, dass die kurze Verschnaufpause beendet ist.

»Gehen wir?«, fragt er sanft.

»Ja. Bis jetzt hat Hiram uns noch keine Probleme gemacht, aber wir sollten uns nicht zu lange hier rumtreiben. Ich werde mich nur noch mal bei meinen Kontakten nach deinem Bruder umhören.«

Tsché steht auf. Oliver erhebt sich ebenfalls und folgt ihr zwischen den Ständen hindurch. Alle scheinen sie zu kennen, und sie erwidert freundlich die Begrüßungen und das Lächeln der Leute. Gelegentlich wechselt sie ein paar Worte, dann wieder begnügt sie sich mit einem Schulterklopfen. Sie hat Talent im Umgang mit Menschen, das ist offensichtlich. Vielleicht liegt es an ihrem Lächeln, an dieser strahlenden Aura, die sie umgibt.

Tsché steuert zielstrebig auf einen jungen Mann Anfang zwanzig zu, der lässig an der Mauer neben einem der Tunneleingänge lehnt.

»Das ist Stone«, erklärt sie Oliver. »Auch ein Händler. Er versorgt die Menschen mit Mittelchen, wenn sie auf andere Gedanken kommen wollen.«

»Ich verstehe nicht ganz ...«

»Er ist ein Dealer. Ein Chemiker. Er produziert Drogen. Amphetamine, Ecstasy ...«

»Oh«, sagt Oliver überrascht.

»Du überlässt mir das Reden, klar?«

Oliver nickt.

»Hallo, Tsché!«, sagt der Dealer. »Na, kann ich dir was Gutes tun? Ich wusste noch gar nicht, dass du ab und zu auf einen Trip stehst.«

»Ich stehe vor allem auf gut informierte Leute«, erwidert Tsché und lässt in ihrer Hand eine Silbermünze blitzen.

»Sonst nichts? Das muss ja eine spannende Information sein.«

»Ich habe keine Zeit. Und ich weiß, dass du zuverlässig bist.«

»Wir Geschäftsleute müssen einander doch helfen. Was willst du wissen?«, fragt Stone, während er mit einer flinken Bewegung nach der Münze greift und sie wie ein Taschenspieler verschwinden lässt.

»Weißt du, ob hier in den letzten Tagen ein Fremder gesehen worden ist?«

»Ein Fremder?«, fragt Stone gespielt naiv.

»Ein Maulwurf«, raunt Tsché.

»Ja, rein zufällig hab ich einen ziemlich blauäugigen Typen hier gesehen mit seinen Riesenschuhen, halb verdurstet. Der Idiot hatte noch die Uniform seines Bunkers an. Hat nicht lange gedauert, bis er neue Freunde hatte.«

»Welche Freunde?«

»Die Bande von Margor hat ihn sich gekrallt. Nach

DRAUSSEN

fünf Minuten standen die zu zehnt um ihn rum. Niemand hat sich getraut, dazwischenzugehen. Sogar die Milizen haben beide Augen zugedrückt.«

»Weißt du, wo er jetzt ist?«

»Sie haben ihn in Margors Wohnung gebracht, Turm 10. Ich habe gehört, dass er selbst ihn zum Reden bringen wollte, um den Bunkerjägern zuvorzukommen.«

»Puh, wenn die Jäger davon Wind kriegen…«

»Wenn ich den Typen bemerkt habe, haben andere ihn auch gesehen. Ich wäre jedenfalls nicht gerne an Margors Stelle, wenn die Jäger hier aufkreuzen.«

»Wie sah er aus?«

»Jung, groß, muskulös, glatte braune Haare.«

Oliver muss sich zusammenreißen, um sich nichts anmerken zu lassen. Die Beschreibung passt genau auf Marco.

»Danke für die Hilfe, Stone«, sagt Tsché.

»Es ist mir immer eine Freude, meinen Nächsten zu helfen«, erwidert er mit einem Lächeln.

Tsché und Oliver entfernen sich.

»Tsché?«, ruft Stone ihr nach.

»Ja?« Sie dreht sich um.

»Wenn ich dir einen Rat geben darf, dann frag nicht zu viel nach diesem Typen und halte dich von Turm 10 fern.«

Tsché nickt wortlos. Sie zieht Oliver mit sich.

»Und?«, fragt sie.

»Das ist mein Bruder. Kein Zweifel.«
»Tja, dann sitzt er bis zu beiden Ohren in der Kacke.«

22

Tsché zögert nicht eine Sekunde. Sie zieht Oliver in den Tunnel zu Turm 10. Oliver mustert die Schilder an den Mauern. Nach etwa fünfzig Metern hält er Tsché am Ärmel fest.

»Kannst du mir das mal erklären?«

»Was?«

»Warum wir zu Turm 10 gehen, obwohl dein Kumpel gesagt hat, dass du da auf keinen Fall hin solltest?«

»Margor ist ein brutaler Kerl, aber er ist kein Idiot. Er weiß ganz genau, dass die Bunkerjäger hier aufkreuzen werden und dass er nur sehr wenig Zeit hat, um deinen Bruder zum Reden zu bringen. Wenn es stimmt, was du mir erzählt hast, wird er nichts aus ihm rausholen. Ich werde Margor ein Angebot machen, das er nicht ablehnen kann.«

»Und zwar?«

»Dreißig Goldmünzen. Ein kleines Vermögen. Außerdem nehmen wir ihm die lästige Beute ab, bevor die Jäger kommen. Da kann er nur gewinnen.«

»Aber wolltest du mit dem Gold nicht über die Mauer?«

»Ach, da findet sich schon was anderes. Das Leben ist gut eingerichtet. Es gibt immer eine Lösung.«

»Und wenn Margor nicht mitspielt?«

»Dann haben wir es wenigstens versucht. Das Wichtigste ist, dass dieser Lump nicht mitkriegt, dass du auch ein Maulwurf bist. Also reiß dich zusammen. Und jetzt komm, wir haben keine Zeit zu verlieren. Ich habe nicht die geringste Lust, den Bunkerjägern in die Arme zu laufen.«

Die beiden eilen weiter. Nach einigen Hundert Metern erreichen sie den Turm 10. Tsché wendet sich zum Aufzug und drückt auf die Taste. Sie warten ungeduldig, doch nichts passiert.

»Mist«, knurrt sie.

»Was?«

»Der Aufzug scheint kaputt zu sein. Wir müssen zu Fuß gehen.«

»Wo wohnt der Typ denn?«

»Ganz unten. 55. Untergeschoss. Dafür brauchen wir ewig!«

Tsché zieht Oliver in einen Gang, der sie ins Herz des Turms führt.

»Wahnsinn!«, kann Oliver sich nicht verkneifen, als er sich über das Geländer beugt, das sie vor dem gähnenden Abgrund schützt.

Von hier aus kann er die Anbauflächen sehen, von

denen Tsché gesprochen hat. Eine endlos lange Wendeltreppe führt nach unten. Das schneckenförmige Gebilde ist so lang, dass Oliver schwindlig wird.

»Wie eine gigantische Schlange«, schnauft er.

»Heb dir deine Biologie für später auf«, gibt Tsché zurück. »Wir haben einen verdammt langen Abstieg vor uns.«

Stufe um Stufe steigen sie in die Tiefe. Ihr Tempo lässt nicht nach, und die Spannung steigt immer weiter, während sie sich den unteren Etagen nähern. Hier ist zu wenig Licht, als dass noch Pflanzen gedeihen würden. Anstelle der Anbauflächen befindet sich hier ein verzwicktes Geflecht aus Maschinen und allen möglichen Kabeln. Wenn die helle Lichtscheibe nicht wäre, die wie ein durchsichtiger Deckel weit über ihnen liegt, könnte Oliver meinen, wieder im Bunker zu sein.

»Wir sind gleich da«, sagt Tsché.

Oliver spürt, dass seine Nervosität noch größer wird.

Plötzlich bleibt Tsché unvermittelt stehen, und Oliver prallt beinahe gegen sie.

»Seltsam«, sagt sie.

»Was?«

»Eigentlich müssten da Wachen sein. Margor ist ja nicht der einzige Ganove der Stadt. Das letzte Mal, als ich hier war, standen da mindestens fünf Schlägertypen vor der Tür.«

»Glaubst du, es ist eine Falle?«

Tsché antwortet nicht sofort. Sie sucht aufmerksam die Umgebung ab. Rechts von ihnen wird eine Tür geöffnet und wieder geschlossen.

»Können wir nicht die Nachbarn fragen, was hier los ist?«, fragt Oliver.

»Glaubst du etwa, die würden uns irgendetwas sagen? Du spinnst ja. Wir sind gleich wieder weg, aber die müssen bleiben und kriegen dann richtig Probleme.«

Oliver schämt sich, dass er so naiv war. Tsché hat natürlich recht.

Wachsam nähern sie sich Margors Tür. Sie ist nicht verschlossen. Genauer gesagt, etwas hindert sie daran, zuzufallen. Ein Bein. Ein Mann liegt im Eingangsbereich auf dem Boden, drei tennisballgroße Löcher im Torso. Oliver muss würgen. Tsché stürzt eilig nach draußen, um sich von ihrem Mittagessen zu verabschieden. Einige Sekunden später ist sie mit aschfahlem Gesicht zurück.

In allen Zimmern wiederholt sich das Bild. Überall liegen leblose Körper herum. Manche haben versucht, sich zu wehren. Ihre steifen Finger krümmen sich um ihre Revolver. Tsché geht langsam weiter, ein Taschentuch vorm Gesicht, um sich vor dem Gestank zu schützen. Im hintersten Zimmer liegt ein Stuhl mit Fixiergurten umgestürzt auf dem Boden. Daneben liegt vor einem ramponierten Sofa eine Leiche von riesenhaften Ausmaßen.

»Hier müssen sie deinen Bruder verhört haben«, murmelt Tsché. »Darf ich dir Margor vorstellen?«, fügt sie hinzu und zeigt auf die Leiche. »Man muss wirklich ein Gangster sein, um in diesen Zeiten noch so fett sein zu können. Viel Spaß den armen Kerlen, die ihn hier rausschleppen müssen...« Sie hält inne und wird rot. »Entschuldige, ich rede Blödsinn. Das... das alles ist wirklich schrecklich.«
»Was ist passiert? Hier sieht es ja aus wie im Krieg.«
»Das ist der Preis, den man zahlt, wenn man den Bunkerjägern zuvorkommen will.«
»Woher weißt du, dass das nicht auf das Konto einer rivalisierenden Bande geht?«
»Die Schusslöcher stammen von einer Magnetimpulswaffe. In den Tiefen Türmen hat niemand so eine Waffe. Nur die Stadtstaaten haben welche. Und die versorgen die Bunkerjäger damit. Außerdem hätte eine verfeindete Bande nicht die Pistolen zurückgelassen. Die sind selten und kostbar... Okay, das heißt, dass die Bunkerjäger deinen Bruder haben.«

Oliver wendet den Blick von den Metallinstrumenten ab, die auf einem Teewagen neben dem umgestürzten Stuhl liegen. Er will sich lieber nicht vorstellen, was Margor und seine Männer seinem Bruder angetan haben, bevor die Jäger mit ihm abgezogen sind. Tsché und er haben genug gesehen. Sie verlassen die Wohnung, wobei sie im Slalom ganzen Fliegenschwärmen ausweichen.

Tsché wedelt wütend mit der Hand.

»Verdammte Insekten!«, schimpft sie. »Alle verrecken auf diesem Planeten, aber die schlimmsten Plagegeister überleben!«

Oliver nimmt die Fliegen kaum wahr. Er ist verzweifelt. Wo ist Marco? Er folgt Tsché starr wie ein Roboter. Doch plötzlich kehrt er um und läuft zu der Tür, die sich bei ihrer Ankunft kurz geöffnet hatte.

»Was machst du?«, ruft Tsché.

Oliver klopft mehrmals an die Tür, so fest, dass sie in den Angeln wackelt.

»Hör auf, Oliver, sie werden nicht öffnen. Wir müssen hier weg.«

Oliver lässt nicht nach. »Aufmachen, verdammte Scheiße, oder ich trete die Tür ein! Das schwöre ich!«, brüllt er. »Wenn es nötig ist, hole ich mir eine Waffe aus Margors Wohnung und knalle das Schloss weg!«

Sekunden vergehen. Dann hört Oliver von drinnen eine Stimme.

»Ich schließe jetzt auf, aber mach nicht so einen Krawall.«

Die Tür öffnet sich einen Spalt. Eine dicke Sicherheitskette verhindert, dass sie ganz aufgeht.

»Was willst du?«

»Wer war das?«, fragt Oliver heiser.

»Was glaubst du denn? Die Jäger natürlich. Die verdammten Bunkerjäger.«

»Haben Sie gesehen, welche Gruppe es war?«,

schaltet Tsché sich ein, obwohl sie erstaunt ist, dass der Typ überhaupt mit ihnen spricht.

»Die schlimmsten«, raunt der Mann. »Der Totengräber. Ich meine ... er war da, *persönlich*. Ich habe seine Augen durch die Maske gesehen. Zwei Geisteraugen. Und die Zickzacknarbe auf seinem Arm. Er war es ... Mir zittern immer noch die Hände. Der Kerl ist ein Monster. Er kennt keine Gnade. Man sagt, dass er die Herzen der Bunkerführer isst. Man sagt, dass niemand weiß, wie sein Gesicht aussieht, denn wer es sieht, ist zum Tode verurteilt. Man sagt ...«

»Das reicht«, unterbricht ihn Tsché. »Ich kenne die Geschichten. Vielen Dank für die Hilfe.«

Sie hakt Oliver unter und zieht ihn zum Fahrstuhl. Von dort ertönt ein anhaltendes Geräusch. Als sie an die Tür kommen, sehen sie, warum. Einer von Margors Männern hat erfolglos versucht, in die Kabine zu gelangen. Jetzt blockiert er die Lichtschranke des Aufzugs. Die Tür versucht in regelmäßigen Abständen, sich zu schließen, und macht dabei ein Geräusch, dass an eine Klingel erinnert.

»Hilf mir«, sagt Tsché und zieht den Verletzten an den Beinen in den Gang.

Der Mann stöhnt vor Schmerz, und Oliver verzieht das Gesicht.

»Was machst du denn da?«, protestiert er. »Wir müssen ihm helfen!«

»Der ist hinüber«, flüstert Tsché ihm ins Ohr.

»Schau doch, seine Leber ist nur noch Brei. Es ist nur noch eine Frage von Minuten. Hier gibt es keine Chirurgen. Nur eine ehemalige Krankenschwester, die sich jetzt Ärztin nennt. Noch haben wir eine Chance, also beweg dich!«

Widerwillig hilft Oliver Tsché, den Mann auf den Gang zu legen, dann folgt er ihr in den Aufzug.

»Wir haben keine Zeit, Oliver«, erklärt Tsché. »Wir können nicht wieder zu Fuß hochlaufen.«

Oliver antwortet nicht.

»Jetzt hältst du mich für gefühllos. Aber weißt du... ich habe schon so viele Tote gesehen. Es ist schrecklich, aber man gewöhnt sich dran.«

»Wenn du das sagst.«

»Es tut mir leid. Mit deinem Bruder.«

»Mir auch.«

»Mit dem Totengräber können wir uns nicht anlegen...«

Oliver schweigt.

»Verstehst du das?«

Die Fahrstuhltüren öffnen sich. Sie stehen vor dem Tunnel, der zum Marktplatz führt, und gehen hinein.

»Oliver?«

Oliver wirkt unerreichbar. Er starrt beim Laufen vor sich hin. Tsché beschließt, ihn fürs Erste in Ruhe zu lassen. Er scheint unter Schock zu stehen. Wenigstens ist er nicht zusammengeklappt. Gemeinsam erreichen sie den großen Platz und nehmen die Treppe zum Ausgang. Während des Aufstiegs ist nur ihr Atem zu hören. Sie kommen nach oben, Tsché holt Fuku ab und erneuert ihr Versprechen, dem Wächter ein paar Krimis zu besorgen. Dann laufen sie zum Parkplatz. Fuku bellt unruhig. Sie ahnt, dass irgendetwas nicht stimmt.

Trotz wachsender Nervosität steuert Tsché auf ihr Motorrad zu. Sie öffnet das Schloss, dann steht sie unvermittelt auf und beißt sich auf die Lippe. Sie hat einen Fehler gemacht, einen Anfängerfehler. Sie hat den Parkplatz betreten, ohne ihn vorher mit den Augen abzusuchen. Einen solchen Schnitzer hat sie sich noch nie geleistet.

Wenige Meter weiter registriert sie eine Bewegung. Ein paar Männer lauern ihnen hinter Fahrzeugen auf. Tsché schaut sich um. Der Eingang zu den Tiefen Türmen ist zu weit. Die Zwillinge werden sie nicht hören, wenn sie schreit. Wie konnte sie nur so unvorsichtig sein? Sie weiß doch, wie gefährlich es ist, die Stadt zu verlassen, nachdem man Geld abgehoben hat.

Oliver hat die Männer auch gesehen. »Freunde von dir?«, fragt er mit zusammengebissenen Zähnen.

»Leider nicht. Die wollen uns ausnehmen.««

Oliver ballt die Fäuste. Gleich vier Männer. Und sie sind nur zu zweit. Die Typen nähern sich mit unheilvollem Grinsen.

»Meinst du, es sind Kumpel von Hiram?«, flüstert Oliver.

»Keine Ahnung. Schon möglich, es können aber auch einfach ein paar Gangster sein, die gesehen haben, dass ich bei Ziri war. Wenn mich der alte Gauner nicht sogar selbst verpfiffen hat. Dazu ist er in der Lage.«

»Wir kämpfen«, sagt Oliver. Beinahe ist er erleichtert, die Wut rauslassen zu können, die seit ihrem Besuch in Turm 10 in ihm kocht.

Tsché holt ihren Taser raus und reicht Oliver einen Schlagring. Die Männer kommen näher. Sie halten Gummiknüppel in den Händen. Einer von ihnen spricht sie an.

»Wir sind zu viert. Wir sind größer, stärker und besser ausgerüstet. Wir wollen euch nicht wehtun. Wir wollen nur die kleine Tasche, die du unter deinem T-Shirt hast«, fügt er hinzu und sieht Tsché an.

Der Mann, der um die dreißig sein muss, ist von Narben bedeckt. Das hier wird nicht sein erster Kampf sein.

»Wer sagt, dass ich eine Tasche habe, Rattengesicht?«

»Rattengesicht?«, wiederholt der Mann bissig. »Du legst es aber wirklich drauf an, Kleine… Das mit der Tasche hat Nico mir gesagt. Nico ist der Typ hinter mir. Er hat dich bei Ziri gesehen. Dann hast du mit dem Dealer gesprochen und ihm eine schöne Silbermünze in die Hand gedrückt, die genau aus der besagten Tasche stammt… Wir fänden es wirklich schade, wenn du nicht mit uns teilen willst. Das wäre nicht solidarisch. Und wir mögen Solidarität. Wir tun niemandem gerne weh, aber wenn du schwer von Begriff bist, geht es nicht anders, kapiert?«

»Wie heißt du?«, fragt Tsché ungerührt.

»Ich bin Zero – Null, wie die Anzahl an Männern, die es geschafft haben, mich zu besiegen.«

»Toll, Zero. Freut mich. Ich bin Tsché, und ich habe viele gute Freunde hier. Wenn die erfahren, dass du mich ausgeraubt hast, werden sie dir keine Ruhe lassen. Ich garantiere dir, dass du so viel einstecken wirst, dass du dich hinterher Vier oder Fünf nennen kannst.«

Der Mann lacht. »Du hast echt Mumm, das muss man dir lassen. Aber deine Drohungen machen mir keine Angst, also halt die Klappe und gib uns die Tasche.«

Die Atmosphäre wird immer angespannter. Die vier Männer postieren sich strategisch um Oliver und Tsché. Tsché konzentriert sich. Sie wird ihre zwei Taserladungen mit Bedacht verwenden müssen. Der erste Angreifer stürzt auf sie zu. Tsché drückt den Abzug, aber der Stromstoß wird von der Weste des Mannes abgelenkt. Sie muss ein zweites Mal drücken, um ihn zu stoppen. Er fällt zu Boden.

Währenddessen stürzt sich Fuku auf Zero, doch ein gezielter Schlag mit dem Gummiknüppel wirft sie zu Boden.

Zero mustert den reglosen Körper der Hündin und

lächelt zufrieden, bevor er seine Aufmerksamkeit auf Tsché richtet.

»Ich würd' mal sagen, der Taser ist leer«, sagt er mit einem breiten Grinsen.

Als die beiden anderen begreifen, dass sie nichts mehr zu befürchten haben, rücken sie Oliver näher. Es regnet Hiebe mit dem Gummiknüppel. Oliver landet ein paar gezielte Faustschläge. Eine Augenbraue platzt auf, eine Nase blutet, aber seine Gegner haben mehr Reichweite, und die Schläge, die sie Oliver gegen Beine und Rippen verpassen, lassen ihn jedes Mal aufschreien. Lange wird er nicht mehr durchhalten.

Hinter ihm bedroht Tsché Zero mit ihrem Messer. Der Typ lächelt immer noch. Blitzschnell lässt er den Arm vorschießen und hält ihre Hand fest, bevor er sie entwaffnet. Ohne sie loszulassen, verpasst er ihr mit der anderen Hand eine Ohrfeige. Tsché keucht. Sie reißt sich aus seinem Griff und wankt einige Schritte rückwärts.

»Da ist ja, was ich gesucht habe«, triumphiert er und hält Tschés Geldbeutel in die Höhe wie eine Trophäe. »Sollen wir aufhören, oder wollt ihr noch mehr?«

Oliver dreht sich um. Er ist außer Atem, und sein ganzer Körper tut weh. Er fühlt sich ungefähr so, als ob ein Güterzug über ihn hinweggerollt wäre. Was sollen sie gegen drei Männer ausrichten? Tsché ist ebenfalls in einem bedauernswerten Zustand. Ihre

Lippe ist aufgeplatzt und blutet, und ihre zerzausten Haare hängen ihr ins Gesicht. Doch in ihren Augen glimmt noch immer ein angriffslustiger Funke.

In diesem Augenblick hallt ein animalischer Schrei über den Parkplatz. Zeros Kumpane drehen sich überrascht um und sehen einen irre blickenden Mann auf sie zurasen, bewaffnet mit einem langen Knüppel von mindestens zehn Zentimeter Durchmesser. Immer noch brüllend stürzt er sich auf sie. Er wirkt, als wäre er besessen, und die drei Ganoven sind völlig überrumpelt und brauchen einen Moment, um zu reagieren.

Einen ziemlich langen Moment.

Mit unglaublicher Kraft saust der Knüppel auf den ersten nieder. Der versucht, sich mit seinem Schlagstock zu wehren, aber der Hieb ist zu fest, und er kann ihn nicht ablenken. Der Aufprall ist heftig. Der Mann sackt in sich zusammen. Der zweite ist schneller und schwingt seinen Schlagstock. Die Schläge prasseln auf den Neuankömmling ein, doch der schlägt und brüllt immer weiter, als würde er den Schmerz gar nicht spüren. Der Ganove muss zurückweichen und stolpert über die Füße seines Kameraden, der noch immer bewusstlos vom Taser am Boden liegt. Er fällt auf den Rücken, und weitere Schläge gehen auf ihn nieder.

Zero ist völlig perplex. Jetzt steht er allein drei Gegnern gegenüber. Im Bruchteil einer Sekunde trifft er eine Entscheidung. Er stopft den Geldbeutel in die

Tasche und rennt auf sein Motorrad zu. Doch Oliver hat das vorhergesehen. Er fängt ihn ab und wirft ihn zu Boden. Es folgt ein gnadenloser Faustkampf, jeder versucht, den anderen niederzudrücken. Schließlich liegt Oliver auf dem Asphalt, und Zero umklammert mit beiden Händen seine Kehle. Er drückt mit aller Kraft zu. Oliver bekommt keine Luft mehr. Verzweifelt versucht er, seinen Gegner wegzuschieben, doch der lässt nicht locker. Vor Olivers Augen tanzen Sternchen. Er sieht Tsché, die sich auf Zero wirft. Mit einer Hand an Olivers Hals schüttelt der sie ab, und sie landet auf dem Hintern. Schon kommt die zweite Hand wieder, und Oliver ist kurz vor dem Ersticken. Dann verdunkelt ein Schatten den Himmel. Zero sieht den Schlag nicht kommen. Holz knackt und splittert. Zero bricht zusammen.

Oliver ist völlig orientierungslos. Der Schraubstock um seine Kehle ist nicht mehr da. Oliver schnappt wie ein Ertrinkender nach Luft. Gleichzeitig spürt er ein schweres Gewicht. Langsam kommt er wieder zu sich und begreift, dass Zero auf ihm liegt und mit vollem Gewicht auf seine Brust drückt. Tsché und ihr Retter befreien ihn.

Oliver ringt nach Atem, setzt sich auf und massiert seinen schmerzenden Hals. Tsché sieht nach Fuku. Die kleine Hündin ist wieder bei Bewusstsein. Sie wirkt nur etwas verwirrt. Erleichtert lässt Tsché sich neben Oliver auf den Boden fallen. Dann heben beide dankbar den Blick zu ihrem Retter und stellen bestürzt fest, dass es der Geisteskranke ist, den sie bei ihrer Ankunft gesehen haben.

»Ich... äh... Danke«, stammelt Tsché. »Von ganzem Herzen danke.«

»Sie haben uns gerettet«, fügt Oliver heiser hinzu.

»Ich froh«, sagt der Mann. Er umklammert immer noch seinen Knüppel. »Ich froh!« Er hebt den Knüppel.

»Den kannst du jetzt weglegen«, sagt Tsché sanft. »Die tun uns nichts mehr.«

Der Mann betrachtet, was von seiner Waffe noch übrig ist. Seine Adern zeichnen sich deutlich auf seinen sehnigen Händen ab, und es bilden sich bereits Blutergüsse von den Schlägen des Schlagstocks.

»Äh, ja, das würde ich auch sagen...«, murmelt Oliver.

Die kräftige Hand lockert ihren Griff, und das Holzstück fällt zu Boden.

»So ist es gut. Ich heiße Oliver. Und du?«

»Ich aua«, sagt der Mann und schneidet eine Grimasse. Seine Augen rollen in ihren Höhlen und irren unstet umher.

»Ja, wir auch«, pflichtet Tsché ihm bei. »Aber wenn du nicht gekommen wärst, wäre es uns viel schlimmer ergangen.«

»Verstehst du uns?«, fragt Oliver, so freundlich er kann.

»Ja. Ich aua, aber ich gerettet.«

»Ja... genau«, bestätigt Oliver.

Tsché erhebt sich stöhnend. Sie geht ein paar Schritte und hebt ihren Geldbeutel auf, der im Kampf auf den Boden gefallen ist.

»Wir müssen hier weg«, sagt sie zu Oliver. »Sonst sind wir erledigt.«

Sie nimmt ein paar Münzen aus dem Beutel und drückt sie ihrem Retter in die Hand.

»Nimm das«, sagt sie. »Als Dank. Damit kannst du dir ein paar Wochen lang etwas zu essen kaufen.«

Der Mann dreht sich zu ihr um, ohne sie richtig anzusehen.

»Geld. Um Essen zu kaufen«, erklärt sie noch einmal, wobei sie jede Silbe betont und die Hand an den Mund führt, um es ihm zu zeigen. »Wir danken dir sehr.«

Der Mann rührt sich nicht. Er scheint ganz woanders zu sein, verloren in seinen Gedanken.

»Der rafft nix«, murmelt Oliver.

»Ja, das fürchte ich auch. Aber wir können nicht hierbleiben, Oliver.«

»Wir können ihn doch nicht allein lassen.«

Oliver flüstert nicht mehr. Ihr Gespräch scheint den Mann nicht zu interessieren, der in die Knie gegangen ist und mit Steinchen auf dem Boden spielt.

»Auf dem Motorrad sind nur zwei Plätze. Wir müssen los.«

»Himmel, er hat uns gerettet! Was passiert mit ihm, wenn die Typen wieder aufwachen?«

Tsché verzieht das Gesicht. Sie weiß, dass Oliver recht hat. Aber ihr Instinkt warnt sie eindringlich, noch länger zu bleiben.

»Wir brauchen noch ein Motorrad«, sagt Oliver und sucht den Parkplatz ab. »Schau mal, da stehen gleich mehrere.«

»Wir haben aber keinen Schlüssel!«, sagt Tsché.

»Ich müsste die nötigen Informationen auf meinem Implantat haben, um ein Motorrad kurzzuschließen«, sagt Oliver.

Kurz schweigt er und ruft die Daten ab. »Okay, alles klar«, sagt er dann.

»Und wenn es funktioniert, wer fährt?«

»Ich«, sagt Oliver entschieden.

»Wie viele Motorräder bist du schon gefahren in deinem B... früheren Leben?« Fast hätte Tsché ihrem neuen Gefährten Olivers Geheimnis verraten.

»Ach, das hab ich alles in meiner Datenbank«, gibt Oliver zurück und steuert auf das nächste Motorrad zu.

»Verdammter Dickkopf!«, knurrt Tsché, steigt auf ihr Motorrad und startet den Elektromotor.

Sekunden später sitzt Fuku vor ihr, und sie fährt zu Oliver, dessen Augen bereits auf ein Bündel bunter Kabel in der Steuerkonsole gerichtet sind, die er ohne Umschweife geöffnet hat. Er konzentriert sich, schließt immer wieder die Augen, um die gespeicherten Daten zu visualisieren. Dann trennt er einige Kabel und verbindet andere.

»Jetzt müsste es gehen«, sagt er schließlich und wirft Tsché einen Blick zu.

Mit zitternden Fingern startet er das Motorrad. Das typische Schnurren des Elektromotors ertönt.

»Bingo!« Er dreht sich zu ihrem Retter, der immer noch mit seinen Kieseln beschäftigt ist. Oliver läuft zu ihm.

»He! He, mein Freund«, ruft er. »Wir fahren jetzt los. Du musst mitkommen. Sonst kriegst du hier Probleme.«

Der Mann hebt den Blick und sieht Oliver an. Seine Augen sind immer noch unergründlich.

»Verstehst du? Wir müssen hier weg. Jetzt!«, wiederholt Oliver.

»Ich Probleme ... Ich weg ...«

»Ganz genau. Setz dich hinter mich.«

Oliver läuft zum Motorrad. Mehrmals vergewissert er sich, dass ihr Retter noch hinter ihm ist. Er schwingt sich auf den Sattel, und ihr Retter tut es ihm gleich.

»Wie heißt du?«, fragt Oliver.

Der Mann bleibt stumm.

»Dein Name? Du hast doch einen Namen?«

Keine Antwort.

»Dafür ist später noch Zeit«, geht Tsché dazwischen. »Du folgst mir, klar?«

DRAUSSEN

Oliver nickt.

Tsché sieht ihn skeptisch an. »Bist du sicher, dass du ein Motorrad steuern kannst?«

»Klar.« Dabei hat er trotz des Handbuchs, das er gerade gedanklich in Hochgeschwindigkeit durchgegangen ist, keine Ahnung, ob er es kann. Sein Herz schlägt schneller. *Du schaffst das schon,* denkt er. *Du musst.*

Tsché legt einen Blitzstart hin und hinterlässt eine Staubwolke. Oliver dreht den Beschleunigungsgriff. Das Motorrad macht einen Satz vorwärts und hinterlässt eine Reifenspur auf dem Asphalt. Die ersten Meter sind wacklig. Die Maschine vibriert leicht, dann wird sie schneller. Oliver gelingt es ohne größere Schwierigkeiten, das Fahrzeug zu stabilisieren und Tsché zu folgen. So etwas hat er noch nie gespürt. Die Motorradfahrten haben ihm schon als Beifahrer Spaß gemacht, doch sie haben ihn nicht auf dieses kraftvolle Gefühl von Geschwindigkeit und Freiheit vorbereitet. Schon bald gibt er der Lust nach, zu beschleunigen, und fährt neben Tsché, die ihm einen halb prüfenden, halb belustigten Blick zuwirft.

Sie fahren fast eine Stunde lang, bevor sie sich eine Pause gestatten. Oliver hält neben Tsché.

»Geht's?«, fragt sie.

»Ja. Meine Arme sind ein bisschen steif, aber sonst ist alles in Ordnung.«

»Wir verlassen jetzt die große Straße. Zu viel Verkehr

und zu viele Gefahren. Wir müssen ein paar Tage untertauchen. Da vorne biegen wir links ab.«

Oliver mustert den kleinen holprigen Weg, auf den sie zeigt.

»Willst du wirklich in die Schwarze Zone?«, fragt er mit einem Blick auf die Warnschilder neben der Abzweigung.

»Ja, will ich. Vertrau mir. Mit Schwarzen Zonen kenne ich mich aus. Außerdem wird hier niemand nach uns suchen. Du darfst auf keinen Fall die Straße verlassen und folgst mir ohne Wenn und Aber. In diesem Gebiet liegen ein paar Orte, die so verseucht sind, dass schon zehn Minuten reichen würden, um einen Bären zu töten.«

Oliver nickt.

»Bären töten«, sagt der Mann hinter ihm versonnen und lächelt.

»Heute nicht«, erwidert Oliver und lächelt zurück.

In welchen Schlamassel sind wir da nur hineingeraten?, fragt er sich, als er den Motor anlässt.

3
DIE SCHWARZE ZONE

23

Im Laufe der Kilometer weicht die Monotonie der Wüste nach und nach halb im Sand versunkenen Inseln der Zivilisation. Einige wenige Kräuter wachsen noch auf dem trockenen Boden. Die verlassenen Häuser und die schlafenden Schuppen erinnern an eine Zeit, als der Mensch die Regeln machte, als jedes Fleckchen Erde zu seinem Vorteil ausgenutzt wurde. An eine Zeit, als der Mensch noch glaubte, der Natur seine Gesetze auferlegen zu können. Eine längst vergangene Zeit.

Oliver ist so in Gedanken, dass er Tsché beinahe hinten auffährt, als sie in eine Seitenstraße biegt, die in ein verlassenes Gewerbegebiet führt. *Décathlon, Carglass, Lidl...* Die rostigen Schilder sind immer noch da wie so viele Überbleibsel eines Kapitalismus, der seine Grenzen erreicht hat. Oliver könnte nicht sagen, was die Geschäfte verkauft haben. Tsché dagegen scheint genau zu wissen, wohin sie will. Sie steuert eine Tiefgarage an. Das blendende Sonnenlicht weicht der totalen Dunkelheit. Hier gibt es keinen Strom. Nichts, was die finsteren Ecken erhellt. Nur die kräftigen Scheinwerfer ihrer Motorräder beleuchten reihenweise Pfeiler und endlose leere Parkplätze. Tsché fährt langsamer. Vor einem Garagentor bleibt sie stehen und steigt vom Motorrad. Sie öffnet ein großes Vorhängeschloss und schiebt das Metalltor mit einem unangenehmen Quietschen nach oben.

Sie geht ein paar Schritte und knipst eine Lampe an. Oliver kann seine Überraschung nicht verbergen, und Tsché grinst. Er sieht einen etwa fünfzig Quadratmeter großen Raum mit Regalen voller Lebensmittel, Wasser und einer beeindruckenden Sammlung aller möglicher Materialien.

»Das ist eins meiner Lager«, erklärt Tsché. »Bring das Motorrad rein. Wir können es hier aufladen.«

Oliver runzelt die Stirn. Sein Beifahrer ist abgestiegen. Entweder hat er verstanden, was Tsché gesagt hat, oder ihm tut der Hintern weh. Er will ihn ansprechen, doch dann sieht er, dass der junge Mann schon ein neues Objekt seiner Neugier gefunden hat. Eine Ameisenstraße, die über die Mauer läuft. Er ist wie hypnotisiert. Tsché fängt Olivers Blick auf und zuckt mit den Schultern. Sie schließt die Batterie ihres Motorrads an der Steckdose an und gibt Oliver ein Zeichen, das Gleiche zu tun.

»Woher kommt die Energie?«, fragt er.

»Ich habe auf dem Dach eine Solarzelle angebracht und ein Kabel hierher gelegt.«

»Genial. Und es ist noch niemand auf die Idee gekommen, dich zu bestehlen?«

Tsché lächelt. »Ich habe doch gesagt, dass wir mitten in der Schwarzen Zone sind. Niemand traut sich hierher. Außer den Sammlern. Und die steigen höchst selten auf die Dächer von verlassenen Supermärkten.«

»Und wir haben nichts zu befürchten? Wegen der Strahlen, meine ich?«

»Nein, hier nicht. Die Schwarze Zone wurde ziemlich willkürlich kreisförmig angelegt. Der radioaktive Niederschlag hängt von mehreren Faktoren ab. Vom Wetter, der Windrichtung und noch ein paar anderen. Dieser Bereich hier ist verschont geblieben. Und wurde schon vor langer Zeit geplündert. Hier wohnt niemand mehr, aber es ist ein guter Ort für ein Basislager, von dem aus man in gefährlichere Gegenden vordringen kann, in denen noch was zu holen ist.«

»Und wie schützt du dich?«

»Schau mal, da auf dem Regal sind Schutzanzüge. Die sind sehr sicher. Außerdem gehe ich nie ohne ein Strahlenmessgerät, so kann ich die gefährlichsten Gebiete vermeiden. Die meisten meiner Konkurrenten haben diese Ausrüstung nicht.«

»Du bist echt clever«, sagt Oliver und sieht Tsché in die Augen.

Sie lächelt und wendet den Blick ab.»Man tut, was man kann«, murmelt sie, während sie zu einem der Regale geht, um ihre Verlegenheit zu überspielen. Sie nimmt eine Flasche Wasser und wirft sie Oliver zu, der sie fängt.

»Prost«, sagt sie und öffnet selbst eine Flasche.

Nach einem Schluck holt sie eine weitere Flasche und geht zu ihrem neuen Freund.

»He, du!«, sagt sie.

Der Mann wendet sich von seiner Ameisenstraße ab und dreht sich um, ohne sie richtig anzusehen. Sie wirft ihm die Flasche zu, doch sie prallt gegen seinen Arm und landet auf dem Boden.

»Ups, entschuldige, Kumpel, daran muss ich mich wohl noch gewöhnen. Und wir brauchen einen Namen für dich, denn ›He, du‹ ist ziemlich mies.«

»Ganz meine Meinung«, sagt Oliver.

»Wie wäre es mit Igor?«, schlägt Tsché mit einem Lächeln vor.

»Igor? Nein, das ist ja schrecklich. Dann lieber Léonard. Léonard passt zu ihm.«

Der Mann bleibt wie versteinert.

Tsché geht langsam näher.»Hm, wir machen das anders. Ich nenne dir ein paar Namen, und wenn du einen hörst, der dir gefällt, hebst du die Hand. Es geht los. Fred, Xavier, Bruno, François, Alain, Emmanuel...«

»Ich essen!«, sagt er laut.

»Aber nein, das ist doch kein Name«, witzelt Tsché.

»Mit dem Ruf des Magens ist nicht zu spaßen«, gibt Oliver zurück. »Du hast Hunger, ja?«

»Ich Hunger.«

»Na, siehst du. Wenn du etwas essen willst, dann such dir einen Namen aus«, entgegnet Oliver.

»He, das ist gemein!«, schimpft Tsché. »Keine Erpressung.«

»Ich Ézéchiel. Ich Hunger!«

»Ha! Die Erpressung funktioniert nicht nur, er führt uns auch noch die ganze Zeit an der Nase rum ... Du heißt also Ézéchiel?«

Keine Antwort. Ézéchiels Augen sind wieder auf Wanderschaft gegangen.

Tsché nimmt eine Konservendose aus dem Regal, öffnet sie und reicht sie Ézéchiel. »Hier, mein Lieber, die hast du dir mehr als verdient.«

Ézéchiel nimmt die Dose und taucht eine Hand hinein.

»Hui, du hast ja wirklich Kohldampf«, sagt Tsché lächelnd. »Eingelegte Früchte. Ich habe leider nichts anderes. Und Kekse. Klingt das gut, Oliver?«

»Und wie. Ich sterbe vor Hunger.«

Tsché und Oliver setzen sich auf zwei Hocker an einen niedrigen Tisch und verspeisen andächtig ihre einfache Mahlzeit.

»Das erinnert mich an den Bunker«, sagt Oliver plötzlich. »An Feiertagen haben wir immer Dosenfrüchte und Kekse bekommen.«

»Und was habt ihr sonst so gegessen?«

»Das Hauptnahrungsmittel besteht aus Stärke aus einer Kartoffelsorte, die mit künstlichem Licht gedeiht. Proteine gibt es vor allem in Form von Insektennudeln und ab und zu mal Hähnchen.«

»Unter der Erde?«

»Jep. Die Produktionseinheit haben wir ›die Farm‹ genannt. Irgendwie ist es ja auch eine. Da wächst sogar Salat. Er schmeckt nach nichts, aber man gewöhnt sich dran.«

»Erstaunlich.«

»Auch nicht erstaunlicher als das, was ihr aus eurer Stadt gemacht habt. Oder die Tiefen Türme.«

»Das stimmt«, gibt Tsché zu. »Ich habe mir den Bunker nur nicht so vorgestellt. Eigentlich ist das ganz ähnlich wie in den Gemeinden, die sich an der Oberfläche gebildet haben.«

»Nur ohne die Hitze und die Sonne. Wie lange bleiben wir hier?«

»Ich weiß es nicht. Höchstens drei Tage. Bis sich die Wellen gelegt haben. Sie werden überall nach uns suchen, in allen Dörfern und Städten der Umgebung. Ich hoffe, dass sie sich schnell abregen. Auf jeden Fall müssen wir irgendwann wieder weg. Ich habe nicht genug Nahrung, um länger hierzubleiben. Schon gar nicht für drei Personen.«

Oliver dreht sich zu Ézéchiel, der zu versuchen scheint, mit der Zunge den Boden der Konservendose abzulecken, um sich keinen Tropfen der süßen Flüssigkeit entgehen zu lassen.

»Hast du ein paar Wechselklamotten da?«, fragt Oliver plötzlich.

»Was?«

»Andere Klamotten, ein T-Shirt?«

»Ja, hab ich. Warum?«

»Ézéchiel muss ganz schön heiß sein in seinem Rollkragenpullover. Hier drin ist es mindestens 25 Grad, draußen in der Sonne bestimmt 35. Kannst du dir vorstellen, im Pulli rumzulaufen?«

»Keine Sekunde. Außerdem ist der Pulli ganz schön dreckig.«

Tsché steht auf, kramt in den Regalen und kommt mit einem neuen, noch verpackten T-Shirt zurück.

»Ta-da!«, sagt sie fröhlich. »Ein Relikt aus alter Zeit. Ein neues T-Shirt in der Größe XL, das müsste passen. Ézéchiel?«

Keine Antwort.

»Ézéchiel, ich habe ein Geschenk für dich! Ein schönes T-Shirt, damit du deinen schrecklichen Pulli nicht mehr tragen musst.«

Ézéchiel hebt kurz den Blick und grunzt.

»Schau mal, da ist ein hübsches Bild drauf.«

»Ich Pulli«, sagt der Riese, ohne den Kopf zu heben.

»Du hast mich nicht verstanden, mein Lieber. Das T-Shirt ist nicht so warm und ...«

»ICH PULLI!«, wiederholt Ézéchiel.

»Okay, meinetwegen. Ich zwinge niemanden«, sagt Tsché und setzt sich wieder neben Oliver.

»Der ist echt komisch. Ich dachte schon, gleich stopft er dir das Shirt mitsamt der Verpackung in den Mund«, flüstert Oliver grinsend.

»Ja, wenn er so ist, kann man richtig Angst kriegen. Danke für diese tolle Idee.«

»Keine Ursache.«

»Ich habe keinen blassen Schimmer, was ihm fehlt. Glaubst du, er ist so geboren, oder hatte er einen Unfall?«

»Ich weiß es nicht. Da, wo ich herkomme, gab es keine Menschen wie ihn. Menschen mit Behinderung hatten keinen Platz im Bunker mit seinen unzähligen Regeln und seinem Streben nach Perfektion.«

»Du scheinst deine Kindheit nicht gerade in guter Erinnerung zu haben.«

»Nein, absolut nicht. Dabei hatte ich immer alles, was man zum Leben braucht. In der Welt des Bunkers wird jedem eine ganz bestimmte Funktion zugewiesen. Die meisten Bewohner waren Wissenschaftler oder Ingenieure, lauter helle Köpfe.«

»So wie du.«

»Überhaupt nicht. Ich habe mich immer fehl am Platz gefühlt. Ich sage nicht, dass ich blöd bin. Ich hatte immer gute Noten in der Schule, und mein Vater hat uns wie verrückt lernen lassen. Aber ich war einfach nicht in meinem Element.«

»Du hast doch bestimmt viele Freunde gehabt?«
»Nicht wirklich. Mein Bruder, der war beliebt. Um mich haben die anderen eher einen Bogen gemacht.«
»Und hattest du eine Freundin?«
»Ich... Äh, nein.«
»Ein hübscher Kerl wie du... Du willst mir doch nicht erzählen, dass sich keine für dich interessiert hat? Gab es im Bunker keine Mädchen in deinem Alter?«
»Doch, klar. Aber mich hat keine interessiert.«
»Auf was für Mädchen stehst du denn?«
»Keine Ahnung.«
»Oder magst du Jungs?«
»Nee, bestimmt nicht!«
»Was heißt hier *bestimmt nicht*? Jeder, wie er will, oder etwa nicht?«
»Ja, doch, natürlich. Ich wollte nur sagen... Ich bevorzuge Mädchen.« Oliver spürt, dass er rot wird. »Du bringst mich ganz durcheinander.«
»Tja, das passiert mir öfter. Aber du hast meine Frage nicht beantwortet.«
»Und du, auf was für Jungs stehst du?«
»Ah... der Herr schreitet zum Gegenangriff. Also, ich mag große Typen, muskulös, aber nicht zu sehr, braunes Haar, helle Augen... und vor allem mag ich mutige Jungs.«

Oliver kann den Gedanken nicht unterdrücken, dass all das auf ihn zutrifft. Er schweigt.

»Hehe, ich necke dich doch nur!« Tsché lacht und klopft ihm auf die Schulter. »Oder hast du gedacht, ich wäre so leicht zu haben? Solche Informationen teile ich doch nicht mit jedem dahergelaufenen Streuner.«

Oliver macht ein langes Gesicht. Irgendwie ist er enttäuscht, dass er doch nicht ihr Typ ist, und auch ein bisschen gekränkt, dass sie ihn als *dahergelaufenen Streuner* bezeichnet. Für wen hält die sich? Er mustert sie verstohlen. Sie scheint in Gedanken versunken zu sein. Sie ist eher klein, schlank und sportlich, und ihre dunklen Augen passen gut zu ihrer gebräunten Haut. Doch mehr noch als ihre ebenmäßigen Gesichtszüge ist es ihr Lächeln, das Oliver aus der Fassung bringt. Es ist ein sehr besonderes Lächeln, offen, ansteckend, das Gletscher zum Schmelzen bringen würde, wenn sie nicht längst geschmolzen wären. Sie gefällt ihm, so viel ist sicher. Sehr sogar. Beinahe so sehr, dass es ihn wütend macht.

»Ich stehe auf große Blonde mit blauen Augen«, erklärt er und bereut es sofort.

Kurz huscht ein verräterischer Schatten über ihr Gesicht. »Es wird spät«, sagt sie nur. »Wir hatten einen langen Tag. Ich werde jetzt versuchen zu schlafen.«

Oliver beißt sich auf die Lippe. Er ist auch müde. Aber dieses plötzliche Ende ihres Gesprächs hinterlässt einen bitteren Geschmack.

Tsché ist schon dabei, ein paar Feldbetten aufzubauen. Ihr Lager birgt wirklich einige Schätze. Oliver hilft ihr. Ihre Arme berühren sich. Er tut nichts, um es zu vermeiden. Das Gefühl ist zu angenehm. Und ein bisschen aufregend.

Gemeinsam versuchen sie, Ézéchiel das Prinzip eines Feldbetts zu erklären. Zur Antwort runzelt der Koloss nur die Stirn.

»Ich schlafen«, sagt er schließlich.

Tsché und Oliver seufzen erleichtert auf. Doch als Ézéchiel sich neben das Bett auf den nackten Boden legt, eingehüllt in seine Decke, können sie nicht anders, als einen Blick zu wechseln und laut loszulachen. Die Spannung, die sich zwischen ihnen aufgebaut hat, verzieht sich wie ein Sommergewitter.

»Gute Nacht, Tsché«, sagt Oliver und kriecht in seinen Schlafsack.

»Gute Nacht, Oliver«, sagt Tsché.

24

Oliver rollt in seinem Bett hin und her, das bei jeder Bewegung knarrt. Seine Gedanken wirbeln durcheinander. Er macht sich große Sorgen um Marco. Wer weiß, wozu diese Bunkerjäger fähig sind? Er muss an den Schrecken in der Stimme des Nachbarn denken, als er den Namen *Totengräber* erwähnt hat. Mehrmals war er kurz davor, Tsché nach weiteren Informationen zu diesem Typen zu fragen, aber die passende Gelegenheit war nicht da, und außerdem hat er Angst, mehr zu erfahren. All diese Gewalt... Für jemanden, der sich abgesehen von den Trainingskämpfen im Bunker noch nie geprügelt hat, ist es eine erschreckende Erfahrung, sein Leben vor brutalen Schlägern verteidigen zu müssen.

Und noch beunruhigender ist diese Anziehungskraft, die Tsché mehr und mehr auf ihn ausübt. Sie hat ihm von Anfang an gefallen, aber bis jetzt, bis zu ihrem Gespräch beim Essen, hat er nicht wirklich an etwas gedacht, was über Freundschaft hinausgeht. Fühlt Tsché das auch, oder verhält sie sich allen Jungs gegenüber so? Schwer zu sagen, aber tief in seinem Inneren glaubt Oliver doch, dass sie hinter ihrer großen Klappe sehr viel Empfindsamkeit verbirgt. Außerdem... wenn sie sich nicht ein bisschen für ihn interessieren würde, warum hätte sie ihm das Leben retten sollen? Ganz zu schweigen von den vielen Fragen nach seinem Gefühlsleben. Als ihm seine letzte Bemerkung über seinen Frauengeschmack wieder einfällt, würde er sich am liebsten in einem Loch im Boden verkriechen. Das war wirklich bescheuert. Falscher Stolz... Hoffentlich nimmt Tsché es ihm nicht übel.

Da er nicht schlafen kann, schließt er das Datenimplantat seines Vaters an. Er will unbedingt erfahren, was mit seiner Familie passiert ist, nachdem die Überfahrt nach Schweden geplatzt ist...

Zum ersten Mal seit Monaten sitzt Lucas wieder an einem Tisch. Naya unterhält sich mit Johannick, der sich als charmanter und kultivierter Gastgeber herausstellt, weit entfernt von dem strengen Alten, für den Lucas ihn anfangs gehalten hat. Nach gleich zwei Gläsern Wein zum Aperitif kann Naya gar nicht mehr aufhören zu reden. Sie schildert Johannick ihre Reise durchs Land, ihre Hoffnungen, ihre Entbehrungen, auch die Momente der Freude, die sie diesem neuen Leben abgetrotzt haben. Lucas wirft manchmal ein Wort ein, aber nicht oft. Er begnügt sich damit, der Frau, die er liebt, beim Lächeln zuzuschauen. Dieses Lächeln ist in letzter Zeit so selten geworden, und der einfache Umstand, sie entspannt und fröhlich zu sehen, tut unglaublich gut. Dank Johannick können sie ihr dunkles, anstrengendes Abenteuer für ein paar Stunden vergessen. Ein Lichtblick inmitten des düsteren Sturms, den sie da durchqueren. Johannick erzählt ihnen, dass er früher Lehrer war, der einzige des Dorfs, und eine Klasse unterrichtete, in der alle Kinder vom Kindergarten bis zum Abitur vertreten waren.

»Ich habe meinen Beruf geliebt. Aber ich bin immer älter geworden. Und Dreijährige können ganz schön anstrengend sein, wenn man siebzig ist.«

»Da haben Sie recht. Noch vor wenigen Monaten habe ich mich selbst gefragt, ob es sinnvoll ist, so lange zu unterrichten«, sagt Lucas. »Ich war auch Lehrer. An der Mittelschule.«

»Welches Fach?«

»Mathematik. Ein toller Beruf. Aber als es mit der Wasserknappheit schlimmer geworden ist, sind die Schüler nicht mehr zum Unterricht gekommen. Und dann hat man auch mich gebeten, nicht mehr zu kommen.«

»Und plötzlich ist das Renteneintrittsalter kein Thema mehr.« Johannick zuckt mit den Schultern. »Wenn ich an die vielen Demonstrationen zurückdenke, auf denen wir bessere Bedingungen für den Unterricht gefordert haben... Die guten alten Zeiten.«

»Ja«, stimmt Naya zu. »Eine Zeit, in der man sich überlegt hat, was in zwanzig oder dreißig Jahren sein wird. Heute fragen wir uns nur, was wir morgen essen werden oder wo wir schlafen können, ohne ausgeraubt oder verprügelt zu werden.«

»Wie konnte es nur so weit kommen?«, fragt Johannick nachdenklich.

»Ich denke, indem wir davon ausgegangen sind, dass sich alles von allein regelt«, sagt Lucas. »Wenn man sich mal überlegt, dass Menschen dafür bezahlt wurden, die Ergebnisse der Wissenschaftler über den Klimawandel unglaubwürdig zu machen! Fake News, nur damit ein paar Aktionäre noch reicher werden konnten. Und wir wussten es alle und haben uns trotzdem taub gestellt. Vielleicht haben wir verdient, was uns heute passiert...«

Johannick lässt den Rum in seinem Glas kreisen, atmet den Alkoholdampf ein und nimmt einen kleinen Schluck der bernsteinfarbenen Flüssigkeit.

»Tja. Trinken wir auf die Verrücktheit der Menschen«, sagt er. »Mehr können wir nicht mehr tun.«

»Auf Ihr Wohl, Johannick. Und danke noch mal, dass Sie uns bei sich aufgenommen haben. Heutzutage wird eine solche Gastfreundschaft immer seltener.«

»Stoßen Sie nicht mit uns an, Naya?«, fragt der Alte.

Naya schaut zum Sofa, wo die beiden Kleinen aneinandergekuschelt unter einer Decke liegen. Sie schlafen. Naya schnieft leise und ringt sich ein Lächeln ab.

»Es tut mir leid. Bitte entschuldigen Sie, Johannick. Ich möchte diesen herrlichen Abend nicht verderben. Ich stoße gerne mit Ihnen an. Aber nicht auf die Verrücktheit der Menschen. Ich möchte auf die Zukunft anstoßen. So dunkel sie

auch sein mag, ich möchte daran glauben, dass es noch möglich ist, Lösungen zu finden und ein besseres Leben zu schaffen. Ich muss daran glauben. Für sie. Für meine Kinder.«
Johannick hebt sein Glas. »Also dann, auf die Zukunft!«, sagt er.
»Auf die Zukunft!«, stimmen Naya und Lucas ein.
Alle drei nehmen einen Schluck. Naya verzieht ein bisschen das Gesicht.
»Sie haben nicht zu viel versprochen. Ihr Rum ist wirklich hervorragend«, sagt Lucas.
»Zwanzig Jahre im Eichenfass gereift. Das ist das einzig Wahre!«, sagt Johannick.
Lucas nickt und dreht sich zum Bildschirm, auf dem in gedämpftem Ton Nachrichten laufen.
»Es kommt mir richtig komisch vor, mal wieder vor so einem Ding zu sitzen«, sagt Lucas. »Wir sind seit Monaten unterwegs. Oft wissen wir gar nicht, welcher Tag überhaupt ist.«
»Ach, es läuft doch immer das Gleiche«, klagt Johannick. »Nichts, was Mut machen würde. Na, so was«, setzt er hinzu. »Es scheint etwas passiert zu sein.«
Naya und Lucas drehen sich zum Bildschirm. Johannick stellt den Ton lauter, aber nicht zu laut, damit die Kleinen nicht aufwachen. Die Stimme des Nachrichtensprechers ist nun gut zu hören.
»Heute ist den Wissenschaftlern des CNRS ein wichtiger Durchbruch gelungen. Sie haben einen Impfstoff entwickelt, der in der Lage ist, die Choleraepidemie einzudämmen, die sich seit Beginn der Großen Migration in unserem Land aus-

breitet. *Wir sprechen mit Dr. Janvier, der uns mehr über diesen großen Fortschritt berichten wird.«*

»Richtig«, bestätigt ein Herr in weißem Kittel, Dr. Janvier. »Ich bedanke mich für die Einladung. Meine Kollegen vom CNRS und ich studieren seit Jahren die Interaktion von Viren und Bakterien. Etwas vereinfacht ausgedrückt, sind Bakterien Zellen ohne Kern. Sie sind größer als Viren, die sich durch Teilung verbreiten. Ein Großteil aller Bakterien sind harmlos für unseren Organismus. Nur einige wenige sind sehr schädlich, wie das Vibrio Cholerae, *das die Krankheit, die wir Cholera nennen, verursacht. Viren dagegen sind winzige Organismen, die eine Zelle brauchen, um sich zu reproduzieren. Sie entwickeln sich in dieser Zelle, bevor sie sie zerstören, um sich zu verbreiten. Einige Viren haben die Fähigkeit, Bakterien anzugreifen und unschädlich zu machen. Bakterien wiederum können Resistenzen gegen Viren entwickeln, um zu überleben. Wir haben jetzt ein Virus entdeckt, dem es gelungen ist, in seiner DNA den Verteidigungsmechanismus des* Vibrio Cholerae *einzubauen.«*

»Ich versuche mal, das für unsere Zuschauer etwas einfacher zu formulieren«, unterbricht ihn der Moderator. »Das heißt also, dass Bakterien und Viren in einer Art permanentem Kampf stehen und dass Sie gerade den Champion unter den Viren entdeckt haben, der in der Lage ist, die Cholera auszulöschen. Und daraus haben Sie einen Impfstoff gemacht?«

»Ganz genau. Unser Impfstoff ist die ultimative Waffe, um die Epidemie zu stoppen, die in den letzten Wochen be-

reits Tausende Tote auf den großen Migrationsrouten gefordert hat. Er ist sehr viel wirksamer als herkömmliche Medikamente, die ohnehin schon seit Langem nicht mehr in ausreichenden Mengen zu beschaffen sind. Wir haben das Vibrio-Cholerae-Virus mit einem anderen Virus kombiniert, damit es sich über die Luft verbreiten kann. Während wir hier miteinander sprechen, sind bereits mehrere Militärflugzeuge dabei, den Impfstoff über den großen Migrationsachsen zu verteilen. In wenigen Tagen werden die Flüchtlinge nicht mehr an Cholera sterben, wenn sie verseuchtes Wasser getrunken oder eine Türklinke berührt haben, die von den Bakterien kontaminiert ist.«

»Dr. Janvier, im Namen aller Franzosen möchte ich Ihnen meinen herzlichsten Dank für diese wunderbare Entdeckung aussprechen.«

Johannick stellt die Sendung wieder leiser, ein Lächeln auf den Lippen.

»Danke, Naya«, sagt er. »Sie haben mich daran erinnert, dass man immer die Hoffnung bewahren muss. Dieser verflixte Bildschirm hat mir schon eine ganze Weile nur noch schlechte Nachrichten gebracht. Ein neuer Impfstoff, das ist doch eine zweite Runde wert«, fügt er hinzu und schenkt Lucas nach.

Naya legt schnell eine Hand auf ihr Glas. »Für mich nicht, danke. Ich habe schon zu viel getrunken. Aber Sie sind sehr freundlich.«

Johannick zuckt mit den Schultern und lächelt. »Sie kennen doch sicher das Sprichwort?«, sagt er.

Lucas sieht seine Frau fragend an, die seinen Blick ratlos erwidert.

»Eine gute Nachricht kommt selten allein«, ergänzt Johannick.

»Welche denn noch?«, fragt Lucas.

Johannick räuspert sich. »Ich lebe hier ziemlich einsam, seit meine liebe Angélique vor etwa fünf Jahren gestorben ist. Mein Haus ist groß und leer. Mein Garten gibt noch ein bisschen Gemüse her, auch wenn die verflixte Sonne immer stärker wird. Also, wenn Sie glauben, dass die Fahrt nach Schweden vielleicht doch etwas riskant ist, und Sie es sich vorstellen können, würde ich mich freuen, Sie hier bei mir so lange aufzunehmen, wie Sie möchten.«

Naya reagiert als Erste. »Ist das Ihr Ernst?«

»Sehe ich so aus, als würde ich Witze machen?«, fragt der alte Mann mit feuchten Augen.

»Ach, du liebe Güte! Lucas! Hast du das gehört?«

Lucas bringt kein Wort heraus, so glücklich ist er. Ihm fällt ein Stein vom Herzen. Vorbei die Zeit der quälenden Fragen, wie er seine Familie versorgen kann.

Naya umarmt ihn und küsst ihn auf den Mund.

»Wir sagen Ja!«, ruft sie so laut, dass die Kinder aufwachen. »Ja, ja, ja! Darf ich Sie umarmen, Johannick?«

Der alte Mann hebt die Schultern und steht mühsam auf. Naya umarmt ihn lange wie eine Tochter ihren Vater.

»Danke«, murmelt sie. »Danke. Sie retten uns das Leben.«

»Mama, Mama, was ist?«, fragt Marco. »Warum schreist du so?«

Naya lässt Johannick los. Sie sieht ihn voller Dankbarkeit an, bevor sie sich ihren Kindern zuwendet.
»Meine Süßen, ich habe eine ganz tolle Neuigkeit. Wir dürfen eine Weile bei Johannick bleiben!«
»Müssen wir dann nicht mehr draußen schlafen?«, fragt Marco.
»Nein.«
»Und wir haben was zu essen, so wie heute Abend?«
»Ja, mein Schatz.«
Marco wirft sich in Nayas Arme. Oliver folgt ihm. Der Kleine hat zwar nicht alles verstanden, aber um nichts in der Welt würde er sich eine Umarmung von seiner Mama entgehen lassen.

Oliver zieht den Stecker des Implantats, wieder einmal überwältigt. Zum ersten Mal, seit er in die Erinnerungen seines Vaters abgetaucht ist, hat er seine Eltern glücklich gesehen. Es fällt ihm schwer, wieder in der Realität des dunklen Lagers in der Schwarzen Zone anzukommen. Am liebsten würde er in der Zeit zurückreisen und diesem Johannick einen dicken Kuss geben. Er denkt, solange es Menschen wie ihn gibt, darf man noch Hoffnung haben. Allerdings hat das, was er gerade gesehen hat, auch weitere Fragen über seinen Vater aufgeworfen.

Nikolaï Sokolov hat nicht nur in Bezug auf seinen Namen gelogen, er war auch nie Atomwissenschaftler. Er war Lehrer. Ein ganz normaler Mittelschullehrer. Wie hat er es geschafft, all die Jahre den Reaktor des Bunkers am Laufen zu halten?

Und noch etwas lässt Oliver keine Ruhe: Was ist aus Naya geworden? Warum ist seine Mutter nicht mit in den Bunker gekommen?

Die Antworten befinden sich ganz sicher auf dem Implantat, das Oliver in der Hand hält. Aber er ist noch nicht bereit, sich den nächsten Entdeckungen zu stellen. Deshalb steckt er es in seinen Rucksack und überlässt sich dem Schlaf. Ein Schlaf voller Träume, in denen Vergangenheit und Gegenwart sich zu einem wilden Gewirr vermischen.

25

»Bereit für einen Ausflug ins radioaktive *No Man's Land*?«, fragt Tsché mit einem breiten Grinsen.

Oliver verzieht das Gesicht. »Wenn du es so formulierst, kriege ich nicht gerade Lust«, erwidert er.

»Okay, du hast die Wahl. Eine kleine Spritztour mit einer Expertin für verstrahlte Gebiete, bei aller Bescheidenheit, und der Aussicht, etwas abwechslungsreichere Nahrung zu finden. Oder ein paar Tage in diesem feuchten Keller mit Dosenfrüchten als Verpflegung.«

»Hm... da muss ich mal nachdenken.«

»Wie du willst«, sagt Tsché gespielt beleidigt. »Dann frage ich eben Ézéchiel.«

»Ich bin dabei«, sagt Oliver.

»Ah, der Herr wechselt die Meinung so oft wie das Hemd.«

»Der Herr würde diesen Keller hier gerne verlassen, der ihn ein bisschen zu sehr an den Bunker erinnert, in dem er aufgewachsen ist. Und der Herr findet deine Gesellschaft nicht unangenehm, und deshalb ist der Herr dabei.«

»Nicht unangenehm, soso ... Wie soll ich das verstehen? Als Kompliment? Hast du kein Lehrbuch für Anmachsprüche in deiner Datenbank?«

Oliver merkt, dass seine Wangen knallrot werden.

»Sag lieber nichts«, rät Tsché. »Ich necke dich so gerne. Das klappt einfach immer.«

Oliver tut so, als würde er schmollen. Tsché sieht ihm in die Augen und lächelt. Dann wendet sie sich ihrer Hündin zu, die längst begriffen hat, dass eine Motorradfahrt bevorsteht. Wachsam sitzt sie neben der Maschine und wedelt mit dem Schwanz.

»Fuku«, sagt Tsché. »Du bleibst bei Ézéchiel. Geh in dein Körbchen. Du passt auf ihn auf, meine Süße.«

Die kleine Hündin legt den Kopf schief, winselt bittend und sieht ihr Frauchen traurig an.

»Man könnte glauben, dass sie jedes Wort versteht«, sagt Oliver verblüfft.

»Nee. Sosehr ich sie liebe, aber meine kleine Fuku ist nur ein Hund. Sie versteht ein paar Wörter und die Tonlage, das ist alles. Fuku, ich habe gesagt, ins Körbchen!«, wiederholt sie etwas lauter.

Die Hündin erhebt sich resigniert, trottet in ihren Korb und legt die Schnauze auf den Rand, ohne ihr Frauchen aus den Augen zu lassen, so als lauerte sie auf ein Zeichen, dass sie doch noch mitkommen darf.

»Das wäre geklärt«, murmelt Tsché. »Jetzt noch Ézéchiel.«

Der Riese sitzt auf seinem Feldbett und blinzelt verschlafen.

»Wir gehen etwas zu essen suchen«, sagt Tsché. »Lebensmittel. Verstehst du? Du wartest hier auf uns, in Ordnung?«

»Ich hier. Ich nicht weg.«

»Genau, super. Wir werden nicht lange unterwegs sein.«

»Ich Hunger.«

»Ja. Du kannst Dosenfrüchte essen. Im Regal sind ganz viele.«

Ézéchiel nickt. Er scheint verstanden zu haben.

Tsché lächelt ihn an und geht zu ihrem Motorrad.

Oliver steuert auf das andere zu.

»Nein«, sagt Tsché. »Wir nehmen nur eins. Setz dich hinter mich.«

Oliver zögert kurz, dann setzt er sich hinter Tsché.

»Bereit?«, fragt sie.

»Ja«, sagt Oliver und schlingt die Arme um ihre Taille.

Die Berührung fühlt sich gut an. Noch besser als beim letzten Mal. Er spürt die Rundung ihrer Hüften, die Wärme ihres Körpers. Sein Herz schlägt heftig. Er ist eng an sie geschmiegt. Er hofft, dass sie nicht bemerkt, wie schnell sein Herz hämmert. Er holt tief Luft, um sich zu beruhigen. Der blumige Duft ihrer

DIE SCHWARZE ZONE

Haare kitzelt ihn in der Nase und verdreht ihm den Kopf. Er denkt gerade, dass er es stundenlang so aushalten könnte, als das Motorrad losbraust und er sie noch fester umklammern muss. War das Absicht? Oliver verwirft den Gedanken. Nein, Tsché provoziert ihn zwar gerne, aber das ist nur ein Spiel ... Es tut gut, den dunklen Keller zu verlassen. Kilometer um Kilometer sieht er mehr von dem, was Tsché das *No Man's Land* genannt hat. Ein verlassenes Gebiet voller Sand, Ruinen und einer Vegetation, die permanent der erbarmungslosen Sonne ausgesetzt ist und doch verzweifelt versucht, sich die ehemaligen Lebensräume der Menschen zurückzuerobern. Gräser und mickrige Dornenbüsche mühen sich damit ab, die Hässlichkeit des brüchigen Betons und der altersschwachen Gebäude zu verdecken.

Tsché fährt schnell und weicht Hindernissen und Schlaglöchern mit geübter Geschicklichkeit aus. Nachdem sie lange Minuten durch die Vororte einer Geisterstadt gefahren sind, hält sie an.

Sie parkt das Motorrad in einer Fabrikhalle, durch deren zerbrochene Fenster Wind und Staub wehen, und reicht Oliver einen kleinen Chip.

»Den steckst du dir an die Brust«, erklärt sie. »Das Gerät zeigt an, wie hoch die Strahlenbelastung ist. Wenn es anfängt zu klingeln, bist du tot.«

»Was? Ist das ein Witz?«

Tsché lacht. »Natürlich ist das ein Witz. Das Ding

fängt an zu piepen, wenn wir in eine verseuchte Zone kommen. Je schneller es piept, desto größer ist die Gefahr. Und wenn es wirklich anfängt zu klingeln, rennst du sofort zurück.«

»Das war jetzt aber kein Witz, oder?«

»Nein. Zehn Minuten auf dem Strahlenniveau, und die Schäden sind nicht mehr rückgängig zu machen.« Sie reicht ihm ein Tablettenblister. »Das ist Jod. Falls wir aus irgendeinem Grund in eine Piepzone kommen, nimmst du sofort zwei Tabletten. Dadurch werden die Strahlenschäden zumindest auf wenige Körperteile begrenzt.«

»Wenn wir das hier überlebt haben, wollen wir dann irgendwo, wo es nicht verstrahlt ist, zusammen einen Film gucken?«

»Bittest du mich gerade um ein Date?«

»Und wenn?«

»Tut mir leid, da hast du dir die Falsche ausgesucht. Ich bevorzuge Abenteuer.«

Oliver schweigt.

»Gehen wir?«, fragt Tsché.

»Nach dir.«

Methodisch inspiziert Tsché jedes Haus, jede Wohnung. Routiniert durchsucht sie ein Zimmer nach dem anderen. Manchmal bleibt sie stehen, um einen Gegenstand genauer zu betrachten, bevor sie ihn neun von zehn Malen doch zurücklegt. Ihre Fundstücke landen in einer Tasche, die sie über der Schulter trägt. Oliver begnügt sich damit, sie zu beobachten, und er kann nicht umhin, ihre Effizienz zu bewundern. Langsam füllt sich die Tasche. Konservendosen, Reisbeutel, Seife, Zahnbürsten... Die Ausbeute ist nicht schlecht. Tsché wirkt zufrieden.

»Damit können wir uns was Richtiges kochen«, sagt sie grinsend.

»Woher weißt du, in welchen Häusern noch was zu holen ist?«

»Ich weiß es nicht. Ich habe nur eine Karte, auf der ich alle Orte abhake, an denen ich schon war. Alles andere ist Glücksache. Es darf eben kein anderer Sammler vor mir da gewesen sein.«

»Und wie kommt es, dass nicht längst alles geplündert ist?«

»Dieser Ort hier ist nicht verseucht, aber fast alle Zonen drum herum. Vielleicht hast du gemerkt, dass ich nicht den direkten Weg genommen habe.«

Oliver nickt.

»Ich habe die Schwarzen Zone umfahren. Da würde unsere Plakette so laut piepen, dass wir gleich wieder verduften müssten. Und davon gibt es hier viele. Die wenigsten Sammler haben ein Strahlenmessgerät. Sie wissen, dass die, die sich hierher gewagt haben, es nicht überlebt haben, also meiden sie dieses Gebiet.«

»Ein Glück, dass du bei mir bist.«

»Wie gesagt, das hier ist mein Spezialgebiet.«

Sie setzen ihre Expedition fort. Auch Oliver öffnet nun Schränke und zieht Schubladen auf.

»Ich glaube, ich hab was«, sagt Oliver schließlich. Tsché dreht sich zu ihm um. Er zeigt ihr seine Entdeckung.

»Cool, Schokolade«, sagt sie. »Da hast du den Heiligen Gral entdeckt! Hast du schon mal Schokolade gegessen?«

»Schokolade? Als Kind vielleicht.«

»Hoffentlich ist die noch gut. Ich hab seit mindestens zwei Jahren keine mehr gefunden! Okay, dann machen wir es jetzt aber richtig.«

Sie zieht ihn zu einem großen Sofa, von dem sie sorgfältig den Staub klopft, bevor sie sich setzt und neben sich zeigt.

»Bitte nehmen Sie Platz, mein Herr. Seien Sie mein Gast.«

Oliver setzt sich amüsiert, während Tsché wieder aufspringt und die Rollläden herunterlässt. Die jahrelang ungenutzte Anlage quietscht so laut, dass Oliver sich die Ohren zuhält.

»Hör auf!«, ruft er. »Das ist ja unerträglich. Was machst du überhaupt?«

»Ich sorge für die richtige Atmosphäre. Damit du dein erstes Stück Schokolade niemals vergisst.«

Sie schließt die Türen. Im Zimmer ist es dunkel. Sie holt eine Kerze aus der Tasche und reißt ein Streichholz an. Langsam neigt sie die Kerze und lässt etwas

Wachs schmelzen. Einige Tropfen fallen auf den Tisch. Tsché drückt die Kerze in das weiche Wachs. Das gleiche tut sie mit einer zweiten Kerze. Dann öffnet sie beinahe salbungsvoll die Plastikfolie der Schokoladentafel. Darunter kommen gleichmäßige Quadrate zum Vorschein.

»Yes!«

Die Flammen tanzen sanft und werfen Schatten auf ihr leuchtendes Gesicht.

»Das Plastik hat die Schokolade geschützt«, sagt sie. »Mach die Augen zu!«

Sie schiebt erst Oliver und dann sich selbst ein Stück in den Mund. Sie schließt die Augen.

Oliver lässt sich von dem starken, süßen Geschmack davontragen. So etwas Gutes hat er noch nie gegessen.

»Und?«, fragt sie und sieht ihn an.

»Unglaublich«, murmelt er.

»Noch eins?«

»Ja.«

Diesmal berühren Tschés Fingerspitzen seine Lippen. Er spürt einen kleinen Stromschlag und schaudert.

Das zweite Stück genießt er noch mehr.

»Weißt du, dass wir gerade das Zweimonatsgehalt eines Arbeiters aus den Tiefen Türmen gegessen haben?«, fragt Tsché.

»Echt?«

»Echt.«

Oliver fängt wieder ihren Blick auf. »Manche Momente sind unbezahlbar.«

»Stimmt«, murmelt sie, plötzlich verlegen. »Wir sollten jetzt zurückfahren. Ézéchiel und Fuku fragen sich bestimmt schon, wo wir bleiben.«

»Da hast du zweifellos recht.«

26

Oliver läuft neben Tsché her. Der Ort hat nichts von seiner Trostlosigkeit verloren. Im Vorübergehen fallen ihm immer wieder Skelette auf. Ihre Knochen sind weiß, poliert vom Sand, den der Wind vor sich hertreibt. Niemand hat sich die Mühe gemacht, sie zu begraben. Oliver denkt an ihre Familien und fragt sich, warum sie ihre Angehörigen so zurückgelassen haben. Und plötzlich trifft es ihn wie ein Schlag: Natürlich. Das ist die Wirklichkeit hinter den Dokufilmen, die er im Bunker gesehen hat. Nach dem Großen Kollaps waren einfach nicht genug Überlebende da, um die Toten zu begraben.

Die düsteren Gedanken müssten ihn eigentlich herunterziehen, doch ihm ist leicht, sogar fröhlich zumute. Allein neben Tsché herzulaufen macht ihn glücklich. So sehr er es auch versucht, er kann sie nicht mal für ein paar Augenblicke aus dem Kopf kriegen. Er spürt noch genau ihre Finger an seiner Lippe...

Plötzlich schiebt er das Gefühl weg. Er hat ein schlechtes Gewissen. Wie kann er sich solchen Träumereien hingeben, während sein Bruder in Lebensgefahr schwebt? Tsché scheint einen Strich unter die Rettungsmission gezogen zu haben. Für Oliver ist das unmöglich.

»Ich frage mich ...«, beginnt er.

»Ja?«

»Der Totengräber ... weiß jemand, wo sein Lager ist?«

Tsché bleibt abrupt stehen und sieht Oliver scharf an. »Vergiss es, Oliver. Sofort.«

»Er ist mein Bruder, Tsché. Es geht nicht. Ich kann ihn nicht im Stich lassen.«

»Ich würde deinem Bruder wirklich gerne helfen, aber das ist Selbstmord. Also lass es.«

Sie geht weiter. Oliver folgt ihr nicht.

»Du hast meine Frage nicht beantwortet«, sagt er.

»Der Totengräber ist der Anführer einer Bande von etwa fünfzig Söldnern«, erklärt Tsché ungehalten. »Die sind bis an die Zähne bewaffnet und tun den ganzen Tag nichts anderes, als sich zu schlagen. Der Totengräber kennt keine Gnade. Ich habe mal jemanden getroffen, der damit angegeben hat, dass er sein Gesicht gesehen hat ...«

»Und?«

»Am nächsten Tag hing der Typ tot vor der Stadt am Zaun.«

»Und glaubst du, es stimmt? Ich meine, glaubst du, dass er sein Gesicht wirklich gesehen hat?«

»Ich denke schon. Der Totengräber ist eine Legende, Oliver. Ein Monster, mit dem die Mütter ihren Kindern Angst machen, damit sie brav sind. Er allein hat zehn Bunker entdeckt und zerstört. Mit dem legen sich nicht mal die anderen Jäger an.«

»Mag ja sein. Aber er hat meinen Bruder.«

»Es tut mir sehr leid, das zu sagen, aber dein Bruder ist verloren, Oliver.«

Oliver hält Tché am Ärmel fest, damit sie stehenbleibt. »Weißt du, wo sein Lager ist, ja oder nein?«

»Nein. Aber ich kenne jemanden, der es wissen könnte.«

»Dann bring mich zu ihm.«

»Nein.«

»Zwing mich nicht, dich anzuflehen.«

»Ich schicke dich doch nicht in den Tod!«

Oliver holt tief Luft, dann dreht er sich um und rennt los. Tränen der Wut laufen ihm über die Wange. Marco...

»Oliver! Oliver, wo willst du hin?«

Er hört nicht auf sie. Er läuft noch schneller. Hinter ihm ertönen Schritte. Tché rennt ihm nach.

»Oliver, sei kein Idiot! Ich kenne das Gebiet hier nicht gut genug. Ich weiß nicht, ob...«

Wie zur Bestätigung fängt Olivers Plakette leise an zu piepen. Er achtet nicht darauf. Er rennt weiter. Er weiß selbst nicht, wovor er davonläuft, aber er kann nicht anders. Er will nicht, dass Tsché ihn weinen sieht, er will Marco nicht im Stich lassen, er kann, er will nicht anhalten ...

»Oliver! Stopp!«

Diesmal klingt Tschés Stimme anders, voller Panik. Er bleibt stehen, schaut auf die Plakette. Es piept immer noch, aber schwach und mit großen Abständen. Er dreht sich um und mustert Tsché. Ihre Augen suchen systematisch die Landschaft ab. Sie hat Angst, das ist unverkennbar.

»Was ist los?«

»Leise! Keinen Mucks!«, zischt sie. »Wir müssen uns verstecken. Schnell.«

Sie nimmt seine Hand. Er lässt es geschehen. Sie rennen. Tsché bleibt stehen. Öffnet den Kofferraum eines verlassenen Autos.

»Steig ein.«

Ihr Ton erlaubt keinen Widerspruch. Oliver tut, was sie sagt. Tsché holt eine kleine Sprühflasche aus der Tasche. Sie bespritzt den Griff des Kofferraums, den Boden und die Reifen des Autos, bevor sie zu Oliver klettert und den Kofferraum zuzieht.

Sie befinden sich hinten in einem Familien-Van. Die Fensterscheiben sind verdunkelt und staubbedeckt. Von außen sollte man sie aus der Entfernung nicht sehen können.

»Erklärst du es mir?«, flüstert Oliver.

»Da«, sagt sie. »Schau!«

Oliver kneift die Augen zusammen. Durch die getönte Scheibe erkennt er erst zwei Umrisse, dann drei. Und einen Hund.

»Scheiße. Sie kommen hierher«, flucht Tsché.

»Was sind das für Typen? Auch Sammler?«

»Nein. Das sind Zahnlose.«

»Zahnlose?«

»Rumtreiber, die in den Schwarzen Zonen leben.«

»Ich dachte, das wäre gefährlich. Ich dachte, du wärst die Einzige, die sich ohne Risiko herwagen kann.«

»Es ist ja auch gefährlich. Die Typen da sind tot auf Bewährung. Verstrahlte, die eine Widerstandsfähigkeit gegen die Strahlen entwickelt haben. Ihr Zustand verschlechtert sich langsamer als normal, aber die Strahlen hinterlassen trotzdem ihre Spuren. Sie haben keine Zähne mehr, verlieren ihre Haare ...«

»Aber sie überleben.«

»Ja.«

»Und warum hast du so eine Angst vor ihnen?«

»Weil sie zum Überleben jede Menge Protein brauchen.«

»Was?«

»Das sind Bestien. Die haben jeden Sinn für Menschlichkeit verloren. Sie essen jedes Lebewesen, das ihnen in die Finger kommt. Sie essen *Menschen*, Oliver.«

»Das wird also keine nette Begegnung...«

»Ganz und gar nicht. Ihre Hunde sind darauf abgerichtet, Beute zu jagen. Wenn die uns finden...«

»Es tut mir leid.«

»Mir auch. Ich hätte vorsichtiger sein sollen«, sagt Tsché. »Oh, eine von ihnen ist dein Typ!«

»Wie bitte?«

»Eine große Blonde. Schau.«

Oliver mustert die langgliedrige Frau, auf die Tsché zeigt. Sie geht langsam, etwa vierzig Meter von ihnen entfernt. Sie ist abgemagert und fast kahl, bis auf ein paar verfilzte Strähnen, und ihre Kleider bestehen nur noch aus Lumpen.

»Wie kannst du in so einem Moment Witze machen?«, knurrt er. »Und was war das für Zeug, mit dem du da rumgespritzt hast?«

»Lachen heißt überleben. Und das Zeug, mit dem ich rumgespritzt habe, wie du sagst, war ein Abwehrmittel gegen Hunde, auf der Basis von Löwenurin. Das hab ich mal in einem verlassenen Zoo gefunden. Ich habe es bei Fuku ausprobiert, und sie ist drei Tage lang nicht in meine Nähe gekommen. Normalerweise funktioniert es... Schluss jetzt mit den Fragen. Duck dich!«, zischt sie und drückt Oliver auf den Kofferraumboden. »Wir legen uns auf den Bauch, halten den Mund und rühren uns nicht. Das Mittel funktioniert beim Geruchssinn, aber wenn die Hunde uns hören oder sehen...«

DIE SCHWARZE ZONE

Oliver nickt. Er kauert sich dicht neben Tsché. Ihre Beine liegen aneinander, ihre Finger berühren sich. Es ist ihm etwas peinlich, aber es fühlt sich so gut an... Sekunden vergehen. Dann Minuten. Von draußen sind Geräusche zu hören. Ganz nah. Hundegebell. Die Hunde haben eine Spur gewittert. Ihre Spur. Stimmen ertönen. Die Zahnlosen beschimpfen einander. Ihre Stimmen sind scharf. Man hört die Erregung der Jagd, den Hunger, die Aggression...
Plötzlich spürt Oliver eine Hand auf seiner. Tsché hat sich bewegt. Sie liegen ziemlich unbequem. Sicher ein Versehen. Doch Tsché zieht die Hand nicht wieder weg. Ihre Fingerspitzen streichen sanft über Olivers Finger, der den Kopf zur Kofferraumtür gedreht hat. Er wagt es nicht, sich zu bewegen, aus Angst, die Aufmerksamkeit der Zahnlosen zu erregen. Das Streicheln geht weiter.
Das ist kein Versehen.
Das ist kein Zufall.
Tsché streichelt seine Hand. Oliver zuckt mit den Fingern. Er streichelt zurück. Ihre Finger suchen, verschränken sich. Wie gut sich das anfühlt! So viele Gefühle in einer einzigen Berührung... Die Magie hält an, während die Stimmen der Zahnlosen sich entfernen und schließlich nicht mehr zu hören sind. Oliver wünscht sich, dass der Moment ewig dauert. Er will für immer so neben Tsché liegen bleiben.
Schließlich bricht Tsché den Zauber.

»Ich glaube, sie sind weg«, flüstert sie. »Wir können nicht hierbleiben.«

Sie klettert aus dem Kofferraum, ohne ihn anzusehen. *Sie hat recht, es ist nicht der richtige Zeitpunkt*, denkt er. Trotzdem hätte er gerne mit ihr darüber gesprochen, was gerade geschehen ist. Tsché ist bereits mehrere Meter vor ihm. Oliver springt aus dem Kofferraum und holt sie ein.

»Nimm zwei Jod-Tabletten«, sagt sie. »Wir waren zwar nicht allzu lange im verstrahlten Bereich, aber man kann nie wissen.«

Oliver nimmt die Tabletten aus der Tasche und schluckt zwei.

»Tsché...«, beginnt er nach langem Schweigen.

»Nein, Oliver. Das war keine gute Idee. Es tut mir leid. Es war ein Fehler.«

Ihre Worte treffen ihn wie ein kräftiger Kinnhaken. Er weiß nicht, was er sagen soll. Also sagt er nichts und begnügt sich damit, die Fragen wiederzukäuen, die er ihr gerne stellen würde. *Empfindet sie etwas für ihn? Eine leichte Anziehung? Mehr? Tut es ihr wirklich leid? Warum? Besteht die Hoffnung, dass sich das ändert?*

Tsché läuft schneller.

»Wir müssen hier verschwinden«, sagt sie. »Ich habe absolut keine Lust, den Zahnlosen in die Hände zu fallen.«

Oliver schluckt die Fragen hinunter, die ihm auf den Lippen brennen.

»Wie essen die Zahnlosen denn Menschen, wenn sie keine Zähne mehr haben?«, fragt er stattdessen.

»Wenn man Fleisch lang genug kocht, wird irgendwann Brei draus. Dann braucht man nur noch einen Mixer... Geht auch ohne Zähne.«

»Igitt! Ist das ekelhaft.«

»Hmpf. Ich glaube, mir wäre es ziemlich egal, ob man mich Stück für Stück verspeist, so wie Obelix die Wildschweine, oder als Milchshake.«

Oliver muss lachen, trotz der Spannung, die sich zwischen ihnen aufgebaut hat.

Tsché lacht ebenfalls.

»Nicht so laut«, schimpft sie dann sanft. »Sie haben vielleicht keine Zähne, aber ihre Ohren funktionieren noch.«

»Okay, ich geb mir Mühe. Lecker, Milchshake! Du bist echt schräg, Tsché.«

»Das werte ich als Kompliment.«

»Tsché?«

»Ja?«

»Ich fühl mich gut mit dir.«

Wieder beschleunigt Tsché den Schritt. Oliver begreift, dass sie nicht antworten wird. Sie kommen zum Motorrad, setzen die Helme auf und fahren zurück zu ihrem Keller. Fuku ist ganz aus dem Häuschen über ihre Rückkehr, doch die beiden bleiben schweigsam. Dann bricht Ézéchiel die Verlegenheit.

»Ich krank«, stöhnt er.

Oliver betrachtet den Riesen. Vier leere Obstkonserven stehen neben seinem Feldbett.

»Kein Wunder, dass du krank bist«, sagt er lächelnd. »Du hast zwei Kilo Dosenfrüchte verputzt. Bist du verrückt?«

»Ich verrückt! Ich verrückt!«, ruft Ézéchiel.

Die Wirkung kommt augenblicklich. Tsché und Oliver müssen laut lachen. Endlich schauen sie sich wieder an. Der Blickkontakt dauert länger. Und länger.

»Hör zu, das mit eben tut mir leid«, sagt Tsché. »Es ist kompliziert. Bist du mir böse?«

»Nein«, sagt Oliver. »Nein. Ich möchte es nur verstehen, das ist alles.«

»Ja. Wir reden darüber. Versprochen. Aber nicht jetzt. Jetzt müssen wir unsere Sachen packen und verschwinden. Ich will nicht in einer Zone bleiben, in der die Zahnlosen unterwegs sind. Es ist zu gefährlich.«

Oliver nickt.

»Ich kümmere mich um die Verpflegung. Du, Oliver, nimmst drei Schlafsäcke und den kleinen Kocher, der im Regal steht. Pack alles in einen großen Rucksack. Wenn wir draußen schlafen müssen, brauchen wir was Warmes im Bauch.«

»Okay. Und wohin fahren wir? Du hast doch gesagt, dass es nirgendwo sicher ist.«

»Wir fahren zu Sylvie. Einer Freundin. Sie ist eine der Wenigen, denen ich vertraue.«

»Ich dachte, man darf niemandem vertrauen?«
»Ja, aber bei ihr ist es anders. Sylvie ist Sylvie. Du wirst sehen. Sie wird dir gefallen.«

Oliver packt schnell die Sachen. Versehentlich stößt er dabei gegen den Deckel des Mülleimers, der auf den Boden fällt. Keine Zeit, ihn wieder aufzuheben. Im Vorübergehen sieht er, dass der Boden der Tonne voller Dosenfrüchte ist. *Seltsam,* denkt er.

»Bist du so weit?«, fragt Tsché.
»Ja, ich komme«, sagt Oliver.

Er steigt aufs Motorrad. Ézéchiel setzt sich hinter ihn. Tsché schließt zweimal die Tür ab, bevor sie das Lager verlassen. Die beiden Maschinen fahren beinahe geräuschlos aus dem unterirdischen Parkhaus. Bald kommen sie an den Schildern vorbei, die vor der Schwarzen Zone warnen. Sie sind wieder auf nicht verseuchtem Gebiet. Aber Oliver weiß nicht, ob er sich hier sicherer fühlen soll. Es ist schon dunkel, und er fragt sich bei jedem toten Baum, jeder Ruine, jedem Busch, ob nicht der Totengräber oder einer seiner Männer dahinter lauert, getarnt in Dunkelheit, bereit, auf die Straße zu springen und ihnen den Weg abzuschneiden. Doch je länger sie fahren, desto kleiner wird seine Angst. Die Schatten sind nur Schatten, und sie begegnen auf dem ganzen Weg zu Sylvies Haus nicht einer Menschenseele.

4
DER SCHROTTPLATZ

27

Die Bezeichnung »Haus« trifft es nicht ganz. Sie halten vor einem zwei Meter hohen Metalltor, an das sich zu beiden Seiten ein noch höherer Zaun anschließt. Mehrere Schilder weisen darauf hin, dass er unter Strom steht. Dahinter erkennt Oliver Hunderte Autowracks, die schon seit einer Ewigkeit dort herumstehen müssen, nach dem Dreck und dem Rost zu urteilen. Ein Schrottplatz. Ein riesiger Schrottplatz. Dass hier, mitten in der Wüste, fernab von allem, keine einzige Pflanze wächst, versteht sich von selbst. Statt Bäumen stehen hier alte Busse, statt Büschen kaputte Autos. Ziemlich düster. Über dem Eingang ist eine kleine Kamera angebracht. Tsché drückt auf einen Knopf einige Meter darunter. Sekunden später richtet sich die Kamera auf sie.

Tsché zeigt ihr schönstes Lächeln.

Die Tür öffnet sich geräuschlos.

Sie gibt Oliver ein Zeichen, ihr zu folgen. Zweihundert Meter weiter bleibt sie unter einem Vordach stehen. Mehrere alte Container bilden dort eine große Behausung. Fenster sind in das Metall gesägt und verleihen dem Haus das Aussehen eines Rieseninsekts mit vielen Augen.

»Wollen wir da wirklich rein?«, fragt Oliver skeptisch.

Tsché lächelt immer noch.

Ein leuchtendes Schild prangt über dem Eingang: *Autowerkstatt Sylvie Bras.*

Ein etwa achtjähriger Junge kommt heraus, um sie zu begrüßen.

»Hallo«, sagt er. »Was wollt ihr?«

»Für mich bitte Pommes und einen Kaffee«, witzelt Tsché.

»Ha. Ha. Der Ausgang ist da hinten. Ihr kennt den Weg.«

Tsché lässt sich nicht aus der Ruhe bringen. »Ist Sylvie da?«

»Kenne keine Sylvie ...«

»Hör mal, du Rotznase, wenn du nicht willst, dass ich dir den Hintern versohle, dann holst du jetzt Sylvie, aber ein bisschen plötzlich, klar?«

Der Kleine mustert Tsché unbeeindruckt.

In dem Moment ertönt ein lautes Lachen hinter ihm. Eine Frau um die sechzig tritt ins Licht. Graue Dreadlocks umgeben ihr rundes Gesicht, und zahlreiche Tattoos zieren ihre dunkle Haut. Am beeindruckendsten sind die Schlangen, die sich um ihre muskulösen Arme winden. Oliver kann sich nicht daran erinnern, je so ausgeprägte Bizepse gesehen zu haben. Bei ihrem Anblick könnte man fast Angst kriegen. Aber die Frau ist ihm sofort sympathisch. Er könnte nicht sagen, ob es an ihrem offenen Lächeln oder dem wohlwollenden Blitzen ihrer Augen liegt, aber Tsché hatte recht. Sylvie gefällt ihm.

»Der Neue ist gut, was?«, sagt Sylvie. »Ich wollte, dass du ihn kennenlernst. Tsché, darf ich dir Yvard vorstellen? Ich finde ihn ganz schön schlagfertig für sein Alter... Wie geht's dir, meine Hübsche?«

Die Frau kommt näher und nimmt Tsché in die Arme, die darin regelrecht verschwindet.

»Du sagst nichts? Kein gutes Zeichen. Du kommst ja meistens, wenn etwas nicht stimmt. Aber jetzt sagt mir mein kleiner Finger, dass du in ein noch größeres Wespennest gestochen hast als sonst...«

»Könnte man so sagen«, murmelt Tsché. »Tut das gut, dich zu sehen, Sylvie.«

»Geht mir genauso.«

Die Umarmung endet mit einem langen Blick.

»Komm zu Sylvie, Fuku!«, ruft Tsché plötzlich.

Die kleine Hündin stürzt auf Sylvie zu, springt an ihr hoch und leckt ihr über das Gesicht.

»Hör auf, Fuku, das ist ekelhaft! Du weißt, dass ich das nicht leiden kann!«, schimpft Sylvie lachend.

»Du lügst so schlecht wie immer«, sagt Tsché.

»Und wer sind deine beiden Freunde? Kann man ihnen vertrauen?«

»Ja. Dafür garantiere ich. Sagen wir mal, sie haben in das gleiche Wespennest gestochen wie ich, oder wir sitzen gemeinsam drin.«

»Na, dann kommt rein, wir trinken erst mal was.«

Überraschenderweise ist es im Inneren der Container relativ kühl. Die Räume sind einfach, aber geschmackvoll eingerichtet und passen gar nicht zu dem ganzen Schrott draußen.

»Gefällt dir mein Haus?«, fragt Sylvie, die Oliver beobachtet hat.

»Ja. Sehr.«

»Wir haben hier allen modernen Komfort: Klimaanlage, Solarzellen, Wassersammel- und Filtersysteme...«

»Durch welches Wunder?«, fragt Oliver.

»Das ist der Vorteil, wenn man mit den Stadtstaaten zusammenarbeitet«, wirft Tsché ein. »Sylvie liefert ihnen Fahrzeuge. Sie baut zum Beispiel irgendwelche vorzeitlichen Modelle in Elektroautos um.«

»Und waren Sie schon mal in einem Stadtstaat?«, fragt Oliver.

»Ein paarmal.«

»Leben die Menschen da so wie vorher? Ich meine, wie im Film?«

»Du meinst, so wie früher?«, fragt Sylvie. »Ja, fast. Ihre Städte sind sauber und vor der Sonne und vor Sandstürmen geschützt. Sie haben Strom, fließendes Wasser, Heizungen, Geschäfte... Es ähnelt sehr dem

Leben, das wir vor dem Großen Kollaps hatten. Aber diese Orte sind nur sehr wenigen Privilegierten vorbehalten.«

»Höre ich da Herablassung?«

»Ganz recht, Herablassung. Wenn nicht gar Verachtung.«

»Trotzdem arbeiten Sie für sie«, stellt Oliver fest.

»Ja. Man überlebt, wie man kann. Aber das weißt du ja selbst.« Sylvie sieht ihn an. »Wie alt bist du, 17, 18?«

»17.«

»Aha. 17 also, neugierig, ein bisschen naiv, gut aussehend ... Ich habe gehört, dass mein kleiner Schützling einem Maulwurf geholfen hat und jetzt ganz schön in der Patsche sitzt. Stimmt das?«

Tsché zuckt mit den Schultern und macht ein mürrisches Gesicht.

»Verstehe«, sagt Sylvie. »Wie tief genau sitzt ihr drin?«

»Ich gebe dir die Kurzfassung«, sagt Tsché. »Ich habe Oliver total dehydriert in der Wüste aufgegabelt. Bei den Tiefen Türmen haben wir erfahren, dass sein Bruder vom Totengräber gefangen genommen wurde. Marco weiß nicht, wo sich ihr Bunker befindet. Jemand aus der Grauen Stadt hat Wind von der ganzen Sache bekommen und versucht, Oliver zu entführen. Wir haben uns gewehrt. Während wir hier sprechen, nehme ich an, dass der Totengräber uns schon auf den Fersen ist.«

»Hast du Geld?«, will Sylvie wissen.

»Ja, ein bisschen. Dreißig Goldmünzen.«

»Nicht schlecht. Willst du versuchen, über die Mauer zu kommen?«

»Na ja, das hatte ich zumindest vor ...«

»Und ihn nimmst du mit?«, fragt Sylvie und weist mit dem Kinn auf Oliver.

Tsché zuckt mit den Schultern. »Ja. Ich kann ihn nicht sich selbst überlassen.«

Sylvie beginnt, im Raum auf und ab zu tigern. Erst nach mehreren Minuten spricht sie wieder. Ihre Miene ist undurchdringlich.

»Ich fasse zusammen«, sagt sie. »Ihr müsst so schnell wie möglich nach Norden, denn in den umliegenden Städten seid ihr erledigt. Und dieser Junge gefällt dir so, dass du keine Sekunde in Erwägung ziehst, ihn gegen eine hübsche Belohnung dem Totengräber auszuliefern.«

»Mich ausliefern?«, fragt Oliver.

»Aber ja doch, mein Kleiner.« Sylvie lächelt entschuldigend. »Tut mir leid, das zu sagen, aber es wäre für Tsché die beste Option. Weit weniger gewagt als diese überstürzte Flucht in den Norden.«

»Ich werde ihn nicht ausliefern.«

»Ich gehe ein großes Risiko ein, wenn ich euch hier aufnehme«, sagt Sylvie. »Nicht nur für mich, auch für meine Kleinen.«

»Ihre Kleinen?«, fragt Oliver.

»Sylvie nimmt verlassene Kinder bei sich auf«, er-

klärt Tsché. »Sie gibt ihnen ein Dach über dem Kopf, Arbeit, ein paar grundlegende Werte. Sie hat auch mir geholfen. Ohne sie wäre ich ...«
»Jetzt fang nicht damit an, meine Süße«, fällt Sylvie ihr ins Wort und nimmt Tschés Hände. »Sonst muss ich noch weinen, und das kann ich nicht ausstehen.«
»Ich will dir keinen Ärger machen.«
»Ich denke nur an die Kinder, das ist alles«, sagt Sylvie. »Du weißt doch, dass ich alles für dich tun würde. Aber hier seid ihr nicht sicher. Der Totengräber wird früher oder später darauf kommen, dass du mich kennst. Vielleicht weiß er es längst ... Es tut mir leid, aber ihr könnt nicht bleiben. Ich kann euch in einem meiner Laster verstecken. Morgen fährt einer nach Norden. Eine Bestellung von einem Stadtstaat hinter der Mauer. An den Kontrollen kommt ihr natürlich nicht vorbei, ihr müsst vorher aussteigen und euch selbst einen Schlepper besorgen, aber so gewinnt ihr wenigstens einen Vorsprung.«
»Ich habe schon einen Kontakt. Danke, Sylvie, du bist ein Engel.«
»Ich weiß. Eine Frage noch ... Wer ist der Schrank da, dessen Augen Flipper spielen? Ich habe den Eindruck, dass er gerade die Fäden zählt, aus denen mein Teppich besteht, und das finde ich ein bisschen verstörend.«
»Das ist Ézéchiel. Er hat uns das Leben gerettet, deshalb haben wir ihn mitgenommen«, sagt Tsché.
»Und den willst du auch über die Mauer bringen?«

»Ich fürchte, das würde etwas kompliziert«, gesteht Tsché. »Könntest du dich um ihn kümmern?«

»Der wirkt ja recht friedlich. Und stark. Ja, vielleicht kann er mir hier zur Hand gehen.«

»Oh, danke, Sylvie. Danke!«

»Na super«, wirft Oliver aufgebracht ein. »Ihr zwei seid euch einig. Wie schön!«

»Was ist dein Problem?«, fragt Tsché.

»Mein Problem?«, faucht Oliver. »Bitte entschuldigen Sie, Sylvie. Ich danke Ihnen für alles, was Sie für uns tun. Ich bin sicher, dass Sie ein großartiger Mensch sind. Und was dich betrifft, Tsché, ich weiß, dass du ein gigantisches Risiko für mich eingegangen bist. Ich weiß, du hättest mich ausliefern oder ohne mich abhauen können. Aber hat sich eine von euch auch nur einen Moment überlegt, dass ich auch eine Meinung haben könnte? Mein Bruder ist von diesem Totengräber entführt worden. Ich kann nicht nach Norden fahren, bevor ich nicht versucht habe, ihn zu finden. Sylvie, wissen Sie, wo er sein Lager hat?«

»Es reicht!«, brüllt Tsché. »Ich will nichts mehr davon hören.« Sie springt auf, rennt nach draußen und knallt die Tür hinter sich zu.

Sylvie mustert Oliver. Sie bewahrt noch immer ein Pokerface.

»Sie wissen, wo er sich aufhält, nicht wahr?«

»Ja«, gibt Sylvie zu. »Aber ich kann es dir nicht sagen. Tsché würde es mir nie verzeihen.«

»Ich werde mit ihr sprechen.«

»Nicht heute Abend, Oliver. Sonst riskierst du einen Schlag mit dem Schraubenzieher.«

»Von Ihnen?«

Sylvie lacht und schüttelt den Kopf. »Ich tue keiner Fliege was zuleide. Aber wenn Tsché wütend wird...«

»Wütend? Warum soll sie denn wütend sein?«

»Weil sie wegen dir eine Regel gebrochen hat, die ihr ganzes Leben bestimmt hat.«

»Was für eine Regel?«

»Niemanden ins Herz schließen. Nie. Unter keinen Umständen.«

»Das ist doch bescheuert.«

»Nicht unbedingt. Wenn du niemanden an dich heranlässt, leidest du auch nicht. In einer Welt wie der unseren finde ich das nicht so bescheuert.« Sie lächelt traurig. »Gute Nacht, Oliver.«

»Gute Nacht.«

28

Oliver findet keinen Schlaf. Seine Gedanken ähneln einem Wirbelsturm. Er wälzt sich in seinem Bett hin und her. Noch dazu ist es ziemlich hell im Zimmer. Der Mond scheint in dieser Nacht über sie wachen zu wollen. Oliver ist wie hypnotisiert von seinem kristallklaren Schein. Noch vor wenigen Tagen war es für ihn nur ein Traum, einmal den Mond zu sehen, und heute würde er alles tun, um nicht von seinem fahlen Licht gestört zu werden. In so kurzer Zeit ist so viel geschehen. Beinahe kommt es ihm so vor, als wäre sein altes Leben nur eine ferne Erinnerung.

Er ist in einem Käfig aufgewachsen. In einem goldenen Käfig, sicher, mit allem, was man zum Überleben braucht. Trotzdem war er nicht glücklich. Denn Überleben ist nicht genug. Er will leben. Er will lieben, teilen, frei sein. Doch so gerne er seine ganze Zeit mit Tschè verbringen würde, könnte er auch mit ihr niemals glücklich werden, solange er weiß, dass er nicht alles versucht hat, um Marco zu helfen.

Noch kann er Marco retten. Schließlich interessiert sich der Totengräber nicht für seinen Bruder, sondern für eine Information: die Lage des Bunkers. Es würde reichen, ihm diese Information zukommen zu lassen. Marco gegen den Ort des Bunkers... Doch damit würde er alle Bewohner in einen schrecklichen Tod schicken. Sam, Ethan, alle Menschen, mit denen er jahrelang zusammengelebt hat. Eine ganze Stadt, seine Stadt. Er kann sie dem Totengräber unmöglich ausliefern.

Oliver ist bereit, sein Leben zu riskieren, um seinen Bruder zu retten, aber gegen den Totengräber und seine Männer hat er keine Chance. Die Möglichkeit, gefangen genommen zu werden und unter Folter doch preiszugeben, wo sich der Bunker befindet, ohne Marco damit befreien zu können, zerreißt ihn. Doch genau das könnte passieren, wenn er sich auf einen sinnlosen Kreuzzug gegen ein paar skrupellose Auftragskiller einlässt.

Was soll er tun? Marco im Stich lassen, der für ihn alles aufgegeben hat? Tsché folgen? Seine Gefühle für sie werden jeden Tag heftiger. Sie geht ihm immerzu im Kopf herum. Auch sie hat alles für ihn aufgegeben. Sie hat, ohne zu zögern, ihr Leben riskiert. Und Sylvie scheint zu glauben, dass sie seine Gefühle erwidert. Aber warum hat Tsché sich plötzlich so distanziert? Und warum hat sie seine Hand gestreichelt und sich dann vor ihm zurückgezogen? Oliver seufzt. Er ist verloren. Völlig verloren.

Am liebsten würde er schreien, bis zur Erschöpfung gegen eine Mauer schlagen. Er will, dass dieses Gefühlskarussel endlich aufhört, durch seinen Kopf zu wirbeln. Er will ein bisschen Ruhe. Nur ein bisschen. Aber heute wird das wohl nichts. Er wird damit klarkommen müssen. Nach vorne schauen. Koste es, was es wolle. Eine Entscheidung treffen, auch wenn er weiß, dass er irgendeine seiner Hoffnungen aufgeben muss. Auch wenn er weiß, dass es wehtun wird. So oder so. Wird er die Kraft haben, diese Entscheidung zu treffen und damit zu leben?

Ein Rat, den sein Vater ihm einmal gegeben hat, kommt ihm in den Sinn: »Lächle, und die Welt lächelt zurück.« Sein Vater ... Der Mann, von dem er geglaubt hat, alles über ihn zu wissen, und der ihn sein Leben lang angelogen hat, um ihn zu schützen, um ihn zu retten. Plötzlich spürt er den Drang, mehr über das Ende der Reise seiner Familie zu erfahren. Er fühlt sich bereit zu erfahren, was mit seiner Mutter passiert ist. Schlafen kann er sowieso nicht. Leise, um Ézéchiel, der friedlich schnarcht, nicht zu wecken, holt er das Datenimplantat seines Vaters aus dem Rucksack und schließt es an.

Lucas sitzt auf einem Sessel auf der Veranda. Er beobachtet Naya und die Kinder, die Johannick helfen, die Sonnensegel aufzuspannen. Die Tücher breitet er jeden Tag über seinem Garten aus, um ihn während der heißesten Stunden vor der

DER SCHROTTPLATZ

Sonne zu schützen. Der alte Mann strotzt vor Energie, trotz der Arthrose, die seine Gelenke versteift. Lucas weiß sein Glück zu schätzen, einen Menschen wie Johannick getroffen zu haben. Mittlerweile ist es zwei Wochen her, dass sie ihre Taschen in das kleine Bauernhaus getragen haben.

Lucas blickt zum Meer, das nur wenige Hundert Meter entfernt ist. Die türkisblaue Weite leckt an den Felsen, ein friedliches, stetiges Rauschen, mit dieser ruhigen, mächtigen Sicherheit, zu der nur die Natur fähig ist. Wenn man die riesige Wasserfläche sieht, kann man kaum glauben, dass Menschen verdursten oder sich um ein paar Liter des blauen Golds schlagen. Da ist das wertvolle Gut, ganz nah. Auf ihrer Reise hat Lucas mehrere gigantische Baustellen gesehen. Künftige Entsalzungsanlagen, die von riesigen Pipelines direkt aus dem Ozean gespeist werden. Der Prozess steht kurz vor dem Abschluss, die Fabriken werden bald große Mengen Trinkwasser produzieren. Aber man weiß schon jetzt, dass es nicht für alle reichen wird ... Es gibt einfach zu viele Menschen. Die Ressourcen sind knapp. Als Mathelehrer weiß er nur zu gut, dass die Rechnung nicht aufgeht. Die Welt steuert ins Verderben.

Dabei könnte man hier, auf dieser Insel der Ruhe, beinahe vergessen, dass der Wahnsinn an die Tür klopft. Seine Kinder haben Spaß, lachen, singen, toben ... Sie haben nur wenige Tage gebraucht, um die Müdigkeit, die Angst, die Strapazen zu vergessen. Wie gern wäre Lucas ein Kind. Um sich einfach fallen zu lassen. Um zu vergessen, um sich keine Sorgen mehr zu machen. Wie schön wäre das.

Im Garten zeigt Johannick Naya, wie man die Erde mit dem Spaten umgräbt. Naya versucht es. Sie stellt sich nicht besonders geschickt an, aber sie macht Fortschritte. Sie ist eine echte Stadtpflanze, und die Gartenarbeit ist ganz neu für sie. Lucas beobachtet sie. Sie merkt es und lächelt ihm zu. Sie strahlt richtig. Himmel, wie er diese Frau liebt... Johannick wird von einem schweren Hustenanfall geschüttelt. Schon das zweite Mal heute. Er ist nicht mehr der Jüngste. Hat er sich erkältet, trotz der Affenhitze?

Lucas denkt, dass es jetzt, da sie wieder bei Kräften sind, an ihm und seiner Frau ist, sich um den alten Mann zu kümmern. Naya tut das bereits. Sie hat den Chefgärtner genötigt, sich auf einen Stuhl zu setzen, und gräbt unter seinem wachsamen Blick weiter. Johannick lächelt auch. Lucas fällt ein Satz wieder ein, den er als junger Mann bei einer Lesung gehört hat. Von Pierre Rabhi, einem Denker, der sich im Grabe umdrehen würde, wenn er sehen könnte, was aus der Welt geworden ist. Er sagte: »Wir müssen wieder unserer wahrhaften Bestimmung nachgehen, und die ist nicht ständiges Produzieren und Konsumieren, sondern Lieben, Staunen und die Sorge für das Leben in all seinen Formen.« *In diesem Augenblick ist Johannick dafür das perfekte Beispiel.*

Marco kommt angelaufen und springt auf die Knie seines Vaters, der unter der Landung seines Sohnes aufstöhnt.

»Geht's dir gut, mein Großer?«, *fragt er und strubbelt ihm durchs Haar.*

»Ja, Papa. Hast du gesehen, wir därtnern!«

»Du meinst, ihr gärtnert.«

Aber Marco ist schon wieder mit beiden Händen in der Erde. Er ist von Kopf bis Fuß dreckig. Lucas lächelt. In diesem Moment ertönt in der Ferne eine Sirene. Ein lautes, alarmierendes Geräusch. Bestimmt ein Feuer, denkt Lucas. Die Sirene heult pausenlos weiter. Naya und Johannick richten sich auf und blicken in Richtung Stadt. Kein Rauch zu sehen.

»Lasst uns rausfinden, was passiert ist«, sagt Johannick.

»Können wir weiter därtnern?«, fragt Marco.

»Ja, ja, natürlich«, sagt der Alte. »Macht ruhig. Wir gehen nur kurz rein.«

Die Erwachsenen setzen sich aufs Sofa. Johannick schaltet mit zitternden Fingern den Bildschirm ein. Auf allen Kanälen läuft dieselbe Nachricht in Dauerschleife.

»Hier spricht das Innenministerium. Wir wenden uns an alle Franzosen. Seit heute Morgen gegen neun Uhr kommt es zu einer Reihe von Todesfällen in der Region von Paris. Das Gesundheitsamt ist zunächst von einem Terroranschlag mit Biowaffen oder einer Vergiftung aufgrund eines Gaslecks ausgegangen, aber es hat sich herausgestellt, dass die Todesursache schwerwiegender ist.

Wir verfügen noch nicht über genügend Daten, um die Tragweite des Problems abzuschätzen. Wir tun unser Bestes, um die Bedrohung in Schach zu halten und zu vernichten. Es besteht die Möglichkeit, dass das Virus im Impfstoff, den wir zur Auslöschung der Choleraepidemie eingesetzt haben, mutiert ist. Dieses Virus verbreitet sich über die Luft und scheint bei den Erkrankten eine sehr schnelle Reaktion auszulösen, *die in über 95 Prozent der Fälle tödlich endet. Das Virus ist hochgradig ansteckend.*

Soeben wurde der Ausnahmezustand verhängt. Es wurde eine Ausgangssperre von 18 Uhr abends bis 8 Uhr morgens erlassen. Bewaffnete Streitkräfte werden ins ganze Land geschickt und haben die Anweisung, bei Zuwiderhandlung Gebrauch von ihren Schusswaffen zu machen. Wir raten dringend, das Haus nicht zu verlassen, außer im Fall von höherer Gewalt. Besorgen Sie sich so schnell wie möglich Schutzmasken, sie sind das einzig wirksame Mittel gegen die Seuche. Derzeit wird in allen Städten eine Ausgabe organisiert. Die Schulen bleiben bis auf Weiteres geschlossen, ebenso alle öffentlichen Gebäude.

Die Symptome sind wie folgt: starker Husten, heftige Bauchschmerzen, Erbrechen, rapide Dehydrierung und starke Blutungen, die in den meisten Fällen innerhalb von 24 Stunden zum Tod führen. Wenn Sie oder einer Ihrer Angehörigen diese Symptome zeigen, leiten Sie umgehend die Quarantänemaßnahme ein, und verlassen sie sofort das Zimmer, in dem sich die infizierte Person aufhält.

Die Lage ist ernst. Wir halten Sie über die Entwicklungen auf dem Laufenden.

Dies ist eine Nachricht des Innenministeriums. Sie richtet sich an alle Franzosen. Seit heute Morgen gegen neun Uhr ...«

»Es geht wieder von vorne los«, sagt Naya.

»Mein Gott ...«, murmelt Johannick.

Niemand wagt etwas zu sagen. Naya wirft sich in Lucas' Arme. Tränen laufen ihr über die Wangen.

»Ich habe Husten.«

Johannicks Worte hängen in der Luft.

»Habt ihr gehört?«, wiederholt er.

»Ja, Johannick. Aber das ist bestimmt nur eine kleine Erkältung, eine Bronchitis...«

»Es sind dreißig Grad im Schatten.«

»Und?«, fragt Naya.

»Oh mein Gott«, keucht Johannick. »Ich habe den Kleinen heute Morgen einen Kuss gegeben.«

»Es reicht, Johannick!«, schimpft Naya. »Sie sind nicht krank. Sie haben nicht dieses verdammte Virus. Wie soll das gehen? Wir sind hier mitten im Nirgendwo.«

»Ich habe seit ein oder zwei Stunden Bauchschmerzen. Ich fühle mich richtig angeschlagen.«

»Aber...«

»Es tut mir leid, Naya«, unterbricht Johannick sie. »Aber wir dürfen kein Risiko eingehen.«

»Er hat recht«, sagt Lucas leise.

»Im Keller habe ich Masken, die ich benutze, wenn ich meine Fensterläden abschleife. Sie sind in der Schublade unter der Werkbank.«

»Ich hole sie«, sagt Lucas.

Johannick nickt. Lucas steht auf, Naya weint leise.

»Johannick, das ist nicht möglich, das ist nicht gerecht. Wir sind so froh, dass wir hier bei Ihnen sind.«

»Seien Sie tapfer, Naya, seien Sie tapfer. Und danke.«

»Danke? Wofür? Wir haben zu danken!«

»Die letzten Tage waren die schönsten, die ich in den vergangenen Jahren erlebt habe. Ich hatte ganz vergessen, wie gut es ist, unter Menschen zu sein... Ihre Familie ist wunderbar. Denken Sie daran. Schützen Sie sie. Ich bin nur ein müder alter Mann.«

Ein heftiger Hustenanfall schüttelt ihn. Er hält sich die Hand vor den Mund. Als er sie sinken lässt, ist sie voller Blut.

Lucas kommt ins Zimmer. Sein Blick fällt auf Johannicks Hand. Eine unendliche Hilflosigkeit überkommt ihn.

»Nein«, *stammelt Naya.* »Nein...«

»Setzen Sie sofort die Masken auf«, *befiehlt Johannick.*

Lucas und Naya tun es. Naya nimmt zwei weitere Masken für die Kinder, wischt sich über die Augen und geht in den Garten.

Lucas bleibt bei dem alten Mann und reicht ihm eine Maske.

»Legen Sie sie auf den Tisch«, *sagt Johannick.* »Kommen Sie nicht näher. Und dann gehen Sie. Sie müssen sofort gehen.«

Lucas senkt den Kopf. »Wir werden Sie nicht alleinlassen, Johannick. Nicht jetzt.«

»Kommt nicht infrage. Sie müssen gehen.«

Naya kommt zurück. Die Tränen fließen immer noch. Sie kann sie nicht zurückhalten.

»Pack unsere Sachen, Naya.«

»Lucas, nein...«

Der Blick, den sie Johannick zuwirft, ist voller Mitgefühl.

»Es tut mir leid, so leid«, *sagt sie, bevor sie das Zimmer verlässt.*

»Lucas, ich glaube, ich muss mich übergeben... Bitte gehen Sie raus.«

DER SCHROTTPLATZ

Doch Lucas kann nicht. Er holt eine Schüssel aus dem Schrank unter der Spüle und stellt sie vor Johannick auf den Boden, der sich auf dem Sofa vor Schmerz windet.

»Es geht schnell... Sehr schnell... Ich... fühle mich immer schlechter.«

Es gelingt ihm aufzustehen und zur Toilette zu gehen.

Naya kommt besorgt ins Haus. »Geht es?«

»Nein«, *sagt Lucas leise.* »Es ist das Virus, Naya. Wir müssen hier weg. Sorg dafür, dass die Kinder nicht ins Haus kommen.«

»Gut. Aber ich will mich verabschieden.«

»Nein. Das mache ich.«

Nach zehn langen Minuten kommt Johannick zurück. Sein Gesicht ist blutleer, er schwankt. Trotzdem hat er darauf geachtet, die Maske wieder aufzusetzen.

»Sie sind noch da?«, *flüstert er.*

»Danke, Johannick. Danke für alles. Ihre Menschlichkeit ehrt Sie...«

»Das ist alles, was mir noch bleibt.«

»Sie sind ein wunderbarer Mensch, Johannick«, *sagt Lucas.* »Ich habe Ihnen Ihren Lieblingsrum auf den Tisch gestellt. Und eine Packung Schlaftabletten, die ich im Arzneischrank gefunden habe. Wenn Sie zu sehr leiden...«

»Ja, das ist eine gute Idee. Ich werde sie nehmen, solange ich noch dazu in der Lage bin. Die Schlaftabletten sind noch von meiner Frau. Ich habe es nie über mich gebracht, sie wegzuwerfen. Ich werde diesem Virus ein hübsches Schnippchen schlagen, nicht wahr? Ich gehe zu meiner Frau, mit ihren

Tabletten, bevor es mich töten kann... Danke, Lucas. Und jetzt gehen Sie.«

Lucas wechselt einen letzten Blick mit dem alten Mann, seinem Freund. Dann verlässt er den Raum. Er weint selten, doch jetzt weint er. Das Leben hat keinen Sinn für Freundlichkeit.

29

Oliver wandert zwischen Autowracks umher, die vom fahlen Mondlicht erleuchtet sind. Er kann unmöglich schlafen, nachdem er die Erlebnisse seines Vaters gesehen und nachempfunden hat. So leise er konnte, ist er aufgestanden, doch Ézéchiel ist aufgewacht. Er hat versucht, dem Riesen verständlich zu machen, dass er weiterschlafen soll. Als er nach draußen gegangen ist, ist Ézéchiel ihm dennoch gefolgt.

»Ich gehe nur ein bisschen raus. Spazieren. Verstehst du? Du kannst ruhig weiterschlafen.«

»Ich auch spazieren.«

»Na gut, wenn du willst.«

Ézéchiels Anwesenheit stört ihn nicht. Sie ist beinahe beruhigend. Er ist so diskret, dass Oliver ihn bald vergisst. Seine Gedanken kreisen um seine Eltern, um die Welt, in der seine Familie überleben musste. Innerhalb weniger Tage hat das Virus den Großteil der Bevölkerung dahingerafft und das Land ins Chaos gestürzt. Natürlich hat Oliver das alles in

Geschichtsbüchern gelesen, als er noch im Bunker war. Aber zwischen Lesen und Erleben liegen Welten. Komischerweise stört ihn das Durcheinander des Schrottplatzes nicht mehr so wie bei ihrer Ankunft. Wo er vor einigen Stunden nur einen Haufen Müll gesehen hat, spürt er nun zu seiner Überraschung eine Art Ruhe, während er durch diesen Metallfriedhof streift. Er malt sich aus, welche Menschen wohl vor langer Zeit diese Fahrzeuge genutzt haben. Hier ein Kleinwagen, in dem man sich gut eine junge Frau in Eile vorstellen kann, die Sonnenbrille auf der Nase, die über den Stau schimpft. Da ein Mini-Van, in den fünf grölende Kinder passen, die ihre Eltern auf dem Weg in den Urlaub halb wahnsinnig machen. Und dort der kleine Sportwagen, in dem sich ein verliebtes Paar küsst ... Bei der Vorstellung muss er lächeln.

Seine Gedanken wandern unweigerlich zu Tsché. Hübsche Tsché. Ungestüme Tsché. Mutige Tsché. Selbst wenn er gerade zwischen Tausenden altersschwachen Autos umherstreift und sich verrückte Geschichten zu ihnen ausdenkt, ist sie da, wie ein Sonnenstrahl, der einfach nicht untergehen will ...

»Was grinst du so?«

Oliver zuckt zusammen.

Da ist sie ja wirklich, auf dem Dach eines Lieferwagens. Die ganze Zeit schon beobachtet sie ihn.

Er hebt den Kopf. »Kann ich zu dir kommen?«

»Ja, kannst du. Was macht er denn da?«, fragt sie und zeigt auf Ézéchiel.
»Ich habe ihn versehentlich geweckt. Er ist mir gefolgt. Ich habe versucht, ihm zu erklären, dass ich nur ein bisschen an die frische Luft will, aber ...«
»Verstehe.«
Oliver steigt auf den platten Reifen, hält sich am Dach fest und klettert mühelos auf das Dach des Fahrzeugs. Er setzt sich neben Tsché.
»Sieht so aus, als hätte Ézéchiel ein neues Forschungsobjekt gefunden«, murmelt sie.
Oliver mustert den Riesen, der sich fasziniert im Rückspiegel eines Autos betrachtet. Es sieht so aus, als könne er sich damit noch eine ganze Weile beschäftigen. Oliver lässt den Blick schweifen. Im Mondschein sieht der Schrottplatz ganz anders aus als bei Tag. Das Metall der Fahrzeuge schimmert sanft, die Rundungen der Sportwagen werden wieder lebendig, während Staub und Rost verborgen bleiben.
»Irgendwie schön«, sagt Oliver.
»Ja. Ich bin immer gerne nachts über den Schrottplatz gewandert. Ich weiß auch nicht, warum. Aber du hast meine Frage noch nicht beantwortet. Warum hast du gerade so blöd gegrinst?«
»Das willst du nicht wirklich wissen.«
»Vielleicht doch.«
»Es wird ein weiteres Rätsel bleiben.«
»Was soll das heißen?«

»Ich weiß gar nicht, wo ich anfangen soll. Ich bin gerade ziemlich durcheinander. Hast du das Datenimplantat in meinem Rucksack gesehen?«

»Ja. Mir ist aufgefallen, dass du das Ding immer bei dir hast. Sogar, als wir auf Entdeckungstour in die Schwarze Zone gefahren sind. Du steckst dir das Ding in dein Implantat im Nacken, ja?«

»Ja. Es hat meinem Vater gehört. Ich habe es mitgenommen, bevor ich den Bunker verlassen habe, aber es ist beschädigt. Man kann nicht über einen externen Weg auf die Daten zugreifen. Man muss es direkt anschließen.«

»Das heißt, du siehst seine Erinnerungen?«

»So in der Art. Besser gesagt, ich erlebe sie. Ich fühle, was er gefühlt hat.«

»Das ist ja gruselig.« Tsché schüttelt sich. »Ich weiß nicht, ob ich Lust hätte, im Kopf meines Vaters zu stecken.«

»Ja, es ist verrückt. Aber mein Vater hat so viel vor mir verheimlicht. Seinen Namen zum Beispiel, den er aus irgendeinem Grund geändert hat. Und seinen Beruf. Ich habe dir doch gesagt, dass er Atomwissenschaftler war. Aber das stimmt gar nicht. Er war einfach nur Lehrer. Mathelehrer.«

»Bist du jetzt enttäuscht?«

»Nein, im Gegenteil.« Oliver lächelt nachdenklich. »Es gab immer etwas, das mich an ihm gestört hat. Ich konnte nie sagen, was es war. Jetzt weiß ich es. Ich mochte den Mann nicht, dessen Rolle er gespielt hat. Diesen von sich überzeugten, autoritären Wissenschaftler ... Aber ich mochte den Mann, den ich hinter dieser Rolle gesehen habe. Mein Vater hat so getan als ob. Jahrelang war er nicht er selbst.«

»Und warum?«

»Ich vermute, um uns zu schützen. Diesen einfachen Lehrer, diesen ganz normalen Typen, liebevoll und witzig, den ich sehe, wenn ich sein Implantat anschließe, der ist wirklich mein Vater. Der, den ich gerne gekannt hätte. Den ich hinter der Maske gesehen habe.«

»Dann ist es ja ziemlich cool, dass du an das Implantat gekommen bist.«

»Ja. Aber es ist auch heftig, die Reise meiner Eltern so mitzuerleben. Es ist schön, zu erfahren, wie sehr mein Vater uns geliebt hat, und zu sehen, was sie alles durchgemacht haben, aber manchmal ist es auch schwer.«

»Und deshalb kannst du nicht schlafen?«

»Ja. Aber nicht nur ...«

»Nicht?«

Oliver stöhnt. »Ich würde meinem Bruder so gerne helfen, aber ich kann nicht das Risiko eingehen, dabei gefangen genommen zu werden, denn dann würdest auch du Schwierigkeiten bekommen. Ich sehe einfach keine Lösung.«

»Dann komm mit mir. Komm mit mir über die Mauer.«

»Nichts lieber als das, Tsché. Aber ich muss Marco suchen. Und warum willst du überhaupt, dass ich dich begleite? Du könntest doch auch einfach ohne mich gehen.«

»Früher hätte ich das gekonnt. Jetzt nicht mehr.«

»Warum nicht?«

»Was glaubst du? Weil ich dich mag, du Blödmann. So, jetzt ist es raus. Bist du jetzt zufrieden?«

Oliver schaut sie mit zusammengekniffenen Augen an. »Was ist mit *Niemanden ins Herz schließen. Nie. Unter keinen Umständen?*«

»Na, schönen Dank, Sylvie«, ätzt Tsché. »Ich habe ja immer gesagt, dass sie zu viel redet. Sie hat mich bei sich aufgenommen, als ich ein Teenager war und niemand mich haben wollte. Ich war sehr, sehr verletzlich. Sie hat aus mir einen starken Menschen gemacht. Und das war die Grundregel. ›Niemanden ins Herz schließen. Nie. Unter keinen Umständen.‹ Bis jetzt hat das bestens funktioniert.«

»Willst du wissen, wo der Bunker ist?«

»Nein, das ist mir egal.«

»Er liegt etwa vier Marschstunden westlich des Ortes, wo du mich gefunden hast, in dieser verlassenen Stadt, Forges-les-Eaux. Der Eingang, durch den ich gekommen bin, ist in einer Höhle in einem kleinen Tal zwischen drei Hügeln. Auf dem Gipfel des höchsten Hügels steht ein großes Kreuz.«

»Toll, super, jetzt hast du mir verraten, wo dein

Bunker ist. Was soll das? Warum hast du mir das gesagt?«

»Um sicher zu sein.«

»Sicher?«

»Dass du mich nicht hintergehst. Dass du nicht hinter meinem Geheimnis her bist.«

»Mir reicht's, ich gehe«, faucht Tsché. »Wie kannst du das von mir denken? Wie kannst du an mir zweifeln, nach allem, was ich für dich getan habe?«

Sie will vom Lieferwagen rutschen, doch Oliver hält sie fest.

»Warte. Ich zweifle nicht an dir. Nicht eine Sekunde.«

»Aber gerade hast du das Gegenteil gesagt! Du...«

»Ich habe dir mein größtes Geheimnis verraten. Weil ich dir vertraue. Weil ich dich mag. Ich habe es schon gesagt. Ich bin gerne mit dir zusammen, ich rede gerne mit dir. Ich mag es, wenn du mich anfasst... Ich glaube, ich bin verliebt in dich, Tsché.« Er zieht sie an sich.

»Rose... Mein richtiger Name ist Rose.«

Ihre Lippen treffen sich. Olivers Hände gleiten unter ihr T-Shirt und streichen über ihren Rücken. Ihre Haut ist so zart. Sie schlingt die Arme um seinen Hals und erwidert den Kuss leidenschaftlich, knabbert an seinen Lippen, dem Hals, der kleinen Mulde über dem Schlüsselbein. Die Zeit steht still. Es gibt nichts mehr außer ihnen.

Plötzlich bricht Tsché in Lachen aus.

Oliver lächelt. »Was ist los?«

»Ich habe gerade gedacht, dass das nicht wirklich der Ort ist, den ich mir für meinen ersten Kuss erträumt habe. Auf dem Dach eines Lieferwagens, mitten auf einem Autofriedhof, mit Ézéchiel fünf Meter weiter, der den Anstandswauwau spielt.«

Oliver schaut zu ihrem Freund hinüber, der immer noch fasziniert sein Spiegelbild im Rückspiegel betrachtet.

»Der Ort ist doch völlig egal«, sagt Oliver. »Wichtig ist nur, dass wir uns gefunden haben. Und so werden wir uns wenigstens ein Leben lang an diesen Moment erinnern.«

»Ich glaube, ich würde ihn auch so nie vergessen, Oliver. Und ich glaube, ich habe mich auch in dich verliebt. Du weißt ja nicht, wie unvorstellbar es für mich war, diesen Satz irgendwann zu jemandem zu sagen.«

30

Oliver erwacht neben Tsché. Es fällt ihm noch schwer, sie Rose zu nennen. Er fühlt sich unglaublich gut. Er wagt nicht, sich zu bewegen, um sie nicht zu stören. Es ist, als wäre der Sturm, der seit Tagen in ihm tobt, endlich zur Ruhe gekommen. Eine ganze Weile begnügt er sich damit, ihr beim Schlafen zuzuschauen. Sie ist so schön. In diesem Augenblick gelingt es ihm sogar fast, die Gedanken an Marco zu verdrängen, die endlose Wüste und die Bunkerjäger.

Schließlich schlägt Tsché die Augen auf.

»Gut geschlafen?« Sie gähnt.

»Sehr gut.«

»Schaust du mich schon lange so an?«

»Eine Weile.«

»Frühstück?«

»Muss wohl sein. Wir können ja nicht den ganzen Tag im Bett bleiben.«

»Warum eigentlich nicht?«

Als sie in die Küche kommen, sitzen bereits mehrere Kinder am Tisch und schaufeln sich mit Appetit ihr Müsli rein. Sylvie ist auch da, mit einer Tasse Tee in der Hand. Sie sagt nichts und wartet darauf, dass die beiden Neuankömmlinge das Wort ergreifen.

»Guten Morgen, Sylvie.«

»Guten Morgen, meine Hübsche. Hallo, Oliver. Gut geschlafen?«

»Kein Kommentar«, sagt Tsché.

Sylvie lächelt. »Es gibt eine kleine Verzögerung mit eurer Fahrt nach Norden«, sagt sie dann. »Bei dem Laster, der euch mitnehmen soll, ist Öl ausgelaufen. Meine Mechaniker sind dran. Ihr fahrt erst heute Mittag.«

Tsché zuckt mit den Schultern. »Wenn dir das keine Umstände macht, für uns ist es in Ordnung. Außerdem haben wir dann noch ein bisschen Zeit zum Reden.«

»Ja. Ich freue mich auch, noch ein bisschen Zeit mit dir zu haben«, sagt Sylvie.

»Hat heute schon jemand Ézéchiel gesehen?«, fragt Oliver.

Sylvie schüttelt den Kopf. »Nein. Er ist ja schwer zu übersehen, das hätte ich mir gemerkt.«

»Vielleicht inspiziert er einen Rückspiegel«, murmelt Tsché.

Oliver verschluckt sich fast an seinem Müsli.

Tsché lacht.

Sylvie mustert die beiden verständnislos.

»Nur ein kleiner Insiderwitz«, erklärt Tsché.

Oliver löffelt seine Schale leer. Er hat das Gefühl, dass Tsché und Sylvie noch eine Menge zu besprechen haben.

»Dann lasse ich euch mal allein«, sagt er.

»Du störst uns nicht«, sagt Sylvie.

»Ich möchte die Zeit nutzen, bevor wir abreisen.« Tsché sieht ihn fragend an.

»Ich wollte das Implantat meines Vaters noch mal anschließen«, erklärt er.

»Dann haben wir heute Morgen eben ein Gespräch unter Mädels«, sagt Tsché fröhlich und küsst Oliver auf die Wange, bevor sie sich neben Sylvie setzt.

Oliver geht in das Zimmer zurück, das er in der Nacht verlassen hat. Er ist überrascht, dort nicht auf den leise schnarchenden Ézéchiel zu treffen. Wo treibt er sich nur rum? Eine leichte Unruhe erfasst ihn, aber er schiebt sie beiseite. Vermutlich ist der Riese irgendwo auf dem Schrottplatz unterwegs. Über den Zaun kann er jedenfalls nicht geklettert sein.

Oliver öffnet seinen Rucksack, holt das Datenimplantat seines Vaters heraus und schließt es an.

Augenblicklich ist er wieder in der Vergangenheit.

Lucas wirft Naya einen besorgten Blick zu. Es ist zwei Tage her, dass sie ihren sicheren Hafen bei Johannick verlassen haben. In dem kontaminierten Haus hätten sie nicht bleiben können. Ihre Lebensmittelvorräte gehen zur Neige, und alle Türen sind verschlossen. Sie versuchen noch einmal ihr

Glück in Calais, der nächsten großen Stadt. Ein bisschen Geld haben sie noch. Sie hoffen, dort Obdach und etwas zu essen zu finden. Nach und nach begreifen sie ihren Fehler.

In den Straßen herrscht ein einziges Durcheinander. Schreie und Sirenen ertönen, Menschen rennen in alle Richtungen. Die Fensterscheiben der Geschäfte zersplittern eine nach der anderen unter dem Ansturm der Flüchtlinge und Anwohner, die irgendwie ihre Vorräte auffüllen müssen für die schwierigen Tage, die kommen. Ein paar überforderte Polizisten haben den Auftrag, die Plünderungen zu stoppen. Doch die wenigen, die den Mut haben, sich der Menge entgegenzustellen, werden einfach zusammengeschlagen. Am Straßenrand sieht Lucas mehrere Menschen, denen es sichtlich schlecht geht, die husten, sich übergeben und nicht in der Lage sind, sich wegzuschleppen. Die Epidemie ist längst da, überall um sie herum.

Lucas dankt Johannick innerlich, dass er ihnen die Masken mitgegeben hat. Er hofft, dass sie sie schützen werden.

»Wir können nicht hierbleiben«, sagt Naya, die ebenfalls die vielen Kranken bemerkt hat.

»Du hast recht. Wir müssen irgendwo hin, wo weniger Menschen sind. Einen Unterschlupf finden und abwarten, bis sich die Lage beruhigt hat.«

Sie treten den Rückzug an, jeder von ihnen einen der Kleinen fest an der Hand. Langsam entfernen sie sich vom Aufruhr in den Straßen, laufen im Slalom zwischen Flüchtlingen hindurch, die ihnen entgegenkommen.

»Das wird nicht gut gehen«, sagt Naya.

»Verdammt«, murmelt Lucas.

»Was?«

»Schau mal, da hinten, am Stadtrand ...«

Eine Panzerkolonne rollt langsam voran. Es sind mindestens hundert. Und Laster mit zahllosen Soldaten. Selbst aus der Entfernung sind ihre olivfarbenen Uniformen zu erkennen.

»Sie kommen genau auf uns zu«, sagt Naya.

»Ja.«

»Wir müssen umkehren.«

Die Familie taucht in das Straßengewirr von Calais ein, wobei sie versucht, Menschenansammlungen aus dem Weg zu gehen. Von Weitem ertönen Schüsse. Das Militär scheint sich zu verteilen, um die Menschenmenge zu lenken.

Lucas beschleunigt den Schritt. Naya bemüht sich, ihm zu folgen. Er dreht sich nach ihr um. In dem Moment bleibt sie stehen und stützt die Hände auf die Knie.

»Naya, ist alles in Ordnung?«

Bevor sie antworten kann, wird sie von einem heftigen Hustenanfall geschüttelt.

»Oh nein ...«, flüstert Lucas. »Naya?«

»Geht schon, geht schon. Laufen wir weiter«, sagt sie.

Sie setzen ihren Weg fort, doch Nayas Hustenanfälle werden immer häufiger. Endlich sehen sie das Ortsausgangsschild. Sie werden es schaffen. Einige Hundert Meter weiter hält plötzlich ein Panzer, und mehrere Soldaten mit Maschinengewehren steigen aus und sperren die Straße. Ein paar Menschen versuchen, die Absperrung zu überwinden. Sie werden heftig zurückgestoßen und landen am Boden. Lucas mustert die Szene fassungslos. Naya ebenso. Sogar die Kleinen schauen wie gebannt zu. Sie hören nicht, welche Worte zwischen den Einwohnern und den Soldaten gewechselt werden, doch eins ist sicher, der Ton wird schärfer. Eine alte Dame drängt sich zwischen den Soldaten hindurch. Da ertönt ein Schuss wie ein Peitschenknall.

»Oh mein Gott«, flüstert Naya. »Sie haben sie erschossen...«

»Lass uns umkehren«, sagt Lucas. »Bald ist Sperrstunde. Wir können die Stadt heute nicht mehr verlassen. Wir brauchen einen Unterschlupf.«

Sie ziehen sich in kleinere Straßen zurück. Von Weitem sind immer häufiger Schüsse zu hören, vereinzelt auch Explosionen. Lucas entdeckt ein verlassenes Haus. Die Fenster sind zugemauert, damit sich dort niemand einrichtet. Doch davon wird er sich nicht aufhalten lassen. Er löst eine Eisenstange von einem Gerüst ein paar Häuser weiter und kommt rennend damit zurück. Mit aller Kraft rammt Lucas die Stange gegen die Steine. Nach zehn Minuten ist er schweißgebadet, doch es ist ihm gelungen, eine ausreichend große Öffnung in die Mauer zu schlagen.

Nacheinander kriechen sie in das verlassene Haus.

Die Kinder weinen. Lucas versucht, sie zu beruhigen.

»Ist ja gut, ist ja gut, meine Großen. Ihr seid doch tapfer, oder?«

Die Kleinen nicken einträchtig.

Lucas ringt sich ein Lächeln ab, dann richtet er ihnen im

Esszimmer eine gemütliche Ecke mit Decken und Spielzeug her, das er in einer Kiste gefunden hat. Die Kinder setzen sich und fahren mit ihren Autos auf dem Boden herum, als wäre nichts gewesen.

Währenddessen hält Naya sich abseits.

Lucas dreht sich zu ihr.

Sie müssen nicht sprechen, um sich zu verstehen.

Sie kennen sich zu gut.

In ihren Augen liegt eine abgrundtiefe Trauer. Naya ist infiziert. Vielleicht hat sie sich beim Gärtnern bei Johannick angesteckt. Vielleicht hat sie das Virus auch einfach aus der Luft bekommen. Warum mussten die Wissenschaftler auch versuchen, ein Wundermittel gegen die Cholera zu entwickeln? Wieder einmal hat der Mensch geglaubt, stärker als die Natur zu sein, und wieder einmal ist er für seine Arroganz bestraft worden. Die Erde ist wütend, und sie zeigt es.

Am liebsten würde Lucas laut schreien. Doch die Tapferkeit seiner Frau hindert ihn dran. Sie setzt sich mit Abstand zu den Kindern und spricht sanft mit ihnen, ohne zu weinen, ohne sich die Angst anmerken zu lassen. Lucas würde sie so gerne in den Arm nehmen. Aber er weiß, dass es nicht geht, dass er nicht darf. Was wird aus den Kindern, wenn er auch noch krank wird? Lucas breitet hilflos die Arme aus. Naya lächelt ihn an und zuckt mit den Schultern.

»Lass uns versuchen, einen schönen Abend zu verbringen«, sagt sie nur.

Lucas weiß nicht, was er erwidern soll. Er setzt sich zu seinen Söhnen und baut die schönste Autorennbahn, mit der sie je gespielt haben. *Die Kleinen haben Spaß, lachen und kreischen, wie es nur kleine Kinder können. Nach dem Spielen gibt es eine karge Mahlzeit aus den mageren Vorräten, die sie von Johannick mitgenommen haben. Die Kleinen essen schnell. Sie fallen vor Müdigkeit fast um, erschöpft vom langen Marsch. Lucas legt sie hin. Innerhalb weniger Sekunden sind sie eingeschlafen.*

Jetzt kann sich Lucas um Naya kümmern. Ihr Zustand hat sich verschlechtert. Sie zittert, ihre Augen sind vom Fieber gerötet, und Krämpfe verzerren ihr Gesicht.

»Das war's«, murmelt sie.

»Sag das nicht. Ich besorge Medikamente, ich...«

»Schhh. Bitte, Lucas. Es bringt nichts. Ich verstehe dich, aber es bringt nichts.«

Er ist vor Entsetzen wie gelähmt. Zum ersten Mal in seinem Leben weiß er nicht, was er tun soll. Soll er die Soldaten um Hilfe bitten? An Türen klopfen und nach Medikamenten fragen? Er weiß nicht mal, welche Medikamente sie braucht. Ob man dieses Transcholera-Virus überhaupt heilen kann? Naya sieht ihn an. Sie bringt die Fragen zum Verstummen.

»Du bleibst bei mir, ja? Du gehst nicht weg...«

Lucas fühlt die Tränen auf seinen Wangen. Er geht zu ihr, setzt sich neben sie, legt den Arm um sie.

»Nein, das darfst du nicht«, protestiert sie. *Doch sie hat nicht die Kraft, ihn wegzuschieben.*

»Ich kann nicht«, sagt Lucas. »Ich kann nicht anders.«

Eine Stunde später ist es dunkel. Naya ist eingeschlafen. Plötzlich schallen Geräusche durch das kleine Haus. Lucas steht abrupt auf. Da ist ein Licht, Stimmen. Er greift nach der Eisenstange, mit der er ins Haus eingedrungen ist.

»Wer ist da?«, ruft er.

Ein Mann erscheint im Flur, dicht gefolgt von einer Frau. Sie hält ein Baby im Arm. Der Mann mustert Lucas. Sein Blick fällt auf die Eisenstange.

»Wir wollen Ihnen nichts tun«, sagt er. »Wir suchen nur einen Ort, an dem wir uns verstecken können. Die Soldaten sind überall. Es ist Ausgangssperre. Sie schießen auf alles, was sich bewegt.«

Lucas zögert.

»Ich flehe Sie an«, sagt die Mutter des Kindes.

Lucas lässt die Eisenstange sinken. »Ich bin mit meiner Frau und meinen Kindern im Esszimmer«, lenkt er ein. »Am Ende des Gangs sind weitere Zimmer ... glaube ich zumindest.«

»Danke. Danke.«

»Nichts zu danken. Wir sind alle in der gleichen Lage.«

»Ja, das stimmt.«

»Ich muss Ihnen etwas sagen ...«

»Ja?«

»Meine Frau ... Sie ist krank.«

»Das Virus?«

»Ich glaube schon.«

»Es sind sowieso überall Kranke in den Straßen. Wir bleiben trotzdem. Wir können nicht mehr. Außerdem ist es draußen zu gefährlich.«

»Einverstanden. Gute Nacht.«

»Ihnen auch.«

Lucas ist völlig erschöpft, aber er findet keinen Schlaf. Er kann den Blick nicht von Nayas Brust lösen, die sich kaum sichtbar hebt und senkt. Manchmal nickt er kurz ein und schreckt mit hämmerndem Herzen wieder auf. Dann wacht er weiter, ohne je Nayas Hand loszulassen.

Irgendwann kommt der Morgen. Doch es ist ein Morgen ohne Sonne, ein grauer, nebelverhangener Morgen, als wollte die Natur verhindern, dass die Menschen die Spuren dieser blutigen Nacht sehen. Der Nebel ist Lucas egal. Er fürchtet nur den Tagesanbruch. Seit einer Stunde hebt sich Nayas Brust nicht mehr. Mehr als alles andere fürchtet er den Moment, wenn die Kleinen erwachen. Was kann er ihnen sagen?

Der Mann, die Frau und das Baby schlafen nicht mehr. Lucas hört sie am anderen Ende des Hauses. Schritte auf dem Gang. Der Mann erscheint auf der Türschwelle. Er sieht Lucas an. Dann Naya. Er versteht.

»Es ... tut mir leid«, murmelt er. »Kann ich etwas für Sie tun?«

Lucas schüttelt den Kopf. Er bringt keinen Ton heraus. Er hat lange geweint, doch jetzt sind seine Wangen trocken. Die Tränen sind versiegt.

»Wir gehen jetzt«, sagt der Mann. »Sie sollten auch nicht hierbleiben. Vom Ende der Straße sind Explosionen zu hören.«

Der Mann verschwindet. Lucas hört ihn und seine Frau gehen. Er hört auch die Schüsse. Sie kommen näher. Es ist ihm egal.

Kurze Zeit später kommt der Mann zurück. Sein Gesicht

ist dunkel.

Lucas betrachtet ihn mit gerunzelter Stirn.

»Ich war gerade auf der Straße«, keucht der Mann. »Sie müssen hier weg, mein Freund! Die Soldaten durchsuchen alle Häuser. Das ganze Viertel ist gesperrt. Jede Menge Flüchtlinge haben hier Obdach gesucht, und das Militär vertreibt sie alle.«

Lucas antwortet nicht.

»Kommen Sie«, drängt der Mann. »Bringen Sie sich und die Kinder in Sicherheit!«

Er ist laut geworden. Marco und Oliver wachen auf.

»Verstehen Sie, was ich sage? Die Soldaten verfrachten alle Leute in Laster, ob krank oder nicht. Wer Widerstand leistet, wird erschossen! Sie haben mir gestern geholfen, jetzt helfe ich Ihnen. Sie müssen hier weg!«

Lucas starrt Nayas leblosen Körper an. Er wirft dem Mann einen verzweifelten Blick zu. Der schreit ihn an:

»Sie ist tot! Die Welt hat sich verändert! Wir können nicht mehr abwarten, bis der Sturm vorbei ist. Wir müssen lernen, im Regen zu tanzen, verdammt!« Er stürzt zu Lucas und packt ihn am Kragen. »Los jetzt! Retten Sie Ihre Kinder!«

Lucas fasst sich. Er holt tief Luft. *Im Regen tanzen*, denkt er bitter, *in welchem Regen denn?* Aber der Mann hat recht. Sie müssen hier weg. Er richtet sich auf und läuft zu seinen Jungs. Hastig stopft er ihre Sachen in den Rucksack.

»Schon besser«, sagt der Mann. »Viel Glück, mein Freund.«

Lucas dreht sich zu ihm um. »Danke«, sagt er.

Aber der Mann ist schon weg.

»Oliver? Oliver!«

Oliver zuckt zusammen und zieht den Stecker.

»Du liebe Zeit, Oliver, wie siehst du denn aus?«, fragt Tsché. »Ist alles in Ordnung?«

»Nein... Nicht wirklich. Ich habe gerade den Tod meiner Mutter mit angesehen.«

»Oh, Scheiße. Ich... ich weiß nicht, was ich sagen soll«, murmelt Tsché.

Sie geht zu Oliver und setzt sich neben ihn. Dann nimmt sie ihn in die Arme. Ihre Nähe tut gut.

»Dieses verdammte Virus«, flüstert Oliver.

»Ja, das war echt übel. Es tut mir leid. Aber es ist lange her.«

»Ich weiß. Nur... zu sehen, wie sie ihren letzten Atemzug getan hat, war ganz schrecklich...«

»Das kann ich mir vorstellen. Oliver, ich habe dir ja schon gesagt, wie gruselig ich es finde, dass du in die Gedanken deines Vaters eintauchst.«

»Vielleicht hast du recht. Das ist schwer zu erklären. Es macht mich fertig, und trotzdem tut es mir auch gut. Wie soll man wissen, wo man hingeht, wenn man nicht weiß, wo man herkommt? Diese Erinnerungen bringen Licht in Dinge, die mich unbewusst immer blockiert haben. Jetzt verstehe ich endlich, warum ich mich in meinem Leben immer fehl am Platz gefühlt habe... Ganz einfach, weil es nicht mein Leben war.«

»Das ist gut. Es ist gut, dass du Antworten auf deine Fragen findest.«

Oliver seufzt. »Wolltest du etwas?«

»Ja. Ich wollte dir sagen, dass es länger dauern wird, bis die Reparaturen abgeschlossen sind. Und dass wir Ézéchiel nicht finden können. Ich frage mich, wo dieser Riesentrottel hin verschwunden ist. Ich hoffe, er ist nicht in irgendeinem Kofferraum eingeschlossen oder so ...«

»Das hoffe ich auch. Ist es in Ordnung, wenn ich noch ein bisschen weitermache? Ich habe das Gefühl, dass ich bald erfahren werde, wie ich im Bunker gelandet bin ... Und dann suchen wir Ézéchiel. So groß ist der Schrottplatz ja auch wieder nicht. Wir werden ihn schon finden.«

»So machen wir es«, sagt Tsché und küsst ihn schnell auf den Mund.

Als sie aufsteht, hält Oliver ihre Hand fest.

Sie dreht sich um.

»Glaubst du wirklich, dass ich mich damit begnüge?«

Er zieht sie an sich und wirft sie aufs Bett. Sie lacht.

»Jetzt zeige ich dir mal einen richtigen Hollywoodkuss!«

31

Obwohl es ihm schwerfällt, Tsché gehen zu lassen, kann er es kaum erwarten, das letzte Puzzlestück im Geheimnis seines Vaters zu erfahren. Als er das Implantat anschließt und in die Vergangenheit abtaucht, merkt er, dass die Bilder, die er sieht, zu seinen eigenen Erinnerungen passen. Er befindet sich mitten in dem Albtraum, der ihn seit Jahren immer wieder heimsucht.

Schreie. Wieder und wieder. Eine dichte Menge strömt durch die Straßen und versucht, den Soldaten in ihren astronautenartigen Schutzausrüstungen zu entkommen. Wer nicht schnell genug ist, bekommt ihre Gummiknüppel oder elektrischen Schlagstöcke zu spüren und wird kurzerhand in einen Laster geworfen. Lucas' Gesicht wird noch finsterer. Der Mann aus dem Wohnhaus hat nicht übertrieben.

Die Kinder an den Händen, folgt er den anderen Flüchtlingen, die ängstliche, manchmal auch wütende Blicke zurück auf die olivgrüne Welle werfen, die unaufhaltsam näher rollt.

DER SCHROTTPLATZ

Tränengas brennt in Lucas' Augen und mischt sich mit dem Nebel. Es ist wie ein Vorgeschmack auf den Weltuntergang.

Lucas hält die Hände seiner Söhne sehr fest, vielleicht zu fest. Doch die beiden haben den Ernst der Lage begriffen und klammern sich an ihren Vater wie Schiffbrüchige an ihr Floß. Aus allen Richtungen kommen weitere Flüchtlinge, die sicherlich von anderen Soldaten getrieben werden. Das Gedränge wird dichter. Die Kleinen stolpern mehrmals, aber sie halten sich gut. Lucas ermutigt sie. Sie haben Angst. Sie sind erschöpft.

Doch Lucas lässt nicht zu, dass sie langsamer werden. Mit jeder Straße hallt das dumpfe Hämmern der Schlagstöcke ein bisschen ferner. Rechts von ihnen liegt eine ruhigere Straße. Vielleicht können sie dort etwas ausruhen. Sie verfallen vom Lauf- in den Marschschritt. Die Kleinen schöpfen Atem. Ein stechender Geruch steigt Lucas in die Nase. Unförmige Haufen türmen sich am Straßenrand und auf dem Bürgersteig. Sie sind mit Tüchern bedeckt. Oliver lässt seine Hand los und betrachtet die Haufen. Lucas zieht seinen Sohn schnell zu sich.

Erneute Schreie und Explosionen. Oliver zuckt zusammen. Lucas wendet sich zur Straße zurück, aus der sie gekommen sind. Menschen eilen in ihre Richtung, laufen an ihnen vorbei. Oliver wird umgestoßen und fällt in den Dreck in der Bordsteinrinne. Er hat sich das Knie aufgeschürft, aber er weint nicht. Der Mann verheddert sich mit dem Fuß in einem der Laken, flucht, rennt weiter, zieht das Tuch mit sich und enthüllt einen leblosen Körper. Oliver ist wie erstarrt. Kein Laut dringt aus seiner Kehle. Bis eine Ratte hervorspringt und der Kleine entsetzt aufschreit.

Lucas bahnt sich mit den Ellbogen einen Weg zu seinem Sohn. Mit der einen Hand umklammert er seinen Großen, mit der anderen schnappt er sich Oliver und klemmt ihn sich unter den Arm, bevor er in die menschliche Flutwelle eintaucht, die den Soldaten zu entkommen versucht.

Lucas weiß nicht, wie lange er rennt. Trotz der Erschöpfung, trotz der Klagen seiner Söhne lässt er nicht nach. Er spürt, dass sie nicht gefasst werden dürfen, dass sie nicht auf einen dieser Laster verfrachtet werden dürfen. Er denkt nur an die Kinder. Er will, dass sie eine Chance haben. Irgendwann erreichen sie die Innenstadt mit ihren breiten Alleen. Die Soldaten sind weit hinter ihnen. Sie werden eine Weile brauchen, bis sie hier sind.

Lucas atmet durch. Er stellt Oliver auf den Boden. Der Kleine reibt sich den Bauch. In seiner Panik hat Lucas nicht gemerkt, dass er ihn zu fest an sich gedrückt hat.

»Geht's, mein Männlein?«

»Ja, Papa«, sagt Oliver tapfer.

»Es tut mir leid. Dass wir so lange laufen mussten.«

»Wir mussten den Astronauten entkommen«, sagt Marco. »Die sahen böse aus.«

Lucas braucht einen Moment, um zu verstehen. Die Schutzanzüge der Soldaten. Sein Vierjähriger hat sie für Astronauten gehalten.

»Ja, aber jetzt sind wir in Sicherheit«, sagt Lucas.

Er verkneift sich das »vorerst«, auch wenn das Wörtchen durch seinen Kopf geistert.

»Hilfe! Hallo, Sie da! Hilfe!«

Lucas dreht sich zu der Stimme um.

Sie kommt aus dem Eingang eines Wohnhauses. Ein Mann liegt am Boden. Sein Gesicht ist verzerrt. Ganz sicher infiziert, denkt Lucas.

»Hallo?«

Lucas ignoriert ihn. Sie müssen weiter. Er kann ihm nicht helfen, und er will nicht, dass seine Söhne in die Nähe eines Kranken kommen.

»Ich bitte Sie!«

Ein letzter Blick. Etwas regt sich neben dem Mann unter einer Decke. Ein Junge. Etwa zehn Jahre alt, vielleicht jünger. Hellblaue Augen voller Angst. Eine lange blutende Schnittwunde läuft über seinen Arm. Es muss schrecklich wehtun. Lucas zögert. Der Mann trägt einen Anzug, der etwa das Monatsgehalt eines Lehrers wert sein dürfte. Das Kind sieht ihn flehend an.

»Was wollen Sie?«, fragt Lucas, ohne näher zu treten.

»Mein Sohn. Retten Sie meinen Sohn …«

»Ich kann nichts für Sie tun«, sagt Lucas. »Ich muss mich um meine eigenen Söhne kümmern.«

Er will weitergehen.

»Warten Sie!«, ruft der Mann. »Ich weiß, wo Sie unterkommen können.«

Lucas macht kehrt. In sicherem Abstand bleibt er stehen.

»Sie versuchen hoffentlich nicht, mich zu täuschen«, sagt er.

»Nein. Ich schwöre. Beim Leben meines Sohnes! Ich bin krank. Ich kann mich nicht mehr bewegen. Ich werde hier sterben, aber meinem Sohn geht es gut. Er hustet nicht, er hat kein Fieber ... Wir waren auf dem Weg in einen Schutzbunker. Einen sicheren Ort. Weit entfernt von dem Chaos hier.«

»Ein Bunker?«

»Ja, eine riesige Anlage, die von der Regierung gebaut wurde, um zu retten, was in einer solchen Situation noch zu retten ist. Es gibt im ganzen Land etwa hundert Stück.«

»Davon habe ich noch nie etwas gehört«, sagt Lucas.

»Nein, natürlich nicht«, keucht der Mann. »Das Ganze ist ja auch geheim. Wenn die Bevölkerung Bescheid wüsste, würden alle da reinwollen.«

»Und was heißt das?«

Der Mann hustet, holt Luft und sagt: »Eine Liste ausgewählter Personen hat Magnetkarten erhalten, um in einem Bunker Zutritt zu bekommen. So war die Prozedur. Ich stehe auf der Liste. Mein Name ist Nikolaï Sokolov. Ich bin Ingenieur und Experte für Kernenergie. Meine Aufgabe ist, den Reaktor zu überwachen, der die Stromversorgung des Bunkers gewährleisten soll. Sie haben mir fünf Karten geschickt, für die ganze Familie.

»Haben Sie die Karten bei sich?«

»Ja, in meinem Rucksack.«

»Und der Rest Ihrer Familie?«

»Tot«, bringt der Wissenschaftler mühsam hervor. »An einem Tag vom Virus dahingerafft. Nur mein Sohn und ich sind noch übrig. Ich werde es nicht bis zum Treffpunkt schaffen. Aber mein Sohn kann ihn erreichen, wenn Sie ihm helfen.«

»Geben Sie mir die Karten?«

»Ja. Wenn Sie mir schwören, dass Sie sich um meinen Jungen kümmern, gehören sie Ihnen.«

»Gut«, sagt Lucas. »Ich nehme ihn mit. Ich verspreche es Ihnen. Wir werden uns gemeinsam dorthin durchschlagen.«

Mit zittrigen Händen nimmt Sokolov einen Umschlag aus dem Rucksack.

»Hier«, sagt er. »Fassen Sie den Umschlag nicht an. Vielleicht ist er verseucht. Ich lasse die Karten auf den Boden fallen. Heben Sie sie auf... Ich habe auch noch Geld...«

Ein ganzes Bündel Scheine landet auf dem Boden.

»Ich... was soll ich damit?«

Der Mann ist am Ende seiner Kräfte. Er fällt schwer auf die Seite.

»Geht's?«, fragt Lucas. Er bereut die Frage sofort.

»Ich werde nicht mehr lange durchhalten.« Sokolov stöhnt. »Das Geld werden Sie brauchen. Sie müssen sich und die Kinder in Sicherheit bringen, bis sich die Lage hier beruhigt hat. Halten Sie das Geld vor eine Tür, es wird sich schon eine öffnen.«

»Also gut«, sagt Lucas und stopft das Bündel in die Hosentasche.

»Noch etwas...«, sagt der Mann. »Ihr Arm.«

Lucas blickt auf sein Handgelenk. Erst jetzt merkt er, dass er bei ihrem überstürzten Aufbruch nicht einmal seinen Pullover angezogen hat. Die tätowierte Zahl, die ihn als Klimaflüchtling kennzeichnet, ist deutlich zu sehen.

»Ist das ein Problem?«

»Natürlich ist das ein Problem. Ich bin Atomwissenschaftler. Sie müssen so tun, als wären Sie ich. Mit der Nummer geht das nicht. Sie müssen sie loswerden.«

»Und wie ... soll das gehen?«

»Keine Ahnung. Überlegen Sie sich was. Sie haben Geld. Lassen Sie was drübertätowieren, irgendwas, aber die Zahl muss weg.«

Lucas nickt. Er denkt an die Tätowierungen seiner Söhne. Das wird nicht leicht.

Einige Hundert Meter weiter ertönen wieder Schreie. Menschen rennen in ihre Richtung. Die Armee setzt ihren Weg durch die Stadt fort.

»Wir müssen hier weg«, sagt Lucas.

»Ja«, sagt der Mann. »Auf der Rückseite der Karte steht eine Adresse. Eine Lagerhalle. Da ist der Treffpunkt. Von dort aus wird man Sie zum Bunker bringen. Aber erst müssen Sie das Tattoo loswerden.«

»Alles klar. Eins noch ... Wenn wir es bis zum Bunker schaffen, wie soll ich mich als Sie ausgeben? Ich bin Mathelehrer, ich habe keine Ahnung von Atomenergie ...«

»Der Reaktor ist so konzipiert, dass er zweihundert Jahre lang autonom laufen kann«, murmelt Sokolov kraftlos. »Sie lassen ihn einfach in Ruhe. Tun sie so, als würden Sie ihn warten, und lassen Sie niemanden die Nase hineinstecken, dann kriegen Sie keine Probleme.«

Wieder sind Explosionen zu hören. Noch mehr Schreie.
»Jérôme«, sagt der Mann zu seinem Sohn. »Du musst mit diesem Herrn gehen. Er wird dich zum Bunker bringen.«
»Nein, Papa«, sagt der Junge. »Ich bleibe bei dir.«
»Jérôme!«, sagt der Vater streng. »Kommt nicht infrage. Du gehst mit ihm, keine Widerrede!«
»Aber...«
»Kein Aber!«, schreit Sokolov. Dann wird er von einem heftigen Hustenanfall geschüttelt. Der Junge fängt an zu weinen.
»Na los«, sagt der Mann sanfter. »Ich liebe dich, mein Sohn. So sehr. Aber du musst jetzt gehen. Bitte.«
Der kleine Jérôme sieht Lucas an, der ihm ermunternd zunickt. Widerwillig steht er auf und drückt ein letztes Mal den Arm seines Vaters. Dann geht er langsam auf Lucas zu. Die ersten Meter sind schrecklich. Ständig dreht er sich um. Der Junge tut Lucas unendlich leid.
Flüchtlinge eilen an ihnen vorbei, die versuchen, den Soldaten zu entkommen. Auf der Allee ertönen Schüsse. Lucas umfasst die Hände seiner Söhne fester.
»Halt dich an meinem Gürtel fest, Jérôme. Egal, was passiert, du lässt mich nicht los. Wir müssen jetzt rennen.«
Der Junge scheint verstanden zu haben. Mit dem unverletzten Arm hält er sich an Lucas' Gürtel fest. Der andere Arm hängt schlaff herab. Lucas würde seine Verletzung gerne verbinden und ihm ein Schmerzmittel geben, aber er hat nichts. Und selbst wenn, wäre dafür jetzt keine Zeit.
Er nimmt seine Söhne auf den Arm und stürzt sich in den Flüchtlingsstrom. Er bemüht sich, ein Tempo zu finden, dem

Jerôme gut folgen kann. Mit Marc und Oliver auf dem Arm kommt er sowieso nicht sehr schnell voran. Seine Gedanken bewegen sich dafür umso schneller. In seiner Hosentasche befinden sich die Magnetkarten, und ihre schlichte Existenz verleiht ihm neue Energie. Sie haben eine Chance. Eine kleine Chance, aus dieser Hölle rauszukommen. Sie dürfen nur nicht den Soldaten in die Hände fallen.

Jetzt sind sie mitten in der Stadt. Die Spuren von Gefechten und Plünderungen zeichnen die Straßen. Ständig stolpert irgendwo jemand, stürzt in den Dreck, prallt gegen umgestürzte Mülltonnen, Autoreifen oder Stühle, die anscheinend als Wurfgeschosse eingesetzt wurden, als die Polizisten versucht haben, die Plünderer zu vertreiben. Lucas läuft im Zickzack zwischen den Hindernissen hindurch, so schnell er es mit den Kindern kann. Dann kommt er an eine Kreuzung.

Die Menge scheint kehrtzumachen. Ein weiterer Trupp Soldaten, der die Flüchtlinge erwartet hat, marschiert aus einer Nebenstraße. Innerhalb kürzester Zeit werden Dutzende Menschen festgenommen. Zum Glück war Lucas nicht ganz vorne. Durch das Chaos hasten überall verängstigte Menschen, Kinder, die von ihren Eltern getrennt wurden, aggressive Soldaten. Manche wehren sich. Es hagelt Schüsse. Feuerwaffen spucken ihr metallenes Gift. Lucas hört Kugeln über seinen Kopf zischen. Wie kann so etwas in Frankreich geschehen?, denkt er beim Rennen. Ein Mann rempelt ihn an. Lucas verliert das Gleichgewicht. Fängt sich seitlich ab, um die Kleinen nicht zu verletzen. Jérômes Griff löst sich von seinem Gürtel. Lucas versucht, sich aufzurichten, aber die Leute laufen einfach über ihn hinweg. Er beugt sich schützend über seine Kinder. Als er es endlich schafft aufzustehen, sieht er die Soldaten. Sie sind nur noch wenige Meter entfernt. Hastig sucht er nach Jérôme. Der Junge ist mehrere Schritte weit weg. Ein Soldat packt ihn am Kragen.

Jérôme wirft Lucas einen flehenden Blick zu. Der muss sich entscheiden. Weitere Soldaten nähern sich. Lucas hat keine Wahl.

Er flieht. Wieder. Er rennt. So schnell seine brennende Lunge es zulässt. Er dreht sich noch einmal um und sieht, wie Soldaten den kleinen Jérôme in einen Laster stoßen. Das Letzte, was er von ihm erblickt, ist sein blutiger Arm, der hinter der grünen Plane verschwindet.

»Es tut mir leid, mein Junge. Es tut mir so leid…«, flüstert Lucas.

Er biegt in eine Gasse. Plötzlich ist er mit seinen Kindern allein.

Die Soldaten bleiben auf der Hauptstraße. Dort gibt es genug zu tun.

Lucas weiß, dass er sich verstecken muss. Die eingeschlagenen Schaufenster bieten mehrere Gelegenheiten. Er zögert, dringt weiter in die Gasse vor. Dann macht es klick. Ein Schild springt ihm ins Auge.

»Tattoo-Studio Lula«

Überall zersplittertes Glas. Zerbrochene Möbel, auf dem Boden zerstreute Zeichnungen, Tinte an der Wand. Man könnte meinen, ein Sturm sei durch den Raum getost.

Egal.

Lucas geht hinein.

In einem Regal findet er ein Tätowiergerät. Sogar die Tätowierer, die doch einst zur Gegenkultur gehörten, haben sich der gängigen Technik gebeugt. Automatische Tattoos sind einfach schneller. Lucas kommt das gelegen. Bei ihrer Abfertigung im Stadion hat er gesehen, wie solche Maschinen funktionieren. Ohne eine Sekunde zu verlieren, setzt er die Jungs auf die einzige Bank, die noch steht, und schiebt ihnen die Ärmel hoch. Sie sind so verwirrt und erschrocken, dass sie nicht protestieren.

Lucas schaltet das Gerät ein. Ein Glück, der Strom funktioniert. Er sieht die eingestellte Zeichnung: ein Drache. Es hätte schlimmer kommen können. Er fängt mit Marco an. Er platziert das Gerät auf dem Unterarm seines Sohns und achtet darauf, dass die Flüchtlingsnummer ganz bedeckt ist. Dann drückt er auf den Knopf und wartet auf den Piepton, der signalisiert, dass die Tätowierung fertig ist. Er begutachtet das Ergebnis. Perfekt. Man sieht zwar einige Unregelmäßigkeiten, aber die Zahl darunter ist nicht mehr zu erkennen. Lucas wiederholt das Prozedere bei Oliver. Das ist schwieriger. Er zappelt so. Lucas fährt ihn an. Der Kleine senkt mit Tränen in den Augen den Kopf. Lucas spürt Wut und Trauer in sich aufsteigen. Das ist alles so ungerecht! Der arme Oliver.

Das zweite Tattoo ist nicht ganz so gelungen. Die Ränder sind etwas uneben, weil der Unterarm seines Sohnes so klein ist. Macht nichts. Es erfüllt seinen Zweck. Lucas schiebt seinen eigenen Ärmel hoch. Das wird nicht leicht werden.

Lärm auf der Straße. Lucas hält inne. Er legt das Gerät weg und späht nach draußen. Die Soldaten kommen. Für ein Tattoo bleibt ihm keine Zeit mehr. Hastig sucht er das Zimmer ab. Keine Möglichkeit, sich zu verstecken. Er fasst die Jungen an den Händen, sie verlassen das Geschäft. Noch haben sie etwas Vorsprung. Und wieder rennen sie... Biegen mehrmals ab, in der Hoffnung, die Verfolger abzuschütteln.

Lucas ist am Ende seiner Kräfte. Die Kinder weinen laut, erregen Aufmerksamkeit. Lucas stellt sie auf den Boden, um kurz zu verschnaufen, die Hände auf die Knie gedrückt.

In dem Moment geht eine Tür auf.

Lucas hebt den Blick.

Eine etwa vierzigjährige Frau sieht sie an.

»Kommen Sie, schnell. Hier sind Sie sicher. Weiß Gott, ich lasse doch keinen Familienvater mit seinen Kindern in die Hände der Soldaten fallen.«

Lucas fragt sich, ob er richtig gehört hat.

Die Frau hält die Tür weit auf.

Zwei Sekunden später sitzt er in einem kleinen Flur, seine Söhne auf den Knien, und hört, wie sich der Schlüssel im Schloss dreht. Er lehnt den Kopf an die Wand. Schweiß rinnt ihm über Stirn und Schläfen.

Stiefeltritte ertönen von der Straße. Die Soldaten sind da.

Das war knapp.

Lucas sieht die Frau dankbar an. Beiden steht dieselbe Frage ins Gesicht geschrieben: Wie konnte es nur so weit kommen?

32

Oliver trennt die Verbindung. Er versucht, die Gefühlswelle weit von sich zu schieben, die er gerade mit seinem Vater geteilt hat. Endlich weiß er, wie sie in den Bunker gekommen sind und wie aus dem Lehrer Lucas Delorme der Wissenschaftler Nikolaï Sokolov geworden ist. Auch wenn noch einige Puzzleteile fehlen, kann Oliver sich den Rest zusammenreimen: Irgendwie ist es seinem Vater gelungen, den Treffpunkt zu erreichen und die Identität von Nikolaï Sokolov vorzutäuschen. Er würde es sicherlich sehen können, wenn er das Implantat wieder anschließen würde, aber ihm ist eine schreckliche Ahnung gekommen. Und jetzt, da er nicht mehr den Emotionen der Erinnerungen ausgesetzt ist, erscheint ihm diese Ahnung beinahe als eine Gewissheit. Er springt auf und verlässt den Raum.

»Verdammt«, murmelt er vor sich hin. »Wie konnte ich nur so dumm sein?«

Er muss so schnell wie möglich zu Sylvie und Tsché.

DER SCHROTTPLATZ

Er fragt die Kinder, die auf dem Schrottplatz herumstreunen, wo sie sind, und eilt dann zur Werkstatt. Die beiden unterhalten sich mit einem Mechaniker.

»Ich muss mit euch sprechen«, unterbricht Oliver sie. »Es ist dringend.«

Sie gehen ein Stück beiseite.

»Sylvie, speichern die Kameras alles, was sie filmen?«, fragt Oliver ohne Umschweife.

»Ja, natürlich. Alles wird digital gespeichert.«

»Gute Idee«, sagt Tsché. »Du meinst, so können wir Ézéchiel finden?«

»Gehen wir«, sagt Oliver.

»Warum so ernst?«

»Lasst uns die Aufnahmen ansehen. Ich habe eine sehr schlechte Vorahnung. Ich sage lieber nichts, solange ich mir nicht sicher bin.«

Die drei setzen sich in einen Raum, in dem etwa ein Dutzend Bildschirme die Aufnahmen der einzelnen Überwachungskameras anzeigen.

Tsché pfeift leise.

»Ich wusste nicht, dass es so viele sind«, sagt sie. »Dieser Ort ist ja eine richtige Festung.«

»Gute Fahrzeuge haben ihren Preis. Irgendwie muss ich mich schützen«, erwidert Sylvie.

Sie setzt sich an den Computer. Ihre Finger hüpfen über die Tastatur.

»Also ... wollen wir mal schauen«, sagt sie. »Ein paar Stunden zurück.«

Die Bilder, die im Schnelldurchlauf über den Hauptmonitor laufen, zeigen nichts Besonderes.

»Da«, sagt Oliver plötzlich. »Der Schatten am Zaun.«

»Gut gesehen«, sagt Sylvie und zoomt heran.

»Kein Zweifel, das ist Ézéchiel«, sagt Tsché.

Die große Silhouette ihres Freundes löst sich vor der Beleuchtung der Werkstatt aus der Dunkelheit der Nacht. Sie sehen, wie er lange den Hof beobachtet und dann zielstrebig losläuft.

»Himmel, ist er das wirklich?«, fragt Tsché verblüfft. »Hast du gesehen, wie er sich bewegt? Man könnte meinen, es wäre ein anderer Mensch.«

»Genau das habe ich befürchtet«, stöhnt Oliver. »Auf diesem Bild sieht man ihn nicht mehr. Können wir ihm mit den anderen Kameras folgen?«

»Ja«, sagt Sylvie. »Jetzt weiß ich ja, zu welchem Zeitpunkt er wo sein muss, da müssen sich noch andere Aufnahmen von ihm finden.«

Einige Sekunden später zeigt eine andere Kamera, wie Ézéchiel sich einem Laster nähert und hineinsteigt.

»Wohin fährt der?«, fragt Oliver.

»Der ist heute Morgen schon abgefahren. Eine Ersatzteillieferung in die Tiefen Türme.«

»Scheiße!«

»Könntest du uns bitte aufklären?«, explodiert Tsché. »So langsam machst du mir nämlich Angst.«

»Hast du gesehen, was Ézéchiel auf den Aufnahmen trägt?«

Tsché runzelt die Stirn.

»Ich habe nicht drauf geachtet. Ich... Sein Pulli! Sein verflixter Pulli. Er hat ihn ausgezogen.«

»Ja. Wir haben uns reinlegen lassen, Tsché«, sagt Oliver ernst. »Ézéchiel ist nicht der, für den wir ihn gehalten haben.«

»Wie meinst du das?«

»Er ist nicht verrückt, Tsché. Er ist kein Geisteskranker. Er hat uns getäuscht.«

»Was? Aber warum denn?«

»Um Informationen von mir zu bekommen.«

»Oh Gott! Der Bunker. Er wollte wissen, wo der Bunker ist.«

»Ja. Und ich habe es ihm gesagt.«

»Wie bitte?«, schaltet sich Sylvie ein.

Oliver seufzt tief. »Gestern Nacht. Tsché und ich waren draußen. Wir haben uns unterhalten. Ézéchiel ist uns gefolgt, aber wir haben ihn kaum bemerkt. Er war so... abwesend, als wäre er gar nicht bei uns... Ich wäre nie darauf gekommen, dass er uns ausspioniert.«

»Du hast Tsché gesagt, wo der Bunker ist, und er war dabei?«

»Ja.«

»Aber er hat uns doch gerettet«, wendet Tsché ein.

»Vielleicht hat er die Typen selbst bezahlt, die uns angegriffen haben«, gibt Oliver zu bedenken.

»Vielleicht. Verdammt! Er hat so aufrichtig gewirkt, so harmlos!«

»Genau so sollten wir ihn sehen«, sagt Oliver. »Und es hat funktioniert. Aber es kommt noch schlimmer. Ich glaube, ich weiß, wer Ézéchiel ist. Sylvie, können Sie noch ein bisschen ranzoomen, da, wo er in den Laster steigt und den Arm nach dem Griff ausstreckt? Zoomen Sie mal auf seinen Unterarm.«

Auf dem Bildschirm wird eine lange, zickzackförmige Narbe sichtbar.

»Heiliger Vergaser!«, ruft Sylvie. »Die Narbe und die gletscherblauen Augen ... Ich habe diese Augen schon mal gesehen«, sagt sie. »Sie leuchteten wie Höllenfeuer hinter einer Maske ... Ézéchiel ist der Totengräber!«

Sylvies Schlussfolgerung scheint auch Tsché zu überzeugen.

»Der Pulli«, sagt sie. »Er wollte die Narbe verstecken.«

Oliver nickt. Er bringt kein Wort heraus.

Sie haben den Totengräber in ihr Leben gelassen, und jetzt hat dieser Verrückte alle Informationen, die er braucht, um den Bunker anzugreifen.

»Wie bist du darauf gekommen?«, fragt Tsché.

»Ich kenne ihn. Wir sind uns schon einmal begegnet, vor langer Zeit«, sagt Oliver. »Er muss etwa zehn Jahre alt gewesen sein. Ich war erst zwei. Daran konnte ich mich unmöglich erinnern. Ich habe es gerade begriffen, als ich die Erinnerungen meines Vaters gesehen habe. Als ich den Jungen mit der schrecklichen Wunde und diesen knallblauen Augen gesehen habe, hat es klick gemacht. Und dann ist mir noch was eingefallen. Bevor wir die Schwarze Zone verlassen haben, habe ich den Inhalt der Obstkonserven im Müll gefunden. Er hat uns an der Nase rumgeführt. Und manchmal war sein Blick erstaunlich klar ... Ich habe mir nichts dabei gedacht, aber eigentlich hätte ich es sehen müssen.«

»Ich habe ihm auch geglaubt, Oliver«, sagt Tsché. »Es ist nicht deine Schuld.«

»Ich weiß, warum er die Bunker hochgehen lässt und alle darin erbarmungslos tötet. Er rächt sich.«

»An wem?«

»An meinem Vater.«

Oliver schildert schnell die Ereignisse, die dazu geführt haben, dass er in den Bunker gekommen ist.

»Das ist ja schrecklich«, sagt Sylvie. »Erst wird er von seinem Vater verlassen und dann von dem Mann, der geschworen hat, ihn in den Bunker zu bringen. Ich kann mir vorstellen, wie er sich gefühlt hat.«

»Mein Vater konnte nicht anders«, sagt Oliver.

»Das weiß ich doch«, erwidert Sylvie. »Es war nicht als Vorwurf gemeint. Aber er war gerade mal zehn Jahre alt, er hat es so empfunden. Er hat sein ganzes Leben auf dieses Gefühl des Verrats gegründet. Es konnte nur Hass hervorbringen.«

»Ich kann immer noch nicht glauben, dass Ézéchiel der Totengräber ist«, murmelt Tsché.

»Was machen wir jetzt?«, fragt Oliver.

»Was sollen wir schon machen?«, gibt Tsché zurück. »Selbst wenn wir ein paar Tage mit ihm zusammengelebt haben, dieser Typ ist ein Verrückter, der Anführer einer Bande von Killern. Wir sind nur noch am Leben, weil er denkt, dass wir keine Ahnung haben, wer er ist.«

»Sie hat recht«, sagt Sylvie. »Ich weiß, wozu er fähig ist. Einmal habe ich erlebt, wie er einen Bunker hochgenommen hat. Er hat niemanden verschont. Hörst du? Niemanden. Er hat sie mit eigenen Händen getötet. Er hat es nicht seinen Männern überlassen, oh nein. Er hat einen nach dem anderen hingerichtet und ihnen dabei in die Augen geschaut. Durch seine Maske konnte ich seinen Zorn sehen. Der Kerl ist verrückt. Seine eigenen Männer haben den Blick abgewandt. Du kannst dich ihm nicht in den Weg stellen.«

»Macht der Laster noch einen Zwischenstopp vor den Tiefen Türmen?«, fragt Oliver, als hätte er ihre Worte nicht gehört.

»Nein. Er fährt durch. Wenn die Tür hier zu ist, geht sie erst dort auf dem Parkplatz wieder auf.«

»Kann er beim Fahren rausspringen?«

»Nein«, sagt Sylvie wieder. »Die Tür lässt sich von innen nicht öffnen.«

»Und wo ist sein Lager?«

»Nach dem, was ich zuletzt gehört habe, hat er sich

in einer ehemaligen Schule eingerichtet, in einer kleinen Stadt am Meer. Le Touquet. Das liegt im Norden.«

»Also in der entgegengesetzten Richtung von den Tiefen Türmen und Forges-les-Eaux.«

»Ja.«

»Hör auf!«, brüllt Tsché. »Was soll das, Sylvie?«

»Ich beantworte nur seine Fragen. Ich finde, er hat ein Recht, es zu wissen.«

Die beiden wechseln einen geladenen Blick.

»Und du, Oliver?«, schreit Tsché dann. »Machst du das mit Absicht, oder verstehst du nicht, was ich dir sage? Der Totengräber ist gefährlich. Wir sind ihm nicht gewachsen!«

»Ich bitte dich um nichts.«

»Ach, so ist das?«, sagt Tsché.

»Ja, so ist das«, sagt er, schlägt mit der Faust auf den Tisch und verlässt den Raum.

33

»Interessierst du dich plötzlich für 19-Zoll-Reifen?«

Tsché macht sich nicht die Mühe, Sylvie anzusehen. Und erst recht nicht, ihr zu antworten. Seit einer Stunde hat sie sich nicht mehr gerührt. Sie sitzt ganz hinten in der Werkstatt vor einer Wand aus Autoreifen.

»Hörst du das Surren?«, fragt Sylvie. »Das ist sein Motorrad. Du lässt ihn einfach davonfahren?«

»Lass mich«, sagt Tsché. »Ich will allein sein. Ich will mit niemandem reden.«

Sylvie schweigt. Sie geht zu dem Auto, das sie gerade repariert. Mehrere Teile des Motors sind ordentlich auf dem Werktisch aufgereiht. Ruhig und methodisch setzt sie sie wieder zusammen.

Tsché hört das Klirren der Schraubenschlüssel, atmet den Geruch von Öl und Benzin ein, während sie aus dem Augenwinkel Sylvies Bewegungen folgt. Trotz der Wut, die sie ausfüllt, tut die Nähe ihrer Freundin gut.

Sie ist wütend auf Oliver. Warum weigert er sich, das Offensichtliche zu akzeptieren: dass er keine Chance hat, seinen Bruder zu retten? Es zu versuchen, ist purer Wahnsinn. Sie wäre gerne in der Lage, nicht mehr an ihn zu denken, einen Schlussstrich zu ziehen, ihn zu vergessen. Das wäre wirklich das Beste.

Nach langen Minuten beschließt Tsché, doch aufzustehen. Sie geht zu Sylvie und schaut ihr zu. Ihre Freundin hat ihr alles über Automechatronik beigebracht. Tsché nimmt die Vakuumpumpe vom Werktisch und reicht sie Sylvie, die sie lächelnd entgegennimmt und einsetzt. Dann macht sie sich weiter am Motor zu schaffen.

»Du sagst nichts?«, fragt Tsché schließlich.

»Lass dir von den Widrigkeiten des Lebens nicht nehmen, was in dir steckt.«

Sylvies Worte säen einen leisen Zweifel.

»*Niemanden ins Herz schließen. Nie. Unter keinen Umständen*«, rezitiert sie.

»Das ist Blödsinn«, erwidert ihre Adoptivmutter.

Tsché sieht sie verdutzt an.

»Damals hast du so ein Motto gebraucht«, sagt Sylvie. »Du musstest hart werden, stark, um zu überleben. Das ist längst geschehen. Heute sage ich es dir ganz offen, dieser Satz ist nichts wert. Wertvoll sind die magischen Momente, die wir dem Leben abtrotzen, die kleinen Oasen des Glücks inmitten einer Wüste der Trostlosigkeit. Wenn du mir ins Gesicht sagen kannst, dass du diese Magie zwischen dir und Oliver nicht spürst, lasse ich dich in Frieden.«

Tsché holt tief Luft. »Was soll ich tun?«

»Schluck deinen Stolz hinunter und fahr ihm nach. Hilf ihm.«

»Das kann ich nicht.«

»Tja, weißt du, die wichtigsten Dinge sind selten die einfachsten. Wenn du es nicht tust, wirst du es dein Leben lang bereuen.«

Tsché steht auf. In ihren Augen glimmt ein neuer Funke.

»So gefällst du mir besser«, sagt Sylvie. »Das ist meine kleine Tsché!«

»Aber wie soll ich ihn einholen? Er hat schon eine halbe Stunde Vorsprung.«

»Komm mit«, sagt Sylvie und zieht sie ans andere Ende der Werkstatt.

Sie geht zu einem Auto, das von einer Plane bedeckt ist, und sie zieht sie schwungvoll zur Seite.

»Ein Aston Martin DB9, 518 Pferde unter der Haube, von null auf hundert in 4,6 Sekunden, Höchstgeschwindigkeit 295 km/h. Damit wirst du deinen Oliver schon kriegen.«

Tsché pfeift anerkennend und streicht über die Karosserie. Die schwarze Carbonlackierung bringt die aggressiven Kurven des Wagens bestens zur Geltung.

»Läuft der etwa mit Benzin?«

DER SCHROTTPLATZ

»Ganz genau. Ein guter alter Verbrennungsmotor. Im Kofferraum sind mehrere Kanister.«

»Sylvie, du bist ein Engel! Danke. Pass gut auf Fuku auf, ja?«

Tsché setzt sich hinters Steuer und zündet den Motor. Der Wagen brüllt wie ein Löwe. Mit quietschenden Reifen rollt er aus der Werkstatt und hinterlässt eine Staubwolke auf dem Schrottplatz. Wenige Sekunden später hat Tsché das Gelände verlassen und rast mit Vollgas gen Süden, in Richtung der Tiefen Türme, in Richtung Oliver, in Richtung einer unsicheren, aber oh so aufregenden Zukunft. Sie stößt sogar einen kleinen Schrei aus.

Es ist lange her, dass sie sich so lebendig gefühlt hat.

34

Oliver sitzt weit vorgebeugt, um der Luft so wenig Widerstand wie möglich zu bieten. Den Beschleunigungsgriff hat er durchgedrückt, und der Elektromotor sirrt angestrengt. Doch das ist ihm egal. Er konzentriert sich nur auf sein Ziel. Er muss Ézéchiel finden, oder den Totengräber, oder Jérôme Sokolov, egal, wie er heißt. Oliver muss ihn aufhalten, koste es, was es wolle. Er wird nicht weiterleben können, wenn er weiß, dass die Bewohner des Bunkers seinetwegen sterben mussten. In dem Moment, in dem ihm sein Fehler klar geworden ist, hat er seine Entscheidung getroffen. Trotz der Gefahr. Trotz allem, was es bedeuten könnte.

Tsché zu verlieren.

Allein die Vorstellung bereitet ihm beinahe körperliche Schmerzen. Seit er Sylvies Werkstatt verlassen hat, spürt er einen Knoten in der Brust. Er ist bedrückt, das Atmen fällt ihm schwer. Je mehr er an Tsché denkt, desto schlechter geht es ihm. Also tut er sein Bestes, die Gedanken an sie weit wegzuschieben und sich auf die Straße zu konzentrieren.

Abbremsen. Hindernissen ausweichen. Beschleunigen. Die Maschine an ihre Grenze treiben. Überlegen, was er tun wird, wenn er den Totengräber gefunden hat. Wie überwältigt man einen Gegner, der überlegen und gnadenlos ist? Wie schaltet man ihn aus? Wie stellt man es an, nicht einfach abgeschlachtet zu werden? Ein Dornbusch liegt quer über der Straße vor ihm. Oliver bremst scharf. Das Hinterrad seines Motorrads blockiert, hinterlässt eine lange Bremsspur auf dem Asphalt, und er schlittert zur Seite. Im letzten Moment gewinnt er die Kontrolle über das Fahrzeug zurück. Das war knapp.

»Scheißwind«, knurrt er.

Er darf keine Zeit verlieren. Ézéchiel hat einen großen Vorsprung. Oliver hat Angst, dass er seine Spur nicht wiederfindet. Was wird Ézéchiel tun, wenn sich die Tür des Lasters öffnet? So schnell wie möglich sein Lager aufsuchen? Oder direkt den Ort auskundschaften, an dem er den Bunker vermutet? Oliver tippt auf die zweite Möglichkeit, und vage formt sich ein Plan in seinem Kopf. Er bittet die Götter, an die er nie geglaubt hat, dass er richtigliegt. Denn wenn sich der Totengräber dafür entscheidet, zuerst seinen Schlupfwinkel aufzusuchen, hat Oliver keine Chance, seinen Plan umzusetzen.

Rasch wirft er einen Blick auf die Uhr. Ézéchiel

könnte den Laster bereits verlassen haben... Oliver versucht, sich aufs Fahren zu konzentrieren. Diese verdammte Uhr. Das Geschenk von Tsché. Eine Erinnerung führt zur nächsten, und schon ist sie wieder in seinen Gedanken. Er versucht zu verstehen, warum. Dabei weiß er die Antwort längst.

Er ist verliebt. Richtig verliebt. Er schafft es einfach nicht, sie zu vergessen. Ob sie schon unterwegs nach Norden ist?

Ein Dröhnen reißt ihn aus seinen Gedanken.

Das Geräusch ist dumpf und anhaltend. Mit dem Helm und bei dem Tempo ist schwer zu sagen, woher es kommt. Er hält nach einer Drohne Ausschau. Nichts. Sein Motorrad hat keinen Rückspiegel. Er wirft einen kurzen Blick über die Schulter. Ein schwarzer Schatten. Ein Auto. Er darf sich nicht aufhalten lassen. Er muss es abschütteln. Er drückt den Beschleunigungsgriff voll durch. Das Dröhnen kommt näher. Oliver wird unruhig, schaut auf den Tacho, der immerhin 160 Stundenkilometer anzeigt. Er weiß, dass bei dem Tempo das kleinste Schlagloch verhängnisvoll sein kann. Er konzentriert sich. Die Straße wird breiter. Das Auto kommt näher, dann überholt es. Oliver flucht.

Die verdunkelte Scheibe öffnet sich. Oliver macht sich bereit zu bremsen. Er dreht den Kopf.

Sein Herz setzt einen Schlag aus.

Er hat alles erwartet, nur nicht das.

Tsché grinst ihn an.

Er löst die Faust um den Griff und lässt das Motorrad langsamer werden und schließlich zum Stehen kommen. Tsché hält neben ihm.

»Kann ich dich mitnehmen?«, fragt sie. »Du scheinst es eilig zu haben. Mein Schlitten ist schneller als deiner.«

»Es tut mir leid, Tsché«, sagt er. »Es tut mir leid, dass ich einfach so gefahren bin. Aber ...«

»Steig ein.«

»Wenn du gekommen bist, um mich umzustimmen, sage ich dir lieber gleich, dass ...«

»Pfff«, macht Tsché. »Du bist ja schon wie Sylvie. Ihr zwei redet zu viel. Wenn du den Totengräber noch erwischen willst, können wir vielleicht beim Fahren weiterreden?«

Oliver muss lächeln. Plötzlich fühlt er sich viel leichter. Er stellt das Motorrad am Straßenrand ab und steigt auf den Beifahrersitz.

»Ich nehme an, du fährst?«, sagt er, während er sich anschnallt.

»Alles andere kommt gar nicht in die Tüte«, erwidert Tsché und lässt die Reifen quietschen.

Eine Weile ist nur das Dröhnen des Motors zu hören.

»Ich dachte, du willst nach Norden«, sagt Oliver schließlich. »Ich will dir deinen Traum nicht kaputtmachen.«

»Das will ich auch immer noch«, sagt sie. »Aber mit dir. Deshalb regeln wir das jetzt gemeinsam.«

»Tut mir leid, dass ich dich da reingezogen habe.«

»Nein, mir tut es leid«, sagt Tsché, den Blick auf die Straße gerichtet. »Du tust das Richtige. Du kannst nicht zulassen, dass der Totengräber all diese Menschen umbringt. Wenn du dich anders verhalten würdest, wärst du nicht mehr Oliver. Du wärst nicht mehr der Junge, in den ich mich verliebt habe.«

Oliver weiß nicht, was er sagen soll. Er sieht Tsché lange an. Legt die Hand auf ihre Hand am Schalthebel. Das Auto rast dahin.

35

Oliver und Tsché sitzen im Schatten einer baufälligen Garage. Auf Olivers Vorschlag haben sie sich in einem verlassenen Dorf bei Forges-les-Eaux postiert, das direkt an der Straße zu den Tiefen Türmen liegt. Nervös spielt Oliver am Verschluss seiner Trinkflasche herum.

»Was genau ist der Plan?«, fragt Tsché. »Willst du ihn töten?«

Oliver zuckt zusammen. »Töten? Nein. Das kann ich nicht.«

»Also was dann? Willst du ihn freundlich bitten, nicht den Bunker anzugreifen? Verzeihung, Ézéchiel, aber wir wissen, dass du der Totengräber bist, und jetzt sei lieb und tu, was wir sagen?«

»Sei nicht so fies.«

»Entschuldige. Ich übertreibe, aber du weißt, was ich meine.«

»Der Plan ist, ihn nicht zu töten, sondern zu fangen.«

»Du und ich, wir fangen den Totengräber?«

»Jep. Wenn es uns gelingt, habe ich Zeit, um die Bewohner des Bunkers zu warnen. Sie haben Mittel, um sich zu verteidigen, Soldaten, Waffen, alles, was sie brauchen. Wenn sie informiert sind, sollen der Totengräber und seine Männer ruhig versuchen, sie anzugreifen.«

»Und was hindert dich daran, sie jetzt gleich zu warnen?«

»Marco.«

»Warum Marco?«

»Ich muss ihn finden. Das ist vielleicht meine letzte Chance. Ich habe einen Vorteil vor dem Totengräber. Ich weiß, wo er gerade ist, und ich weiß, wohin er gehen wird. So eine Gelegenheit bekomme ich nie wieder.«

Tsché schüttelt den Kopf. »Ich verstehe deinen Plan nicht. Mal angenommen, es gelingt uns, den Totengräber zu fangen. Glaubst du wirklich, dass er uns sagt, wo dein Bruder ist?«

»Ja.«

»Und wenn er sich weigert, was machst du dann? Ihn foltern?«

»Ich habe schon eine Idee, du wirst sehen…«

Mehr sagt er nicht. Er konzentriert sich auf die Straße.

Das Beste wäre, den Totengräber in der Höhle zu erwarten, die in den Bunker führt, aber die fünf Stunden Marsch in der brennenden Sonne schrecken

DER SCHROTTPLATZ

Oliver ab. Auch auf dem Weg können sie ihn nicht abfangen, denn er erinnert sich nur an eine riesige steinige Fläche ohne Möglichkeiten, sich zu verstecken. Daher ist er zu dem Schluss gekommen, dass es das Beste ist, hier im Dorf auf den Totengräber zu warten. Irgendwo muss er sein Fahrzeug abstellen, und hier ist der beste Platz dafür.

Doch je mehr Zeit vergeht, desto klarer wird ihm, wie unsicher sein Vorhaben ist. Die wenigen Male, die ein Fahrzeug die Straße entlangfährt, hält er den Atem an, hin- und hergerissen zwischen der Hoffnung, Ézéchiel kommen zu sehen, und der Furcht vor dem, was passieren wird. An seinem Plan könnte so vieles schiefgehen ...

Die Sonne setzt ihren Weg über das kleine Ruinendorf fort, und noch immer gibt es kein Zeichen vom Totengräber. Vielleicht war er in einem der Fahrzeuge, die nach Norden gefahren sind? Vielleicht hat er genügend Komplizen in den Tiefen Türmen, um die Expedition von dort aus zu starten? Vielleicht hat er einfach beschlossen, ein paar Tage zu warten? Woher soll Oliver das wissen?

Plötzlich verlässt Oliver der Mut. Vielleicht hatte Tsché doch recht. Nicht jeder ist der geborene Stratege. Sein Plan beruht eher auf Glück als auf Kalkül. Und sie können schlecht mehrere Tage hierbleiben.

Tsché liest in seinem Gesicht. »Wir haben es wenigstens versucht«, sagt sie, um ihn zu trösten.

»Ich war so sicher, dass er kommen würde.«
»Wir wussten, dass es riskant ist.«
»Ja.«
»Was machen wir jetzt?«
Oliver zuckt mit den Schultern. »Wir gehen zum Bunker. Ich muss sie warnen.«
»Ich glaube, das ist die richtige Entscheidung.«
»Warte«, sagt Oliver. »Ich höre was.«
Tsché reckt den Hals.
»Ja, ich auch. Ich glaube, es ist ein Motorrad.«
Sie ziehen sich in die Garage zurück und spähen durch eine staubige Scheibe nach draußen. Langsam wird ein Motorrad sichtbar. Es zieht eine Staubwolke hinter sich her. An der sandigen Abfahrt nach Forges-les-Eaux wird es langsamer, dann hält es an. Die riesige Silhouette des Totengräbers ist gut zu erkennen.
»Bingo«, flüstert Oliver. »Er ist es.«
Er schlingt die Finger fester um den Baseballschläger, mit dem er sich bewaffnet hat. Tsché holt ihren Taser heraus und vergewissert sich, dass er geladen ist.
»Wir haben Glück. Er ist allein«, flüstert sie.
Oliver hat den Blick fest auf den Totengräber gerichtet und verfolgt jede seiner Bewegungen.
»Warte«, sagt Tsché. »Ich glaube, wir haben ein Problem.«
»Was?«
»Verdammter Wüstensalamander!«

»Was denn?«

»Schau mal, er legt sich einen Schal vor den Mund. Das Ding ist ein Geländemotorrad! Damit muss er nicht zu Fuß gehen. Er kommt gar nicht hierher, um das Fahrzeug zu parken.«

Wenige Sekunden später sieht Oliver, dass Tsché recht hat. Das Motorrad fährt durch die Wüste Richtung Westen. Sie können ihm unmöglich folgen.

»Verdammt«, stöhnt Oliver. »Daran hätten wir denken müssen. So ein Mist.«

»Noch ist nichts verloren«, sagt Tsché. »Er sucht jetzt erst mal den Bunker. Er ist allein. Für heute wird er es also dabei belassen.«

»Und dann?«

»Dann fährt er in sein Lager. Über die große Straße, das geht am schnellsten. Und da werden wir ihm auflauern.«

Oliver nickt. So werden sie es machen. Es ist extrem riskant, aber sie haben keine andere Wahl.

36

Der Aston Martin steht in einem Seitenweg der Hauptstraße hinter einer Düne. Eine lange Wartezeit beginnt, die sie mit Gesprächen, Kindheitserinnerungen, komplizenhaftem Schweigen und Küssen füllen. Tschés Lächeln fegt Olivers Zweifel weg. Er hat das Gefühl, endlich gefunden zu haben, wonach er so lange gesucht hat. Die Zeit vergeht, bis die Sonne in leuchtenden Rot- und Orangetönen hinter den Dünen versinkt.

Unvermittelt holt sie ein Motorengeräusch in die Realität zurück. Tsché sieht Oliver an. Der nickt. Der Moment ist gekommen. Ihre einzige Chance. Sie dürfen sie sich nicht entgehen lassen. Tsché dreht den Zündschlüssel. Der Motor heult auf.

Ein Blitz schießt vorbei. Das Motorrad jagt auf der Straße dahin. Er ist es. Kein Zweifel.

Tsché tritt aufs Gaspedal. Sie werden gegen die Sitze gepresst. Die Reifen drehen durch, dann greifen sie auf dem Asphalt. Tsché beißt die Zähne zusammen.

DER SCHROTTPLATZ

Sie müssen schnell sein. Das Brüllen des Autos wird lauter, der Motor gibt alles. Dieses Fahrzeug ist für Geschwindigkeit gemacht und enttäuscht seine Fahrerin nicht. Der Abstand zum Motorrad schmilzt. Sie nähern sich ihrer Beute.

Der Totengräber muss sie gehört haben. Er wird langsamer, dreht sich um. Die Sekunde seines Zögerns wird ihm zum Verhängnis. Schon liegt der schwarze Schatten über ihm. Tsché zaudert nicht. Ohne Zögern fährt sie hinten auf, bevor der Totengräber auch nur Anstalten machen kann, die Straße zu verlassen. Die Zeit bleibt stehen.

Das Hinterrad des Motorrads wird durch den Aufprall verbogen und blockiert. Das Fahrzeug gerät ins Schleudern, und der Totengräber verliert das Gleichgewicht. Tsché macht eine Vollbremsung. Zwei große Bremsspuren ziehen sich über den Asphalt. Tsché konzentriert sich darauf, das Auto unter Kontrolle zu behalten, während der Totengräber durch den Aufprall und das sich aufbäumende Motorrad in die Luft geschleudert wird. Fahrer und Fahrzeug schlittern über die Straße und bleiben reglos liegen.

Nur das Vorderrad des zerstörten Motorrads dreht sich weiter. Tsché und Oliver steigen aus dem Auto. Der Totengräber liegt ausgestreckt auf dem Boden. Sein Lederanzug ist an mehreren Stellen gerissen und entblößt Schürfwunden. Er stöhnt.

Oliver atmet auf. Er ist nicht tot. Und sie müssen

nicht mit ihm kämpfen ... Und nun zum Plan. Er muss seinen Plan umsetzen. Den Totengräber fesseln. Er darf sich nicht von seinen Gefühlen überwältigen lassen. Nicht daran denken, dass sie beinahe einen Menschen getötet hätten. Überhaupt nicht denken. Handeln.

Oliver beugt sich über den Verletzten, während Tsché ihren Taser auf ihn gerichtet hält. Er holt die Rolle Klebeband hervor, die Tsché besorgt hat, und fesselt den Totengräber, wie vereinbart, an Händen und Füßen, wobei er darauf achtet, seine Verletzungen auszusparen. Der Totengräber reagiert nicht. Er ist bewusstlos, aber er atmet. Tsché nickt Oliver zu. Gemeinsam schleppen sie ihn zum Auto. In Anbetracht seines Gewichts ist das kein Kinderspiel. So sanft sie können, legen sie ihn in den Kofferraum und schließen die Klappe.

Oliver stützt die Hände aufs Metall. Er holt tief Luft. Sein Herz hämmert wie verrückt.

»Geht's?«, fragt Tsché.

»Hm. Es ist schrecklich, was wir da machen.«

»Denk an die Menschen in deinem Bunker.«

»Ja, du hast recht. Wohin bringen wir ihn?«

»Ich habe da eine Idee«, sagt Tsché nur.

Das Auto setzt sich in Bewegung, beladen mit seiner gefährlichen Fracht. Die Kilometer rauschen dahin, ohne dass jemand ein Wort sagt. Erst jetzt erfassen Tsché und Oliver richtig, was sie gerade getan haben.

DER SCHROTTPLATZ

Oliver betrachtet die Landschaft in der Abenddämmerung. Die Wüste weicht den Ausläufern einer lang verlassenen Stadt. Er erkennt die Straße wieder, über die sie ein paar Tage zuvor in die Schwarze Zone gefahren sind, doch Tsché fährt weiter. Nach etwa zehn Kilometern verlangsamt sie und biegt in eine schmale Straße, die sich um einen Hügel windet. Am Straßenrand stehen mehrere Warnschilder.

»Zurück in die Schwarze Zone?«, fragt Oliver.

»Ja. Ich kenne einen Ort, an dem uns niemand stören wird.«

»Nicht mal die Zahnlosen?«

»Nicht mal die.«

Der Aston Martin arbeitet sich heulend den Hügel hinauf, bevor er in ein kleines Tal rollt.

Oliver reißt vor Staunen den Mund auf. »Was für ein sonderbarer Ort«, murmelt er.

Der Wagen fährt in einen riesigen Wald. Tausende Bäume, die schon vor langer Zeit die Blätter verloren haben, recken ihre kahlen Zweige über den rissigen, vom Wind gepeitschten Boden. Überall bilden tote Äste Barrieren zwischen den Baumstämmen. Nach der tristen Monotonie der ausgedörrten Wüste, an die Oliver sich gewöhnt hat, ist es ihm fast schon unheimlich, diesen Friedhof aus Bäumen zu durchqueren. Wie ein Mahnmal einer anderen Zeit stehen sie hier, einer Zeit, als dieser Ort noch vor Farben sprühte, als die Blätter im Wind tanzten und die

Vögel von Ast zu Ast flatterten, als nach Einbruch der Dämmerung das Summen und Zirpen der Insekten erschallte. Von alldem bleiben nur die schaurigen Gerippe der vertrockneten Bäume.

»Ich dachte, alle Bäume wären längst verheizt«, sagt Oliver, um sein Unbehagen zu verbergen.

»Ja, die meisten schon. Aber dieser Wald liegt ja in der Schwarzen Zone, und niemand hat Lust, verstrahlte Bäume zu verheizen.«

»Ist das Holz wirklich verstrahlt?«

»Ja. Lieber nicht anfassen. Aber solange wir nichts absägen, riskieren wir nichts.«

»Freut mich zu hören.«

»Mitten im Wald steht ein altes Forsthaus. Da werden wir unsere Ruhe haben.«

»Ich kann immer noch nicht glauben, dass wir den Totengräber im Kofferraum haben.«

Hinter den Bäumen zeichnet sich eine Behausung ab. Ein großes Blockhaus, so massiv, dass es sicher auch in hundert Jahren noch stehen wird. Im Licht der Abendsonne scheinen die gespenstischen Schatten der Bäume ihre Hände danach auszustrecken und verleihen ihm ein beunruhigendes Aussehen.

»Hier warst du schon mal?«

»Ja, einmal, ich musste mich vor einem Sandsturm in Sicherheit bringen. Ich warne dich vor, die Einrichtung ist gewöhnungsbedürftig.«

Als sie über die Türschwelle in den Wohnraum treten, bleibt Oliver wie angewurzelt stehen. Die Abendsonne dringt nur schwach durch die kleinen Fenster. Im Zwielicht wirkt es, als hätten die zahlreichen Jagdtrophäen, die überall an den Wänden hängen, alle ihre Augen auf ihn gerichtet.

»Wer bitte will so wohnen?«, murmelt er.

»Jäger.«

»Du hast recht, es ist ziemlich gewöhnungsbedürftig. Aber es passt. Wir haben es schließlich auch mit einem Jäger zu tun.«

»Bereit?«

Tsché und Oliver stehen Seite an Seite, als sie den Kofferraum öffnen, als müssten sie einander Halt geben. Der Totengräber ist wach. Als sich die Heckklappe hebt, stemmt er sich hoch und versucht wild, seine Fesseln zu lösen, doch das Klebeband ist stark. Nach einer Weile beruhigt er sich. Mit dem Knebel im Mund hat er Mühe zu atmen.

»Soll ich den Knebel wegnehmen?«

Der Totengräber nickt.

Oliver löst den Knebel. »Aussteigen«, sagt er dann.

»Du kannst mich mal.«

»Entweder du machst mit, oder wir schleifen dich über den Boden«, sagt Tsché.

Der Totengräber wirft ihr einen tödlichen Blick zu.

Schließlich hilft er ihnen aber doch, ihn aus dem Kofferraum zu holen, und windet sich, bis seine Füße auf dem Boden sind.

»Nehmt das Klebeband ab. Ich kann laufen.«

»Träum weiter, Ézéchiel«, erwidert Tsché. »Für wie blöd hältst du uns?« Sie zeigt auf einen Bürostuhl mit Rollen, den sie aus dem Haus geholt hat. »Du musst gar nicht laufen. Du kannst fahren. Siehst du, wir kümmern uns um dich.«

Der Totengräber hüpft mühsam zum Stuhl und lässt sich darauf fallen.

Tsché geht vor. Oliver schiebt den improvisierten Rollstuhl.

Sie überqueren die Türschwelle. Oliver schiebt den Totengräber in die Mitte des Wohnzimmers, während Tsché ein paar Kerzen anzündet. Bald wird es dunkel. Dann setzt sie sich auf einen Hocker neben Oliver. Die beiden betrachten ihren Gefangenen.

»Du hast uns ja ganz schön verarscht«, bricht Oliver das Schweigen.

Der Totengräber reagiert nicht.

»Ziemlich erbärmlich, sich als Geisteskranker auszugeben, findest du nicht auch, Tsché?«

»Erbärmlich trifft es ganz gut«, antwortet Tsché. »Das passt gar nicht zu dem schrecklichen Monster, von dem alle reden. Ich frage mich, was die Leute sagen würden, wenn sie das wüssten.«

»Ihr seid tot«, sagt der Totengräber ausdruckslos. »Ich werde euch beide töten. Schön langsam.«

Oliver läuft ein Schauer den Rücken herunter, doch er lässt sich nichts anmerken.

»Mit dir fange ich an, Tsché«, fährt der Totengräber fort. »Vor seinen Augen. Erst reiße ich dir ...«

»Spar dir das Theater«, fällt Tsché ihm ins Wort. »Du machst überhaupt nichts. Du klebst an einem Stuhl mitten im Nirgendwo, weit weg von deinen Männern. Deine Drohungen machen uns keine Angst.«

»Ich ziehe dir die Nägel einzeln raus, wie seinem Bruder. Der hat vielleicht geschrien. Wie ein Kind, jedes Mal, wenn ich zur Pinzette gegriffen habe.«

»Schnauze«, sagt Tsché, doch ihre Stimme klingt nicht mehr ganz so fest.

»Als ich ihm die Fußsohlen verbrannt habe, hat er ...«

Tsché springt auf. Der Totengräber ist bereits bewusstlos, als Oliver begreift, dass sie ihren Taser benutzt hat.

»Scheiße! Du hast ihm einen Schlag verpasst!«

»Der Typ ist ein Killer. Es wird nichts bringen, mit ihm zu reden. Was bitte ist dein Plan?«

»Als wir auf dem Schrottplatz waren, habe ich auf dem Video der Überwachungskamera gesehen, dass der Totengräber ein Datenimplantat hat, genau wie ich. Ich will ihn die Vergangenheit meines Vaters durchleben lassen.«

Tsché kräuselt die Lippen. »Hm ... Das könnte funktionieren.«

»Ich brauche ein Brett, um seinen Kopf zu fixieren. Sonst könnte er sich den Stecker rausreißen.«

»Wo finden wir hier ein Brett?«

»Da müssen wir nicht lange suchen«, sagt Oliver.

Er nimmt eine der Trophäen von der Wand, den ausgestopften Kopf eines Rehs, der auf ein langes Brett geschraubt ist. Mit der Rückseite klemmt Oliver das Brett zwischen den Nacken des Totengräbers und die Rückenlehne des Stuhls. Das Reh blickt ihnen dumpf entgegen.

Tsché umwickelt das Ganze mit mehreren Schichten Klebeband. Dann dreht sie den herabgesunkenen Schädel des Totengräbers zur Seite und befestigt ihn am Brett. Sie weicht einen Schritt zurück, bewundert ihr Werk und zieht eine Grimasse.

»Nicht schlecht. So ist er gleich weniger verstörend, mit einem Reh auf dem Kopf.«

»Oder auch nicht«, sagt Oliver. »Erinnert mich irgendwie an einen Horrorfilm.«

»Wart mal ab, bis er aufwacht... Der wird ausflippen vor Freude.«

37

»Was habt ihr mit mir gemacht?«, explodiert der Totengräber. Er dreht die Augen in alle Richtungen, um zu sehen, woran sein Kopf fixiert ist.

»Entspann dich«, sagt Oliver.

»Bringt mich um«, knurrt der Totengräber. »Bringt mich sofort um, denn ich schwöre euch, wenn ich hier freikomme, und das werde ich, dann werdet ihr leiden wie nie zuvor ...«

Tschć nähert den Taser seinem Gesicht und verpasst ihm einen leichten Stromstoß. Kurz erhellt ein kleiner blauer Blitz das Zimmer.

»Noch mal?«, fragt sie.

»Was wollt ihr? Ihr habt mich nicht getötet, also wollt ihr anscheinend etwas.«

»So ist es«, sagt Oliver. »Ich werde ganz offen sein. Die Gelegenheit, dich kaltzumachen, hätten wir gehabt. Aber ich möchte, dass du mir sagst, wo mein Bruder ist. Und dass du die Leute aus meinem Bunker in Frieden lässt.«

Der Totengräber lacht. »Ich werde dir unter keinen Umständen sagen, wo dein Bruder ist. Und was die Bewohner deines Bunkers angeht ... Ich bin ein Jäger. Ich stöbere meine Beute auf und rotte sie aus, und das mache ich sehr gut.«

»Und wenn ich dir sage, dass ich weiß, woher die Wut kommt, die dich antreibt? Wenn ich dir sage, Jérôme, Jérôme Sokolov, dass du dich all die Jahre geirrt hast?«

Der Totengräber schnappt nach Luft. Mit einem Mal wirkt er verunsichert. »Niemand kennt meinen Namen. Niemand. Ich habe ihn nie jemandem gesagt.«

»Wir sind uns schon einmal begegnet, Jérôme«, sagt Oliver ruhig. »Vor langer Zeit. Sehr langer Zeit. Du warst etwa zehn, und ich war erst zweieinhalb. Du jagst meinen Vater. Du willst den Mann mit den beiden Kindern finden, dem Nikolaï Sokolov seinen Platz im Bunker überlassen hat, stimmt's? Du willst dich rächen. Ich bin eins der Kinder, das kleinere. Und Marco, der Mann, den du gefoltert hast, ist das andere.«

»DU LÜGST!«

»Warum sollte ich lügen?«

Zum ersten Mal verliert der Totengräber wirklich die Fassung. »Das ist unmöglich. Unmöglich ...«

Sein Blick ist trübe, vielleicht in die Vergangenheit gerichtet? Oliver spürt, dass der Moment gekommen ist. Er geht zum Stuhl und schließt das Datenimplantat seines Vaters an das des Totengräbers an.

»Was machst du da?«

»Du siehst jetzt Erinnerungen, Jérôme. Die Erinnerungen meines Vaters, über das Implantat, das ich nach seinem Tod an mich gebracht habe.«

Der Totengräber starrt ihn fassungslos an.

»Ja, mein Vater ist tot. Dein Feldzug hat keinen Sinn mehr. Und er hatte nie einen Sinn, das wirst du verstehen, wenn du siehst, was ich gesehen habe.«

»Nein! Ich will nicht!«

Oliver startet das Implantat. Jérôme verstummt, ist gezwungen, die Augen zu schließen. Es ist unmöglich, sich zu wehren. Die Erinnerungen sind stärker als die Signale, die seine Netzhaut sendet.

Es funktioniert. Jetzt müssen sie nur noch warten. Und hoffen.

»Komm, Tsché, wir lassen ihn.«

Ohne ein Wort steht Tsché auf und folgt Oliver. Sanft greift sie nach seiner Hand.

38

Die Sonne taucht den Raum in helles Morgenlicht. Bei Tag sind die Jagdtrophäen weniger furchteinflößend. Oliver setzt sich dem Totengräber gegenüber, der mit einem Ruck erwacht. Angespannter Blickwechsel. Oliver sagt nichts. Tsché kommt dazu.

»Lasst mich frei«, sagt der Bunkerjäger.

»So einfach geht das nicht.«

»Das Ding ist durchgebrannt. Es ist hinüber.«

Olivers Herz zieht sich zusammen. Er steht auf und stellt fest, dass der Totengräber nicht gelogen hat. Eine der Leiterplatten ist schwarz. Sie scheint geschmolzen zu sein.

Der Totengräber lacht dumpf. »Ganz schön blöd, was? Der ganze Zirkus war umsonst.«

»Hast du nichts gesehen?«, fragt Oliver.

»Was würde das ändern? Glaubst du, dass ein paar Erinnerungen mich umkrempeln können?«

Oliver mustert den Totengräber. Er hat keine Lust, in diesem Zimmer zu bleiben. Am liebsten würde er mit Tsché so schnell wie möglich von hier verschwinden. Diesen Mann vergessen, der so viel Verzweiflung mit sich herumträgt, so viel Gewalt, so viel Terror. Schon wenn er ihn ansieht, kann Oliver den Tod beinahe riechen.

»Es wäre mir zwar lieber gewesen, ihn mit eigenen Händen zu töten, aber es freut mich doch, dass dein Vater tot ist«, sagt der Totengräber hämisch.

Oliver bleibt ruhig. Er rückt seinen Stuhl näher an den des Gefangenen. Sie sitzen beinahe Stirn an Stirn.

»Hast du den ganzen Inhalt des Implantats gesehen?«

»Vielleicht.«

»Mein Vater hat dich nicht verraten. Die Soldaten sind gekommen. Du wurdest gefangen genommen. Was hätte er tun sollen, mit zwei kleinen Kindern auf dem Arm?«

Der Totengräber antwortet nicht.

»Dein ganzes Leben ist auf ein Ereignis gegründet, das nicht so war, wie du es mit deinen Kinderaugen gesehen hast«, fährt Oliver eindringlich fort. »Deine Wut, deine Gewalt... Du hast dein Leben auf eine Lüge gebaut.«

»Hör auf, ich flenne gleich... Wenn du glaubst, dass du mich so dazu bringst, dir zu sagen, wo dein Bruder ist, dann...«

Oliver steht auf und holt eine Schere.

»Okay. Ich sehe, dass wir am Ende doch alle gleich

sind«, sagt der Totengräber. »Die sanfte Tour funktioniert nicht, also geht's zur nächsten Stufe. Ich warne dich, ich kann Schmerzen sehr gut aushalten.«

»Warum hast du dir Ézéchiel ausgedacht?«, fragt Oliver.

Der Totengräber ist überrascht. »Warum willst du das wissen?«

»Nur so. Es ist nur eine Frage.«

Der Totengräber lächelt kalt. »Die Bunkerjäger sind eine jämmerliche Bande. Mir ist klar geworden, dass ich, um mir einen Namen zu machen, hart durchgreifen musste. Die Maske, die extreme Gewalt, die eiserne Disziplin in meiner Truppe ... Bald kannte mich jeder. Und hinter der Maske bin ich älter geworden. Irgendwann war da nur noch die Gewalt, brutal, unpersönlich. Aus der Gewalt entstand die Angst, der Mythos des Totengräbers ... Aber das war nicht genug. Oft weigerten sich die Maulwürfe trotzdem zu sprechen. Ich habe begriffen, dass manchmal ein anderer Weg besser funktioniert.«

»Also hast du Ézéchiel erschaffen«, sagt Tsché. »Wer fürchtet sich schon vor einem einfachen Gemüt? Wenn du über dein Netzwerk von einem Maulwurf gehört hast, musstest du nur ein Mittel finden, dich ihm zu nähern. Dann bist du unauffällig in seiner Nähe geblieben, bis du etwas gehört hast.«

»So ist es. Es ist unglaublich, welches Verlangen die Menschen haben, sich jemandem anzuvertrauen«, bestätigt der Totengräber. »Man sollte doch meinen, dass sie ihre Geheimnisse niemandem verraten. Aber das stimmt nicht. Je mehr ein Geheiminis uns bedrückt, desto mehr sprechen wir darüber. Die menschliche Seele ist schwach. Ézéchiel war da, um diese Schwäche auszunutzen.«

Während der Totengräber spricht, löst Oliver das Klebeband von seiner Stirn. Dann nimmt er das Brett mit dem Reh weg. Der Totengräber dreht vorsichtig den Kopf und dehnt ihn, um die steifen Wirbel zu lockern.

»Die Technik kenne ich. Ein bisschen Freundlichkeit vor dem Schmerz. Dann wechselt man von einem zum anderen, bis der Gefolterte weich wird.«

»Ich foltere nicht«, sagt Oliver. »Ich befreie dich. Im Gegenzug verlange ich von dir, dass du meinen Bruder freilässt.«

»Leben gegen Leben?«

»Ja.«

Der Totengräber zögert. »Dein Bruder lebt. Aber er ist nicht mehr in meiner Gewalt. Wir haben nichts aus ihm rausgekriegt, die Details erspare ich dir. Wir haben ihn in den Stadtstaat Caen geschickt, damit sie dort mit wissenschaftlichen Methoden die Informationen aus ihm rausholen. Kurz gesagt, sie klauen ihm sein Gedächtnis und übertragen es auf einen Datenträger. Manchmal klappt es, aber nicht immer, und das Gehirn wird dabei zwangsläufig beschädigt.«

»Danke für deine Offenheit«, sagt Oliver mit zitternder Stimme, während er das Klebeband an Jérômes Handgelenken aufschneidet.

»Was machst du da?«, fragt Tsché, die sich bisher zurückgehalten hat. »Warte mal kurz. Wir müssen reden.«

»Nein, Tsché. Ich habe mein Entscheidung getroffen.«

Tschés Blick springt zwischen Oliver und ihrem Gefangenen hin und her. Verständnislosigkeit, Angst und Wut wechseln sich in ihren Augen ab. Ungläubig schaut der Totengräber zu, wie Oliver einen Klebestreifen nach dem anderen zerschneidet.

»Ich habe dir geholfen, die Wahrheit zu sehen«, sagt Oliver. »Ich weiß, dass du dich nicht ändern wirst. Es ist zu spät. Wir lassen dich jetzt gehen. Wir geben dir Wasser, das für den Weg bis zur nächsten Siedlung reicht. Dann gehen wir zu meinem Bunker und warnen die Bewohner. Sie haben Soldaten. Wasserkrieger. Sie sind gut trainiert, organisiert und bewaffnet. Du und deine Männer werdet einen hohen Preis zahlen müssen, wenn ihr den Bunker einnehmen wollt.«

Die letzten Fesseln fallen zu Boden. Der Totengräber steht auf.

Tsché hält ihren Taser auf ihn gerichtet. Sie umklammert ihn so fest, dass ihre Knöchel ganz weiß werden.

»Du bist echt ein komischer Typ«, sagt der Toten-

DER SCHROTTPLATZ

gräber zu Oliver. Er schüttelt langsam den Kopf, bevor er weiterspricht. »Ich weiß nicht, was mich dazu bringt«, sagt er, »aber ich werde mir deinen Bunker nicht vornehmen. Warn sie ruhig, aber du hast mein Wort, dass ich sie nicht angreife.«

Tsché stößt ein schrilles Lachen aus. »Glaubst du wirklich, dass wir darauf etwas geben?«, fragt sie.

»Tsché ...«, sagt Oliver.

»Lass sie, sie hat recht«, erwidert der Totengräber. »Ich habe mein Wort oft genug gebrochen.«

39

Jérôme.

Es ist lange her, dass ihn jemand so genannt hat.

Der Totengräber wirft einen letzten Blick auf das Haus. Er hat nicht die geringste Ahnung, wo er sich befindet. Nach dem Unfall war er bewusstlos. Er kann unmöglich abschätzen, wie lange er im Kofferraum lag. Seine Gedanken bewegen sich schnell, und sein Überlebensinstinkt erwacht. Er ist unbewaffnet inmitten eines Walds aus vertrockneten Bäumen. In der Innentasche seiner Jacke bildet seine Maske eine kleine Beule. Er zieht sie hervor und betrachtet sie. Wer würde es wagen, den Totengräber anzugreifen? Er zieht sich die Maske über das Gesicht. Jetzt fühlt er sich besser. Stark, beinahe unbesiegbar.

Zügig folgt er der Straße, die sich vor ihm dahinschlängelt. Er sollte seine Männer über das Funkgerät kontaktieren, das er in seinem Implantat hat. Es ist dann nur eine Frage von Minuten, schlimmstenfalls Stunden, bis sie ihn aus dieser Hölle holen kommen.

DER SCHROTTPLATZ

Beim Gehen kann er nicht anders, als darüber nachzudenken, was gerade passiert ist. Und über sein Versprechen. Ein solches Versprechen sieht ihm gar nicht ähnlich. Er wird weich. Er weiß, dass das ein Fehler ist. Er wird aufpassen müssen, dass so was nicht noch mal vorkommt. Trotzdem bereut er es nicht. Irgendwie mag er Oliver und Tsché sogar ganz gerne. Das Wasser in den Flaschen, die sie ihm überlassen haben, plätschert in seinem Rucksack im Takt seiner Schritte.

Nach mehreren Hundert Metern hört er plötzlich etwas, ein Weinen. Instinktiv tastet er nach seinen Pistolen. Natürlich sind die Holster an den Oberschenkeln leer. Vorsichtig folgt er dem Geräusch. Es scheint aus dem Wald zu kommen, oder was davon noch übrig ist. Das tote Geäst bildet eine halb durchlässige Barriere. Vor ihm erhebt sich ein kleiner Hügel. Er zögert. Hier draußen kann einem alles passieren.

Von Neugier getrieben beschließt er, sich einen Weg durch das kahle Gehölz zu bahnen. Er kommt nur mühsam voran, kratzt sich die Arme auf. Wieder hört er das Weinen, diesmal näher. Er erreicht die Hügelkuppe. Weiter unten zeichnet sich eine bunte Gestalt vor dem grauen Hintergrund ab. Sie sieht aus wie ein Kind. Misstrauisch blickt er sich um. Ist das eine Falle? Unvorsichtige Wanderer mit einem weinenden Kind anzulocken, ist ein Klassiker.

Minutenlang sucht der Totengräber die Umgebung

ab. Von seinem erhöhten Posten hat er eine gute Aussicht. Er hält nach auffälligen Astkonstruktionen oder Fallen im Boden Ausschau, doch er findet nichts. Wenn sich hier jemand versteckt hält, dann äußerst geschickt. Mit größter Vorsicht nähert er sich dem Kind. Je näher er kommt, desto sicherer ist er, dass das herzerweichende Klagen nicht gespielt ist.

Es ist ein Junge, ungefähr zehn Jahre alt. Er liegt auf dem Boden. Sein rechter Knöchel steckt in einer Wolfsfalle, das Bein ist verletzt, seine Haut aschfahl. Der Kleine schaut auf. Augenblicklich weicht die Hoffnung in seinem Blick einer panischen Angst.

Die Maske! Er hat mich erkannt, denkt der Totengräber.

»He, keine Angst, Kleiner, ich helfe dir.«

»Lassen Sie mich. Gehen Sie weg!«, weint der Junge.

Er versucht, zurückzuweichen. Die Kette der Falle spannt sich. Er schreit vor Schmerz auf.

»Lass das! Sei nicht blöd. Ich habe gesagt, ich helfe dir.«

»Kommen Sie nicht näher!«

»Okay, ich bleibe, wo ich bin. Wie bist du hergekommen?«

Der Junge schweigt.

»Na schön, wenn du hier verrecken willst, ist das deine Entscheidung.«

Der Totengräber dreht sich um und will den Hügel wieder hinaufsteigen.

»Warten Sie, bitte ... lassen Sie mich nicht allein.«
Der Totengräber bleibt stehen und dreht sich um.
»Ich habe Mäuse gejagt«, stammelt der Junge. »Die leben hier. Sie ernähren sich von den Flechten, die auf den toten Bäumen wachsen. Aber da sind auch Fallen, mit denen wilde Hunde gefangen werden. Eigentlich passe ich immer auf, aber diese war zu gut versteckt.«
»Das wird wehtun«, sagt der Totengräber und legt die Hände an die Falle.
Der Junge nickt.
So sanft er kann, befreit der Totengräber den verletzten Knöchel.
Der Junge weicht stöhnend zurück, versucht auf die Beine zu kommen, verzieht das Gesicht.
»Warte! Ich trage dich zur Straße. Wohnst du weit von hier? Soll ich ...«
Ohne ihn ausreden zu lassen, humpelt der Junge zwischen die Bäume. Mehrmals stolpert er, rappelt sich wieder auf, hinkt eilig weiter.
Der Totengräber blickt ihm nach, ohne den Versuch zu machen, ihm zu folgen. Reglos bleibt er stehen, bis der Wald den Jungen verschluckt hat. Wäre nicht die blutige Falle vor ihm, könnte er glauben, das Kind habe nie existiert.
In diesem Moment möchte er einfach nur Jérôme sein.
Er nimmt die Maske ab und starrt sie lange an.

Als er sich wieder in Bewegung setzt, kann er nicht sagen, wie viel Zeit vergangen ist. Er stopft die Maske in die Innentasche seiner Jacke und verlässt den Wald. Auf der Straße schlägt er den Weg zum Forsthaus ein. Er läuft schneller.

Das Haus kommt in Sicht, und er stößt einen Seufzer der Erleichterung aus. Das Auto ist noch da. Tsché und Oliver wollen gerade einsteigen.

Als sie ihn sieht, zieht Tsché sofort ihren Taser aus der Tasche. Oliver mustert ihn mit zusammengekniffenen Augen.

»Vielleicht haben wir noch Zeit, um deinen Bruder zu retten«, sagt der Totengräber.

Tsché durchbohrt ihn mit ihren Blicken. »Hör nicht auf ihn«, sagt sie zu Oliver. »Das ist ein Trick.«

»Der Stadtstaat. Ich weiß, wie man reinkommt.«

»Das ist unmöglich«, sagt Tsché.

»Für euch schon«, sagt der Totengräber. »Für mich nicht.«

»Warum nicht?«

»Ich habe einen Passierschein. Ich kann kommen und gehen, wie es mir gefällt.«

»Was soll das heißen?«, fragt Oliver. »Willst du uns jetzt doch helfen?«

»Ja.«

»Auf keinen Fall! Ich vertraue ihm nicht«, explodiert Tsché.

»Ich fürchte nur, es wird euch nichts anderes übrig

bleiben«, sagt der Totengräber geheimnisvoll. »Wenn ihr wirklich eine Chance haben wollt, noch rechtzeitig zu kommen, dann lasst uns sofort losfahren.«

40

Tsché konzentriert sich aufs Fahren. Auf dem Weg nach Caen stehen überall ausgebrannte Autowracks herum, die seit Jahren hier verrosten und nur von der Fahrbahn geschoben wurden, um den Weg frei zu machen. Oliver mustert sie nachdenklich. Wie lange werden sie da noch stehen? Wie lange wird es dauern, bis sie im Wüstensand versinken?

Oliver seufzt. Er versucht, sich die zauberhafte Landschaft ins Gedächtnis zu rufen, die er in Filmen gesehen hat. Wie konnte sich Frankreich innerhalb kürzester Zeit so verändern? Um auf andere Gedanken zu kommen, betrachtet er Tsché. Sie ist so schön. Und so still. Seit ihrem Aufbruch vom Blockhaus hat sie den Mund nicht mehr geöffnet. Sie ist wütend, das ist klar.

Er wirft einen Blick in den Rückspiegel. Der Totengräber liegt auf der Rückbank und schläft. Kein Wunder, wenn er die ganze Nacht mit Lucas' Erinnerungen verbracht hat.

»Es tut mir leid«, flüstert Oliver.

»Was?«, fragt Tsché. »Dass du mir nicht gesagt hast, was du vorhast? Dass du mich in deinen verrückten Plan reingezogen hast? Oder dass du dem größten Psychopathen des Landes unser Leben anvertraut hast?«

»Ich habe keine andere Lösung gesehen.«

»Bist du sicher, dass er schläft?«

Oliver dreht sich um. »Ja. Er schnarcht.«

»Ich bleibe dabei, dass eine Kugel in seinem Kopf die beste Garantie dafür wäre, nicht von ihm abgeschlachtet zu werden.«

»Ich würde nie damit leben können, wenn ich nicht alles versucht hätte, um Marco zu finden.«

Tsché seufzt. »Ich verstehe ja, dass du deinen Bruder retten willst. Aber das hier ist Wahnsinn.«

»Es könnte klappen...«

»Den Totengräber mitnehmen, ihm unser Leben anvertrauen, in einen Stadtstaat einreisen, deinen Bruder finden, ihn aus der Stadt rausbringen... Das könnte vor allem bei jeder einzelnen Etappe in die Hose gehen, vielleicht schon bei der ersten! Hast du schon mal daran gedacht, dass der Totengräber uns vielleicht einfach nur hinhält, damit du nicht die Wasserkrieger warnen kannst?«

»Das Risiko muss ich eingehen.«

Tsché schnaubt genervt. »Manchmal frage ich mich wirklich, ob du noch richtig tickst, Oliver. Das stinkt doch nach einer Falle! Er wird uns bei der ersten Gelegenheit abmurksen, und dann wird er deinen Bunker hochgehen lassen.«

»Und warum hat er es dann nicht längst getan?«, gibt Oliver zurück.

»Gute Frage«, ertönt die Stimme des Totengräbers. Er richtet sich schnaufend auf und beugt sich zu Tsché, die sich versteift.

»Komm mir bloß nicht zu nahe«, fährt sie ihn an.

Der Totengräber lächelt nur. »Wir sind bald da«, sagt er.

Drei Augenpaare richten sich auf die riesige Erhebung, die vor ihnen in der Ferne auftaucht.

Dreißig Meter hohe Mauern umgeben die ehemalige Innenstadt von Caen. Die Vororte, die Gewerbegebiete, alles, was sich außerhalb der Mauer befindet, wirkt verlassen. Wäre da nicht diese gigantische Mauer, könnte man denken, dass die Stadt eine Ruine ist wie alle anderen auch.

»Wir haben Gesellschaft«, sagt der Totengräber und zeigt auf eine Drohne, die auf sie zuschwebt. »Zeit, mein Kostüm anzuziehen.«

Oliver schaudert. Er reicht dem Totengräber seine Maske und die Waffen.

»Anhalten«, sagt der, als er die Maske übergezogen hat.

Tsché zögert.

»Wenn du nicht willst, dass sie uns mit ihrer Drohne in die Luft jagen, halt den Wagen an!«

Tsché bremst. Das Auto bleibt stehen, und der Totengräber steigt aus. Die Drohne kommt näher und verharrt vor dem Fahrzeug in der Luft. Bald kommt eine zweite Drohne dazu, dann eine dritte.

»Ich habe ein Angebot für Admiral Decker«, sagt der Totengräber in Richtung der Drohnen. »Nette Karre, was?«

»Diese Lieferung wurde nicht angekündigt«, erwidert eine blecherne Stimme.

»Mag der Admiral etwa keine Überraschungen? Hat er den Maulwurf bekommen, den ich ihm geschickt habe?«

»Diese Information ist nicht freigegeben. Ich kann Ihre Frage leider nicht beantworten.«

»Okay, okay, die Regeln, ich verstehe. Kann ich mit meinen Leuten reinkommen? Oder soll ich den Wagen zurückbringen? Dann müssen Sie dem Admiral aber erklären, warum ihm das interessanteste Auto der nördlichen Stadtstaaten durch die Lappen gegangen ist. Ich bin sicher, dass sich die Regenten von Nordparis oder Lille über das Angebot freuen werden...«

Einige Sekunden später ertönt die Antwort: »Sie erhalten eine Einreisegenehmigung. Der Admiral wird informiert, dass Sie da sind und ihm ein Auto verkaufen wollen.«

»Doch kein Auto, ein Schmuckstück! Das sagst du ihm, ja?«

»Positiv.«

Der Totengräber formt Daumen und Zeigefinger zu einer Pistole und tut so, als würde er die Drohne abschießen. Dann steigt er wieder ins Auto.

»Das hätten wir«, sagt er. »Ist doch reibungslos gelaufen.«

»Ich hoffe, du weißt, was du tust«, murmelt Tsché.

Sie zündet den Motor und fährt weiter, dicht gefolgt von den fliegenden Wachhunden.

Je näher sie der Mauer kommen, desto deutlicher werden ihre unfassbaren Ausmaße. Oliver hat den Eindruck, sich vor einem gigantischen Gefängnis zu befinden, und er fragt sich zum x-ten Mal, ob er dabei ist, den größten Fehler seines Lebens zu begehen. Die Straße führt direkt auf ein gewaltiges Tor zu. Riesige Hydraulikgelenke setzen sich in Bewegung und schieben beinahe geräuschlos die tonnenschweren Metalltüren auf.

Tsché lenkt den Wagen hindurch. Maschinengewehre richten sich auf sie, sobald sie in der Stadt sind, und folgen ihrem Weg. Tsché traut sich kaum, den Kopf zu wenden und sich umzusehen.

Es ist unglaublich. Sie sind tatsächlich in einem Stadtstaat.

5
DER STADTSTAAT

41

Zwei schwer bewaffnete Wachen steigen in ein Auto und signalisieren mit Handzeichen, dass sie ihnen folgen sollen.

Oliver schaut sich mit großen Augen um. Er hat das Gefühl, durch ein Zaubertor in eine andere Dimension geraten zu sein, in einen der Filme, die er so gerne geschaut hat, wenn er die Enge des Bunkers nicht mehr ertragen hat.

»Willkommen in der Vergangenheit«, sagt der Totengräber, als könnte er seine Gedanken lesen.

Sanierte Häuser, so weit das Auge reicht. Unten in den Gebäuden sind kleine Geschäfte, Supermärkte voller Lebensmittel und Waren. In jeder Straße, jeder Gasse lange Reihen kleiner Elektrofahrzeuge. Die Leute gehen ihrem Alltag nach, anscheinend ohne einen Gedanken daran zu verschwenden, dass diese Art zu leben außerhalb der Mauer nicht mehr existiert.

Viele Köpfe drehen sich nach dem Aston Martin

um. Das heisere Knattern seines Auspuffs ist nicht zu überhören.

»Wir sind eine Sensation«, bemerkt Tsché.

»Umso besser«, erwidert der Totengräber. »Wer würde bei dem Krach vermuten, dass wir eine Entführung planen?«

Oliver kann den Blick kaum von den großen Werbetafeln lösen, über die ständig neue Bilder flackern und ihm völlig unbekannte Marken anpreisen, oder kommende Veranstaltungen ankündigen.

»Hier gibt es noch Theater?«

»Ja«, sagt der Totengräber. »Theater, Kino ... In Caen leben fast hunderttausend Menschen. Und sie handeln mit den anderen Stadtstaaten.«

»Wie erzeugen sie Energie?«, fragt Tsché.

»Jeder Stadtstaat hat seine kleinen Geheimnisse«, erklärt der Totengräber. »Manche von ihnen sind um ein bereits bestehendes Atomkraftwerk gebaut worden, andere haben ein Wasserkraftwerk ... Hier werden angeblich drei Reaktoren von Atom-U-Booten genutzt, die vor dem Großen Kollaps gerade zur Wartung in der Werft lagen.«

»Gibt es viele Orte wie diesen?«, fragt Oliver.

»In Frankreich etwa zwanzig. Jedes Jahr werden es ein oder zwei weniger. Sie bekriegen sich gegenseitig. Nicht alle können sich halten.«

»Krieg ... Hm. Und was ist mit den anderen Ländern?«

»Die Grenzen sind dicht. Aber soweit ich weiß, geht's denen auch nicht besser. Die Transcholera-Epidemie hat sich in der ganzen Welt ausgebreitet. Über die Luftströme.«

Oliver bestaunt das Schauspiel der Straße, die lebt, als hätte der Große Kollaps nie stattgefunden. Der Kontrast zur Außenwelt ist so stark, dass es ihm schwerfällt zu glauben, was er sieht. Er hätte schwören können, dass ein solches Leben nicht mehr möglich ist.

»Und wenn es keine Stadtstaaten mehr gibt, die man plündern oder unterwerfen kann?«, fragt er.

Der Totengräber zuckt mit den Schultern. »Dann nehmen sie sich die kleineren Städte vor, Gemeinden wie die Graue Stadt oder die Tiefen Türme.«

»Das ist doch verrückt«, murmelt Oliver. »Fast die ganze Menschheit ist ausgelöscht, und den Überlebenden fällt nichts Besseres ein, als sich weiter abzumurksen.«

»Das ist die menschliche Natur, du wirst sie nicht ändern«, sagt der Totengräber. »Wir sind ein Virus. Wir nehmen uns, was wir brauchen, selbst wenn wir damit unsere Umwelt zerstören.«

Oliver findet keine Antwort.

Das Auto fährt weiter durch die Straßen und bleibt schließlich vor einem strahlend weißen Gebäude mit einer markanten Architektur stehen, das die Sonnenstrahlen wie ein Diamant mit tausend Facetten spiegelt.

»Das Allerheiligste«, bemerkt der Totengräber. »Die Regierungszentrale der Stadt, das Hauptquartier. Die Stadt wird vom Militär kontrolliert. Jetzt wird es ernst.«

42

Sie steigen aus. Vor dem Gebäude stehen weitere Wachen. Sie tragen dieselbe Uniform wie die Wachposten am Stadttor. Eine Art weißer Anzug mit dunklen Flecken, der an das Fell eines Schneeleoparden erinnert. Über den Schultern tragen sie Impulsgewehre. Die Art Waffe, die der Totengräber bei seinem Angriff in den Tiefen Türmen benutzt hat. Bei der Erinnerung daran läuft es Oliver kalt den Rücken hinunter. Er mustert den Totengräber von der Seite, während er auf das Gebäude zugeht. Was, wenn Tsché recht hat? Wenn der Totengräber sie wieder einmal an der Nase herumführt? Oliver bemüht sich, die düsteren Gedanken zu vertreiben. Jetzt ist es sowieso zu spät. Sie haben keine Wahl mehr. Auf ein Zeichen der Wachen, die vor dem Eingang stehen, treten sie in eine große Halle mit makellosen Marmorfliesen. Deckenfluter tauchen den Raum in strahlendes Licht, das in scharfem Kontrast zu den bedrohlichen Wachen steht.

»Verzeihen Sie, Herr Totengräber«, sagt eine der Wachen.

Der Totengräber dreht sich um. Er überragt den Soldaten um gut einen Kopf.

Der Wachmann duckt sich unwillkürlich. Trotz seines Maschinengewehrs wirkt er wie die Maus vor der Schlange. »Ihre Waffen«, sagt er kleinlaut. »Sie kennen die Vorschrift. Wir dürfen Sie nur zum Kommandanten bringen, wenn Sie uns Ihre Waffen geben.«

Mehrere Sekunden lang reagiert der Totengräber nicht. Die Zeit steht still. Die Wachen halten die Luft an, schließen die Finger fester um ihre Gewehre.

Was hat er vor?, denkt Oliver, der spürt, wie die Spannung steigt.

Endlich zieht der Totengräber wortlos seine Revolver aus den Holstern und reicht sie den Wachen.

Die Gewehrläufe werden gesenkt, die Lungen füllen sich wieder mit Luft. Der kritische Moment ist vorbei. Doch er hat Oliver gezeigt, dass sogar diese abgehärteten Soldaten eine Heidenangst vor dem Totengräber haben, und das ist alles andere als beruhigend.

»Und Ihre Freunde?«, fragt der Wachmann zögernd.

»Ich habe nur das hier«, sagt Tsché und holt ihren Taser heraus.

Der Wachmann lässt ihn in dem Beutel verschwinden, in dem auch die Revolver sind, bevor er alle drei gründlich abtastet.

»Hier entlang«, sagt er dann. »Aber Sie kennen ja den Weg.«

Fünf Soldaten eskortieren sie zu einem Büro. Das Türschild verrät, dass es das Büro des Kommandanten ist.

Drei kurze Schläge an die Tür.

»Herein.«

Sie treten ins Zimmer. Es ist so weitläufig wie der Rest des Gebäudes. Ein Schreibtisch, ein Computer, ein modernes Gemälde an der Wand, die ebenfalls strahlend weiß ist, genau wie die Orchidee, die ihre eleganten Blüten über ein Regal streckt. *Das ist ja wie in einer Klinik für Reiche,* denkt Oliver. *Wie im Film.*

»Willkommen, mein Freund«, sagt der Kommandant. »Ich hatte heute nicht mit Ihnen gerechnet.«

»Die Gelegenheit war günstig«, erwidert der Totengräber.

»Mir wurde Ihre Ankunft in einem außergewöhnlichen Fahrzeug gemeldet.«

»So ist es. Ich habe gedacht, dass es Admiral Decker gefallen könnte. Für seine Sammlung.«

»Da haben Sie richtig gedacht. Ich habe ihm die Aufnahmen der Drohnen zukommen lassen. Er hat mir sofort geantwortet und sein Interesse bekundet. Er ist bereit, eine ansehnliche Summe dafür zu zahlen, innerhalb vernünftiger Maßstäbe, versteht sich.«

»Ausgezeichnet. Ich brauche Munition und Waffen.

Vier Kisten Munition, zwei Kisten Impulsgewehre und tausend Überlebensrationen.«

»Sie sind maßlos. Es ist doch nur ein Auto.«

»Es ist das Auto von James Bond!«

Der Kommandant lacht. »Das war eine andere Zeit.«

»Was den Wagen nur noch außergewöhnlicher macht.«

»Drei Kisten Munition, eine Kiste Gewehre. Die Rationen gehen in Ordnung.«

»Abgemacht«, sagt der Totengräber, bevor er in die Hand des Kommandanten einschlägt.

»Es ist immer ein Vergnügen, mit Ihnen Geschäfte zu machen. Der Admiral hat noch einen Vorschlag.«

»Ach ja?«

»Das Mädchen.«

»Welches Mädchen?«

»Na, sie da... die Fahrerin«, präzisiert der Kommandant und zeigt auf Tsché. »Deshalb haben Sie sie doch sicher mitgebracht? Was wollen Sie für sie? Der Admiral hätte sie auch gerne für seine Sammlung.«

Tsché springt auf. »Sagen Sie Ihrem Admiral, dass ich nicht käuflich bin, Sie mieser ...«

»Schluss!«, unterbricht der Totengräber sie heftig. »Setz dich hin und halt den Mund!«

Tsché verzieht das Gesicht. Sie zögert. Schließlich setzt sie sich mit zusammengebissenen Zähnen.

»Ein kleines Raubtier. Die müsste wohl erst mal gebändigt werden«, sagt der Kommandant.

Der Totengräber dreht sich zu ihm. »Sie ist nicht zu verkaufen. Meine beiden Mitarbeiter hier sind vielversprechende junge Bunkerjäger. Und keine Sorge, im Bändigen bin ich ausgezeichnet.«

Der Kommandant grinst anzüglich. »Jedenfalls wird Ihnen mit ihr bestimmt nicht langweilig«, sagt er und zieht Tsché förmlich mit den Augen aus.

»Gibt es was Neues von dem Maulwurf, den ich Ihnen gebracht habe?«, fragt der Totengräber. »Hat es mit der Datenentnahme geklappt?«

Widerwillig löst der Kommandant den Blick von Tsché. »Eine Sekunde«, sagt er und lässt die Finger über die Tastatur seines Computers hüpfen. »Ah ja ... die Datenentnahme ist für 17 Uhr geplant. Er wurde noch nicht aufgeschnippelt. Wir haben also noch nichts. Aber wenn wir etwas finden, gehört der Bunker Ihnen, wie vereinbart.«

»Das will ich hoffen. Besteht die Möglichkeit, ihn vor der Operation noch mal zu sehen?«

»Warum?«

»Es ist schon eine Weile her, dass ich meinen letzten Bunker hochgenommen habe. Sie glauben ja gar nicht, wie sehr mir das fehlt. Wir wissen beide, dass die Datenentnahme riskant ist und die Ergebnisse nicht selten unbrauchbar sind. Ich würde gerne ein letztes Mal mein Glück bei ihm versuchen. Nach dem, was ich mit ihm angestellt habe, müsste er eigentlich hoffen, mich nie wiederzusehen ...«

Oliver zuckt zusammen.

Der Totengräber lächelt kühl. »Vielleicht löst ihm die Angst die Zunge ... Und wenn nicht, dann reiße ich sie ihm raus.«

»Ich bewundere Ihre Selbstlosigkeit«, erwidert der Kommandant sarkastisch. »Und Ihre Kaltblütigkeit. Ich gestehe, dass ich froh bin, Sie auf unserer Seite zu wissen.«

»Also, was sagen Sie?«

»Sie haben natürlich meine Genehmigung. Aber unter einer Bedingung.«

»Und die wäre?«

Der Kommandant reibt sich die Hände. »Ich möchte bei dem Verhör dabei sein. Die Datenentnahme unter Vollnarkose hat keinen Charme. Und ich habe gehört, dass Sie ein Meister der Verhörkunst sind.«

Der Totengräber neigt amüsiert den Kopf. »Es ist mir ein Vergnügen, Sie daran teilhaben zu lassen, Kommandant. Vielleicht können Sie mir sogar etwas zur Hand gehen? Meine beiden Lehrlinge sollen auch dabei sein, wenn Sie nichts dagegen haben.«

Der Kommandant zuckt mit den Schultern und erhebt sich mühsam von seinem Stuhl, ein schadenfrohes Lächeln auf den Lippen. Sein massiger Bauch zeugt von einem Überfluss an Nahrung, den weder Tsché noch Oliver je kennengelernt haben.

»Wollen wir?«, fragt der Kommandant.

43

In dem sterilen Gang, der zu Marcos Zelle führt, gehen Tsché und Oliver dicht nebeneinander her.

»Dem stopfe ich noch seine Orchidee ins Maul, diesem fetten Schwein, und den Topf gleich mit!«, knurrt Tsché.

»Ich verstehe dich ja«, flüstert Oliver. »Aber jetzt reiß dich zusammen.«

Tsché nickt und konzentriert sich auf ihre Mission.

Umringt von vier bewaffneten Soldaten setzen sie ihren Weg durch ein Labyrinth aus Gängen und Treppen fort, bis sie schließlich vor einer gepanzerten Tür anhalten. Der Kommandant tritt näher und stellt sich vor einen Netzhautscanner. Ein Piepton signalisiert, dass die elektronische Identifikation erfolgreich war. Die Tür öffnet sich. Dahinter befindet sich ein Raum mit mehreren Zellen aus Plexiglas. Alle sind belegt. Olivers Augen springen von einer zur anderen. Bei der vierten bleiben sie hängen.

Marco ist kaum wiederzuerkennen. Er ist abgemagert, schmutzig und von blauen Flecken übersät. Oliver kann die Wut, die in ihm aufsteigt, kaum noch kontrollieren. Das alles geht auf das Konto des Mannes, der zwei Meter vor ihm steht. Am liebsten würde er einem der Soldaten das Gewehr entreißen und dem Totengräber die gesamte Munition in den Bauch jagen. Tsché hatte recht. Dieser Mann ist der Teufel. Oliver beherrscht sich und richtet seine Aufmerksamkeit wieder auf seinen Bruder. Marco liegt auf einer harten Pritsche. Er hat sich bei ihrer Ankunft nicht gerührt. Das verheißt nichts Gutes. Tschés Blick verrät ihm, dass auch sie sich Sorgen macht.

»Ich brauche meine Revolver«, sagt der Totengräber leise zum Kommandant und sieht dabei den jungen Soldaten an, der seine Waffen konfisziert hat.

»Nur die Wachsoldaten sind berechtigt, im Hauptquartier Waffen zu tragen«, erwidert der Kommandant.

»Glauben Sie wirklich, dass der Junge mich ernst nimmt, wenn ich ihm unbewaffnet, dafür mit vier Kindermädchen gegenübertrete?«, entgegnet der Totengräber.

Der Kommandant scheint zu überlegen, doch der Totengräber lässt ihm keine Zeit. »Gut, wie Sie wollen. Wenn ich ihn nicht verhören soll, ist das Ihre Entscheidung. Dann schicken Sie Ihn eben zur Datenentnahme.«

»Nein, nein, ist ja gut«, lenkt der Kommandant ein.

»Jede Regel erfordert gewisse Ausnahmen. Soldat, geben Sie die Waffen heraus.«

Der Soldat zögert.

»Wollen Sie etwa meinen Befehl infrage stellen?«,

»Nein, mein Kommandant. Natürlich nicht.«

Der Soldat reicht dem Totengräber seine beiden Revolver, die er mit einem zufriedenen Grunzen in ihre Holster gleiten lässt. *Der Typ ist echt wahnsinnig,* denkt Oliver. Tsché bekommt ihren Taser zurück.

»Bringen Sie den Gefangenen ins Entnahmezimmer«, befiehlt der Kommandant.

Die vier Soldaten kommen dem Befehl nach. Sie öffnen Marcos Zelle, fordern ihn auf, sich zu erheben. Marco setzt sich mühsam auf, mustert sie mit einem Auge. Das andere ist geschwollen; er kann es nicht öffnen. Sein ganzes Gesicht ist von Blutergüssen bedeckt und so verquollen, dass Oliver ihn kaum erkennt. Ihm wird schlecht, und er schluckt mühsam. Sein Mund ist trocken. Sein Zorn ist beinahe übermächtig. Marco verharrt schwer atmend auf der Kante.

Einer der Soldaten versetzt ihm einen Tritt in den Magen.

»Bist du taub, Maulwurf?«, herrscht er ihn an. »Aufstehen, hab ich gesagt.«

Marco geht auf alle viere, dann stellt er einen Fuß auf und stemmt sich mühsam hoch, als koste es ihn übermenschliche Kräfte. Er verzieht vor Schmerz das Gesicht. Endlich ist er auf den Beinen, aber er schwankt. Zwei Soldaten nehmen ihn an den Armen und führen ihn zur Tür.

Zurück durch den Gang. Einmal nach links, zweimal nach rechts, eine Treppe runter... Oliver versucht, sich den Weg zu merken, aber hier sieht alles gleich aus. Sie bleiben stehen. Ein weiterer Raum. Ein weiterer Netzhautscanner.

Der Kommandant dreht sich zu den Wachen. »Schnallen Sie ihn fest und lassen Sie uns allein«, befiehlt er.

Marco wird auf einen großen Stuhl gesetzt, seine Hände und Füße werden mit Ledergurten fixiert. Die Wachen postieren sich vor dem Raum und lassen den Kommandanten und seine Gäste hinein.

»Sollte einer von euch auf die Idee kommen, irgendetwas über diese kleine Unterredung auszuplaudern, dann werde ich persönlich dafür sorgen, dass seine ganze Familie noch am selben Tag vor den Mauern unserer schönen Stadt landet. Habe ich mich klar ausgedrückt?«

»Ja, Herr Kommandant!«, erwidern die Soldaten einstimmig.

»Wir wollen unter keinen Umständen gestört werden!«

Tsché betritt den Raum als Erste. Der Kommandant folgt ihr, viel zu dicht, für Olivers Geschmack, der dem Totengräber den Vortritt lässt. Seit Marco aus der

Zelle geholt wurde, fürchtet er den Moment, in dem sich ihre Blicke begegnen, was in wenigen Sekunden geschehen muss... Bisher ist es ihm gelungen, sich hinter seinem Bruder zu halten, aber in dem kleinen Entnahmezimmer, wie der Kommandant es genannt hat, wird das schwierig.

Als die Tür zu ist, lässt der Kommandant sein Raubtierlächeln aufblitzen. Er erinnert an eine Bestie, die sich bereit macht, ihre Beute anzugreifen. Oliver fragt sich, wer von den beiden verstörender ist, der Totengräber oder der dicke Kommandant.

Jetzt tritt der Totengräber in Aktion.

Er versetzt Marco eine leichte Ohrfeige.

Der reißt das unverletzte Auge auf. Eine bodenlose Angst liegt darin, die Oliver durch Mark und Bein geht. Geplatzte Adern um Marcos Iris zeugen von der Gewalt der Schläge, die er erlitten hat.

»Na, kennst du mich noch?«

»Ja«, sagt Marco. Seine Stimme ist fest. Oliver bewundert seinen Mut. »Du kannst mich schlagen, so viel du willst. Ich habe dir schon gesagt, dass ich nicht weiß, wo mein Bunker ist.«

»Dich schlagen?«, wiederholt der Totengräber. »Nein, damit bin ich fertig. Wir werden dir jetzt den Schädel aufsägen.«

Der Totengräber nimmt ein Skalpell von einem kleinen Tisch.

»Schau dir mal dieses feine Instrument an. Draußen findet man so was nicht mehr. Ich habe dich hierhergebracht, weil ich dich hier viel schöner foltern kann.«

Oliver wendet angewidert den Blick ab. Er fällt auf den Kommandanten, dessen Unterlippe vor Erregung zittert.

»Bitte«, stöhnt Marco. Seine Stimme hat jede Sicherheit verloren. »Töten Sie mich.«

»Mein junger Assistent wird mir helfen. Oliver, kommst du?«

Der Kommandant wirkt überrascht. Genau wie Oliver.

»Hier. Nimm das Skalpell. Du wirst dem Lügner jetzt den Schädel öffnen.«

Oliver tritt näher und nimmt das Skalpell.

»Ich bin kein Lügner. Ich ...«

Marco unterbricht sich, als er das Gesicht seines Bruders sieht.

»Ich frage dich ein letztes Mal«, sagt Oliver. »Wo ist dein Bunker?«

Er zwinkert ihm zu.

»Ich ... ich werde es euch sagen.«

Marco hat richtig reagiert. Oliver atmet heimlich auf. Er setzt sein Spiel fort, während er aus dem Augenwinkel wahrnimmt, dass der Kommandant den Gefangenen gebannt beobachtet.

»Dir ist klar, dass du uns nichts vormachen kannst«, sagt er zufrieden.

»Der Bunker liegt in einem engen Tal in der Nähe der Tiefen Türme«, flüstert Marco. »Wenige Meter vom Eingang befinden sich zwei große Getreidesilos.«

Der Kommandant jubelt, auch wenn er etwas enttäuscht wirkt, dass kein Blut geflossen ist. Jetzt kann er den Erfolg für die geglückte Befragung einheimsen. In Gedanken schon bei den Vorteilen, die ihm dieses Ergebnis bringen wird, merkt er kaum, dass der Totengräber sich hinter ihn stellt und ihm die Klinge des Skalpells an die Kehle hält. »Wenn du auch nur einmal mit den Ohren wackelst, wenn du schreist oder versuchst, dich zu wehren, schlachte ich dich ab, du fettes Schwein.«

»Was ... was machen Sie denn? Sind Sie verrückt geworden?«

»Oliver, binde deinen Bruder los. Tsché, besorg etwas, womit wir den Kommandanten fesseln können.«

Nach wenigen Sekunden steht Marco auf den Beinen, und Tsché hat die Hände des Kommandanten mit einem Ledergurt vom Verhörstuhl gefesselt. Sie nähert sich seinem Gesicht, bis sie es beinahe berührt.

»Du bist fett, hässlich, widerlich, und du stinkst nach Schweiß und Angst. Du und dein Admiral kriegt mich bestimmt nicht.«

Sie rammt dem Kommandanten mit voller Wucht das Knie zwischen die Beine.

Der Mann jault auf und krümmt sich zusammen. Der Totengräber hat keine Zeit, das Skalpell wegzuziehen, und am Hals des Kommandanten bleibt ein Kratzer zurück. Blut tropft auf die strahlend weiße Uniform.

»Die war sowieso zu sauber«, sagt Tsché. »Jetzt sieht sie schon fantasievoller aus. Sie dürfen sich bei mir bedanken.«

Der Kommandant kocht vor Wut. Er ist scharlachrot im Gesicht. »Ihr seid doch nur Abschaum!«, keift er. »Glaubt ihr wirklich, dass ihr ungestraft das Hauptquartier eines Stadtstaats angreifen könnt? Ich habe tausend Soldaten unter meinem Kommando, die nur auf ein Zeichen warten, euch zu durchlöchern!«

»Abschaum oder nicht, meine Klinge ist nur einen Zentimeter von deiner Halsschlagader entfernt«, gibt der Totengräber zurück und presst das Skalpell fester an den Hals des Kommandanten.

»Ihr werdet alle sterben, aber dir, Totengräber, verspreche ich ganz besondere Qualen. Ihr kommt ohnehin nicht weit. Alle Ausgänge haben einen Netzhautscanner.«

»Aber du bringst uns doch noch zur Tür, Kommandant.«

»Ich rühre mich nicht von der Stelle. Und ohne mich kommt ihr niemals hier raus.«

»Mein Dicker, du scheinst da etwas vergessen zu haben.«

Mit einer präzisen Bewegung zieht der Totengräber das Skalpell über den Nacken des Kommandanten. Der fängt an zu schreien.

»Du quiekst ja wie ein Schwein, Kommandant. Das war doch gar keine Ader, nur ein Muskel. Wenn du möchtest, kann ich gerne so weitermachen. Wie du gesagt hast, ich bin ein Meister meines Fachs. Und du hast deinen Männern selbst eingeschärft, dass sie auf keinen Fall reinkommen sollen, schon vergessen? Du kannst schreien, so viel du willst, deine Wachhunde werden brav auf dem Gang warten, bis du ausgeblutet bist. Es sei denn, du bist bereit zu kooperieren.«

»Niemals.«

»Wie schade. Dann muss ich dir wohl ein Auge rausschneiden. Oliver, halt seinen Kopf fest.«

»Nein! Ist ja gut«, japst der Kommandant. »Ich stehe auf. Ich kooperiere.«

»Schon besser, mein Dicker. Wir machen es so: Oliver, du hältst ihm das Messer an die Kehle, und wenn etwas schiefgeht, schneidest du, so tief du kannst.«

Oliver zögert. »Oliver? Hast du verstanden?«

Marco beobachtet die Szene fassungslos. »Machst du mit dem Scheißkerl gemeinsame Sache?«, fragt er seinen Bruder. Man hört seiner Stimme an, was er erlitten hat.

Oliver stöhnt. »Lange Geschichte. Wir hatten keine andere Wahl, Marco.« Er nimmt das Skalpell und stellt sich hinter den Kommandanten.

Der Totengräber dehnt sich und lässt die Halswirbel knacken. »Jetzt werden wir so richtig Spaß haben«, sagt er. »Herr Kommandant, wir brauchen Ihre Iris.«

Wieder ist das markante Summen des Netzhautscanners zu hören. Die Tür öffnet sich. Der Totengräber zückt seine Waffen, wirft sich in den Gang und schlittert auf dem Rücken, die beiden Revolver nach oben gerichtet. Für Oliver steht die Zeit still. Er hat das Gefühl, ein Ballett in Zeitlupe zu sehen.

Der Totengräber rutscht. Und rutscht.

Die Wachen brauchen den Bruchteil einer Sekunde, um zu begreifen, dass etwas nicht stimmt. *Wo kommt der Totengräber plötzlich her? Warum richtet er die Revolver auf uns?*, scheinen sie sich zu fragen.

Beinahe gleichzeitig ertönen zwei Schüsse, gefolgt von zwei weiteren. Vier rote Flecken breiten sich auf dem strahlend weißen Gang aus.

»Los«, sagt der Totengräber und schnappt sich ein Gewehr. Ein weiteres wirft er Tsché zu.

Marco sieht einen Soldaten an, der auf dem Boden liegt. Er fährt sich über das geschwollene Gesicht, bückt sich mühsam nach einer Waffe und richtet sie auf den Totengräber.

Der schüttelt nachsichtig den Kopf. »Schlechte Idee. Ihr braucht mich, um hier rauszukommen. Ich rate dir dringend davon ab, mich zu töten.«

»Er hat recht, Marco«, sagt Oliver.

Sanft drückt er die Mündung nach unten. Marco lässt es geschehen, doch sein Gesicht ist voll Zorn.

»Ich würde ja gerne sagen, dass es mir leidtut, aber das wäre gelogen.«

»Schluss jetzt«, geht Tsché dazwischen. »Was machen wir mit dem Fettsack?«

»Der ist zu langsam«, erwidert der Totengräber. »Er wird uns nur aufhalten, und wir brauchen ihn nicht mehr. Er gehört dir, Tsché.«

Tsché grinst und zieht ihren Taser aus der Tasche. »Es war mir ein Vergnügen, Herr Kommandant«, sagt sie, bevor sie ihm die volle Ladung verpasst.

Der Kommandant klappt zusammen wie ein abgehängter Hampelmann.

»Mir nach«, befiehlt der Totengräber. »Bald wird es hier vor Soldaten nur so wimmeln.«

Sie eilen durch das Labyrinth der Gänge. Der Totengräber scheint den Weg genau zu kennen, doch Tsché hält ihn auf.

»Warte! Da geht es nicht lang«, sagt sie.

Er bleibt stehen.

»Ich bin mir sicher«, beharrt Tsché. »Wir müssen die Treppe hoch, nicht runter.«

»Wenn du sterben willst, geh ruhig hoch, andernfalls folgst du mir. Ich weiß, was ich tue.«

Tsché und Oliver zögern, zucken mit den Schultern. Wieder müssen sie dem Totengräber vertrauen.

Weiter geht die Flucht. Sie scheinen immer tiefer

ins Innere des Gebäudes vorzudringen. Marco ist erschöpft. Sein Atem geht keuchend.

»Wir müssen eine Pause machen«, fordert Oliver.

Ihr Anführer bleibt vor einem großen vergitterten Belüftungsschacht stehen, der durch zwei schwere Schlösser gesichert ist. Ohne zu zögern, schießt der Totengräber auf die Schlösser. Ein ohrenbetäubender Lärm durchbricht die Stille und hallt zwischen den Mauern wider. Die rauchenden Schlösser fallen zu Boden. Der Totengräber tritt das Gitter mit dem Fuß ein.

Dann schaut er zur Treppe, über die sie gekommen sind, etwa fünfzig Meter entfernt.

»Scheiße«, sagt er. »Wir haben Gesellschaft.«

Dutzende Soldaten strömen die Treppe hinunter und schießen um sich.

»Hinter die Pfeiler!«, befiehlt der Totengräber. »Wir müssen das Feuer erwidern.«

Die vier Flüchtigen bringen sich in Position, geschützt von einer dicken Betonschicht. Schüsse zischen um sie her, Betonsplitter fliegen durch die Luft. Aber die Soldaten haben keine Deckung, und die Schüsse des Totengräbers treffen immer. Mehrere Soldaten stürzen leblos zu Boden. Die Nachrückenden halten inne. Tsché, Marco und Oliver nutzen die Gelegenheit, um zu zielen. Noch mehr Wachen fallen zu Boden. Weitere rücken nach, doch die achten darauf, in Deckung zu bleiben, sodass sie nur langsam vorankommen.

In dem Moment erscheinen die Drohnen.

Die kleinen Fluggeräte fliegen surrend auf sie zu und richten ihre Mini-Geschosse aus. Der Totengräber zielt und zerlegt sie, bevor sie in Aktion treten.

»Sie werden noch mehr Verstärkung schicken«, sagt er. »Lange können wir nicht durchhalten. Ihr geht voraus durch den Tunnel. Etwa fünfhundert Meter«, fügt er hinzu, »dann biegt ihr nach rechts, da ist ein weißes Kreuz. Noch mal fünfhundert Meter, und ihr kommt in einem Lagergebäude hinter der Stadtmauer raus. Meine Männer erwarten euch da und bringen euch an einen sicheren Ort.«

»Und du?«, fragt Oliver.

»Ich bleibe hier. Schau dir mal an, wie viele Soldaten da kommen. Glaubst du, die wollen uns eine gute Reise wünschen?«

Tsché und Marco verschwinden im Tunnel. Oliver zögert.

»Es sind zu viele«, sagt er.

»Jetzt mach, bevor ich es mir anders überlege. Du hattest recht, das Leben des Totengräbers hat keinen Sinn mehr. *Mein* Leben hat keinen Sinn mehr. Und Jérôme ist schon vor langer Zeit gestorben. Ich kann nur eins: kämpfen«, sagt der Totengräber und lädt nach. »Da draußen gibt es nichts für mich. Geh mit Tsché. Geht in dieses verflixte Grüne Tal am Ende der Welt, wenn ihr wollt, und lasst mir meinen letzten Moment des Ruhms.«

Oliver zögert noch immer. Irgendwie kommt ihm das Ganze unwirklich vor. Doch der Totengräber springt aus seiner Deckung und stürmt brüllend auf die Soldaten zu.

Er schießt, rennt weiter, springt, schießt, rollt zur Seite. Soldaten fallen zu Boden. Andere rennen panisch über den Gang. Oliver wirft ihm einen letzten Blick nach.

Verrückt und großartig. Das geht ihm durch den Kopf, als er sieht, wie Jérôme sich in den Kugelhagel stürzt.

Oliver rennt. So schnell er kann. Er holt Tsché und Marco ein und drängt sie weiter. Endlich taucht der Gang mit dem weißen Kreuz vor ihnen auf. Die Hälfte haben sie geschafft. Sie rennen und rennen, legen Meter um Meter zurück, ohne sich umzudrehen.

Licht am Ende des Tunnels. Sie kommen in einer alten Lagerhalle heraus, genau wie Jérôme gesagt hat. Vier Fahrzeuge stehen da. Ein gutes Dutzend schwer bewaffneter Kerle.

»Und der Totengräber?«, fragt einer, der aussieht, als wäre er der Boss.

Oliver schüttelt den Kopf.

»Dumm gelaufen. Aber wir haben unsere Anweisungen«, sagt der Mann. »Steigt ein. Wir bringen euch hier weg.«

Tsché, Oliver und Marco bestehen darauf, zusammenzubleiben. Den Männern ist das egal. Mit quietschenden Reifen schießen die Autos aus der Halle. Oliver erinnert sich an ihre Ankunft. Die Drohnen! Er teilt seine Sorge dem Fahrer mit.

»Keine Sorge. Wir regeln das.«

Überall um die Mauer herum ertönen Explosionen.

»Ablenkung«, erklärt der Fahrer.

»Achtung, eine Drohne!«, ruft Tsché.

Doch bevor das Gerät näher kommen kann, wird es im Flug durch einen Schuss gestoppt.

Tsché atmet auf.

Der Boss nickt zufrieden. »Ich hab doch gesagt, wir regeln das.«

Die Autos rasen durch das offene Tor und entfernen sich vom Stadtstaat. Bald ist er nur noch ein Punkt am Horizont.

Langsam löst sich die Anspannung. Marco ist völlig fassungslos. Er versteht nicht, warum die Männer, die ihn gefoltert haben, ihm plötzlich helfen.

»Woher wusstet ihr, dass wir kommen?«, will Oliver wissen.

»Na, vom Totengräber.«

»Was?«

»Er hatte die ganze Zeit über sein Datenimplantat Kontakt zu uns«, erklärt der Boss. »Unsere Modelle haben mehr drauf als deins, Kleiner. Du weißt es vielleicht nicht, aber es sind längst nicht alle Satelliten außer Funktion. Die Stadtstaaten nutzen welche zur

Kommunikation. Und da wir für sie arbeiten ... ähm, na ja, *gearbeitet haben*, hatten wir auch Zugang zu dieser Technologie. Sie haben uns sogar eine eigene Frequenz überlassen.«

»Der Totengräber hätte euch also jederzeit rufen können?«, fragt Tsché entgeistert.

»Klar.«

Tsché und Oliver wechseln einen Blick.

Wenn er gewollt hätte, hätte er ihnen also entkommen können, und zwar von dem Moment an, in dem er im Kofferraum des Aston Martin aufgewacht war.

44

Auf Tschés Bitte bringt der Fahrer sie zu Sylvies Werkstatt. Es wird eine seltsame Fahrt. Nach den Ereignissen der letzten Tage ist es schwierig, wieder in der Realität anzukommen. Oliver gelingt es nicht, die Anspannung abzuschütteln. Minutenlang ist er in Gedanken versunken und versucht die Chance zu berechnen, die sie hatten, aus dieser Sache heil herauszukommen.

Schließlich bricht Marco das Schweigen. Die beiden Brüder füllen füreinander die Lücken in ihren Geschichten. Oliver erzählt von Tschés Plan, gemeinsam nach Norden zu gehen. Dann schildert er, wie sie den Totengräber gekidnappt haben und mit ihm in den Stadtstaat gekommen sind. Marco hört aufmerksam zu und berichtet von seiner Zeit im Lager der Bunkerjäger. Sie sind sich einig, dass sie zum Bunker zurückmüssen. Sie können ihre Freunde nicht im Ungewissen lassen. Alle müssen erfahren, dass das Leben außerhalb des Bunkers möglich ist, dass das Virus längst keine Gefahr mehr darstellt und dass jeden Moment die Bunkerjäger zuschlagen können.

Der Wagen hält vor dem Schrottplatz. Direkt vor dem Eingang des riesigen Geländes steigen sie aus. Der Fahrer verliert keine Zeit und tritt gleich den Rückweg an. Das leise Summen des Elektrozauns erinnert an seine Gefährlichkeit.

Drohende Wolken türmen sich über ihren Köpfen auf. Kommt etwa ein Gewitter? Oliver hat das Gefühl, vor einem der impressionistischen Gemälde zu stehen, die er sich so gerne in der Bibliothek des Bunkers angeschaut hat. Plötzlich fragt er sich, ob Monet wohl Lust gehabt hätte, Sylvies Schrottplatz zu malen, die vielen verschiedenen Rottöne des Rosts und die Farben der Vergangenheit vor diesem finster zuckenden Himmel. Er fragt sich auch, was nach dem Großen Kollaps aus den Bildern von Monet geworden ist. Zieren sie das Büro irgendeines Kommandanten in einem Stadtstaat, oder verschimmeln sie in einem verlassenen Museum?

»Wo sind wir?«, fragt Marco.

»Bei Sylvie«, sagt Tsché. »Einer Person, der man vertrauen kann, was heutzutage selten ist.«

»Wollt ihr den ganzen Abend da stehen bleiben?«, ertönt eine warme Stimme hinterm Zaun.

»Sylvie!«, ruft Tsché. »Du kannst dir nicht vorstellen, wie froh ich bin, dich zu sehen!«

»Und ich erst«, gibt Sylvie zurück und grinst breit, während sie das Tor öffnet. »Komm her, meine Kleine!«

Tsché wirft sich in Sylvies Arme. Besser gesagt, sie lässt sich von ihnen verschlucken.

»Habe ich richtig gesehen, dass einer der Männer vom Totengräber euch hier abgesetzt hat?«, fragt sie dann mit einem Hauch Nervosität. »Ist das ein Grund zur Sorge?«

»Nein, überhaupt nicht«, beruhigt Tsché sie. »Der Totengräber hat sich erschießen lassen, damit wir fliehen konnten.«

»Das kann ich nicht glauben.«

»Verständlich«, sagt Tsché. »Es ist eine lange Geschichte.«

»Erzählt ihr sie mir bei einer Tasse Tee?«

»Das machen wir«, sagt Oliver.

»Was meinen guten alten Aston Martin angeht, sind die Nachrichten wohl weniger erfreulich, wie?«

»Das kann man wohl sagen. Aber irgendjemanden wird er bestimmt glücklich machen«, sagt Tsché.

Sylvie schneidet eine vorwurfsvolle Grimasse und verschränkt die Arme vor der Brust, aber wie üblich fällt es ihr schwer, ihr wohlwollendes Wesen zu verbergen.

Tsché lacht laut.

»Und das ist dein Bruder?«, fragt Sylive und wirft Marco einen herzlichen Blick zu.

Oliver nickt.

»Allen Einwänden zum Trotz habe ich immer daran geglaubt, dass das Leben ganz gut eingerichtet ist. Aber die letzten Tage waren sicher nicht leicht«, sagt sie. »Kommt, ihr drei. Ich mach euch erst mal einen Tee.«

45

»Glaubst du wirklich, das funktioniert, kleiner Bruder?«, fragt Marco.

»Ich habe nicht den geringsten Zweifel.«

»Machen wir es zusammen?«

Oliver nickt. Sie sind in der Höhle, durch die sich ihr Vater immer nach draußen geschlichen hat und durch die auch Oliver entkommen ist. Oliver hat das Gefühl, dass Jahre vergangen sind, seit Sam und er hierhergeschickt wurden, um die Luftschleuse zu kontrollieren.

Mit einem Hammer schlagen sie die Außentür der Luftschleuse ein.

»Auf die Befreiung unseres Volks!«, ruft Oliver.

»Auf die Befreiung unseres Volks.«

Dann beginnt eine lange Wartezeit. Die Brüder erzählen sich weitere Einzelheiten von ihren Abenteuern, und Oliver berichtet alles, was er über das Datenimplantat ihres Vaters erfahren hat. Als er fertig ist, hat Marco Tränen in den Augen.

Dann hören sie etwas.

Zwei Männer in Schutzanzügen öffnen die Innentür der Luftschleuse. Hinter der Maske erkennt Oliver mühelos seinen Freund Sam.

»Na, Alter, hast du dich mal wieder freiwillig für die Drecksarbeit gemeldet?«

Sam schreckt auf und stößt sich den Kopf an den Überresten der kaputten Tür.

»Jetzt müsstest du dein Gesicht sehen«, sagt Oliver lachend.

»Oliver? Bist du es wirklich? Ich dachte...«

»Was dachtest du?«

»Dass du tot bist, lieber Himmel! Du bist schon seit Tagen verschwunden! Und Marco? Was macht ihr zwei denn da draußen ohne Schutzkleidung?«

»Die Schutzkleidung ist überflüssig.«

»Was soll der Blödsinn?«, dröhnt eine andere Stimme.

Es ist Wildschwein.

»He, Wildschwein«, sagt Oliver. »Schön dich zu sehen! Entschuldige, ich habe dich mit dem Anzug gar nicht erkannt.«

Und dann erzählen ihnen die Brüder alles. Sie beschreiben die Lebensbedingungen an der Oberfläche und bringen die Lügen ans Licht, die seit Jahren von den Verantwortlichen des Bunkers verbreitet werden. Sam und Wildschwein bleibt die Spucke weg, sie sind regelrecht sprachlos. Die Wut über die Dreistigkeit der Wasserkrieger reißt sie aus ihrer Erstarrung, und in Wildschweins Augen glimmt ein wütender Funke. Dann kommt die Angst, als Marco von den Bunkerjägern erzählt, die jederzeit eintreffen können. Sein übel zugerichtetes Gesicht genügt, um jeglichen Zweifel an ihrer Brutalität auszuräumen. Als Marco seinen Bericht beendet hat, sieht Wildschwein die Brüder lange an, dann nimmt er seinen Helm ab. Ein leises Zischen weist darauf hin, dass die Dichtung nicht mehr versiegelt ist.

»Was machst du, Wildschwein?«, fragt Sam beunruhigt.

»Ich vertraue Oliver. Heute ist der Beginn eines neuen Lebens. Ein Leben, in dem ich frische Luft atmen, den Himmel sehen und Sonnenbrand kriegen kann!«

»Das mit dem Sonnenbrand habe ich ausprobiert«, sagt Oliver. »Davon rate ich ab.«

Wildschwein lächelt. »Wie können wir euch helfen?«, fragt er.

»Wir müssen ins Forum kommen, ohne von den Wasserkriegern aufgehalten zu werden. Alle müssen es erfahren.«

»Verlasst euch auf uns«, sagt Wildschwein. »Ihr werdet ein solches Ehrenspalier bekommen, dass die Wasserkrieger euch nicht mal sehen können.«

Drei Minuten lang erteilt er Anweisungen über sein Funkgerät, dann wendet er sich wieder an Marco und Oliver.

»Alles klar. Es kann losgehen.«

Nach einem langen Marsch verlassen sie die außen liegenden Sektoren und gelangen ins Herz des Bunkers. Wie versprochen, bahnt ihnen ein Empfangskomitee den Weg. Die Arbeiter, Köche, Handwerker, alle Kräfte der täglichen Instandhaltung des unterirdischen Schutzraums scheinen sich abgesprochen zu haben. Auf Wildschweins Anweisung sind sie bewaffnet gekommen, um die Wasserkrieger daran zu hindern, die beiden Rückkehrer in Gewahrsam zu nehmen. Auch wenn Küchenmesser und Schraubenschlüssel es nicht mit der Feuerkraft der Wasserkrieger aufnehmen können, kann man doch darauf wetten, dass sich die Soldaten mit dieser Meute nicht anlegen werden.

Oliver, Marco und ihre beiden Kameraden laufen im Schutz dieses ungewöhnlichen Spaliers. Schon erreichen sie das Forum, den Ort aller offiziellen Ereignisse im Bunker. Hier muss die Enthüllung stattfinden. Genau hier, wo alle Pseudo-Expeditionen der Wasserkrieger starten. Die Neuigkeit über die wundersame Rückkehr der Brüder hat sich wie ein Lauffeuer verbreitet, und die Menge wird schnell größer. Schon seit einer Weile sieht Oliver die königsblauen Uniformen der Wasserkrieger. Mehrere von ihnen haben sich der Prozession angeschlossen, auch sie werden zahlreicher. Die ersten Soldaten mit Kriegsbewaffnung tauchen auf. Anfangs haben sie sich zurückgehalten, doch jetzt sind missmutige Ausrufe zu hören. Die Stimmung ist angespannt.

Oliver und Marco gehen zur Tribüne. Dort steht bereits der Oberbefehlshaber der Wasserkrieger.

»Marco Sokolov«, dröhnt er. »Sie sind verbannt worden. Sie haben hier keinen Platz mehr. Und Sie, Oliver Sokolov, sind wegen Gefährdung des militärischen Personals angeklagt. Sie erhalten die Höchststrafe. Wachen! Nehmt sie fest!«

Buhrufe ertönen. Gegenstände fliegen in Richtung der Tribüne.

Die Wachen zögern.

»Ich dachte, Marco wäre auf einer Mission gefallen?«, meldet sich eine Stimme aus der Menge. »Warum habt ihr nicht gesagt, dass er verbannt wurde?«

»Ja!«, ruft ein anderer. »Und was genau hat Oliver verbrochen?«

»Es reicht!«, brüllt der Oberbefehlshaber in sein Mikrofon. »Jegliche Auflehnung gegen die Obrigkeit wird schwer bestraft! Alle wieder an die Arbeit. Das ist die letzte Ermahnung!«

»Sonst was?«, will eine schwangere Frau wissen. »Sonst lassen Sie die Wasserkrieger auf mich und mein Baby schießen?«

»Und auf mich?«, fügt ein alter Mann hinzu.

»Sie haben recht!«, ruft eine andere Frau. »Das lassen wir uns nicht gefallen.«

»Das Virus gibt es gar nicht mehr!«, schreit jemand.

Die Aussage hängt in der Luft. Der Oberbefehlshaber streitet sie nicht ab. Das Grollen wird immer lauter.

»Lasst sie reden!«, fordert die schwangere Frau.

Ihr Ruf wird von der Menge aufgenommen.

»LASST SIE REDEN! LASST SIE REDEN!«

Die Wachen werden nervös. Die Spannung ist beinahe greifbar. Wenn nur einer von ihnen die Beherrschung verliert, kann die Situation schnell in ein Blutbad münden. Der Oberbefehlshaber auf der Bühne gibt sich unbeeindruckt, doch die Macht seiner Position kann der Wut der Menge nicht standhalten. Angst flackert in seinem Blick auf, der von den Arbeitern zu der Tür hinter ihm huscht, durch die er entkommen könnte.

Plötzlich wirft ein Wasserkrieger sein Sturmgewehr zu Boden.

Die Stille, die nun folgt, überrascht alle.

»Ich will auch wissen, was sie zu sagen haben«, erklärt der Soldat. »Und ich werde nicht auf meine Freunde und Brüder schießen.«

Weitere Wasserkrieger legen unter dem Jubel der Menge die Waffen nieder. Zwei riesige, muskelbepackte Männer, die im Lager arbeiten und den ganzen Tag schwere Ladungen schleppen, stürmen zur Bühne.

Der Oberbefehlshaber wirft seinen Leibwächtern einen wütenden Blick zu, doch die rühren sich nicht von der Stelle. Die beiden Lagerarbeiter schwingen sich mit Leichtigkeit auf die Plattform, nehmen je einen Arm des Oberbefehlshabers und zwingen ihn, die Bühne zu verlassen.

Oliver und Marco nehmen seinen Platz ein.

Bei der tiefen Stille, die sich nun ausbreitet, kann man kaum glauben, dass mehrere Tausend Menschen im Forum versammelt sind. Die Brüder stehen Seite an Seite und erzählen ihre Geschichte.

Manche Enthüllungen lösen Ausrufe oder Kommentare aus, Äußerungen des Unglaubens und der Angst und schließlich auch der Hoffnung.

Als Oliver seine Rede beendet hat, spürt er das starke Gefühl, seine Pflicht erfüllt zu haben. Einer Sache ist er sich ganz sicher: Von diesem Tag an wird für die Bewohner des Bunkers nichts mehr so sein, wie es war.

Minutenlang ist nur Geflüster zu hören. Niemand wagt es, die seltsame Ruhe zu brechen, die die Wahrheit über sie gelegt hat. Nach und nach setzen die Gespräche wieder ein, greifen um sich, werden lauter. Aber sie haben nichts mehr mit dem rachsüchtigen Tumult von vorher zu tun. Das Forum steht nicht mehr kurz vor der Explosion. Es ist, als hätte eine kraftvolle Welle der Hoffnung die Gedanken der Menschen befreit, die zu lange Gefangene des Bunkers waren.

Marco sieht seinen Bruder an und holt tief Luft. Oliver umarmt ihn fest.

»Wir haben es geschafft, Marco«, sagt er. Er kann es noch immer nicht glauben.

»*Du* hast es geschafft, kleiner Bruder. Du hast also tatsächlich recht damit gehabt, dieses Leben abzulehnen, das man dir aufzwängen wollte.«

EPILOG

»Jetzt geht's los, was? Das große Abenteuer«, sagt Sam.

Oliver drückt ihm die Hand und klopft ihm auf die Schulter.

»Du wirst mir fehlen, Kumpel«, sagt Sam.

»Du mir auch. Ich weiß nicht, was ich ohne dich gemacht hätte.«

»Ach, war doch selbstverständlich.«

»Nein. Es war nett von dir, Sam. Sehr, sehr nett. Außer dir hat mir niemand geholfen. Du bist ein guter Freund, weißt du.«

»Hör auf, ich werde schon ganz rot.«

Oliver grinst und drückt weitere Hände, um sich zu verabschieden. Wildschwein und Marco sind angereist. Tsché steht mit Sylvie etwas abseits.

Dann ist es so weit. Tsché nimmt seine Hand. Der große Tag ist gekommen. Ihre Reise nach Norden, ins Grüne Tal, in eine bessere Zukunft.

Das Auto, ein Geschenk von Sylvie, ist bereit. Kein Vergleich zum Aston Martin. Ein kleines Elektrofahrzeug, unauffällig und effizient. Wenn sie die Mauer erreicht haben, werden sie sich sowieso davon trennen müssen. Die Taschen sind gepackt, Lebensmittel für eine ganze Weile, ein Zelt, Schlafsäcke, ein paar Bücher und vor allem Geld, um die Schlepper zu bezahlen.

Sie steigen ein. Ein letzter Blick in den Rückspiegel. Tsché sitzt am Steuer, wie immer. Sie dreht den Zündschlüssel. Oliver spürt einen Stich im Herzen. Nein, mehr als das. Ihm wird richtig schlecht.

Das Auto bewegt sich nicht.

Tsché schaltet den Motor wieder aus.

»Was machst du?«, fragt Oliver.

»Ich weiß nicht. Ich zweifle.«

Oliver schweigt.

»Hast du nichts zum Anfeuern, keinen kleinen Witz, um dich über meine Unentschlossenheit lustig zu machen?«, fragt Tsché.

»Ich zweifle auch.«

»An uns?«

Oliver sieht Tsché in die Augen und lächelt.

Er will die ganze Zeit mit ihr zusammen sein. Er will mit ihr spazieren gehen, die ganze Nacht mit ihr reden, mit ihr lachen, mit ihr weinen, mit ihr schlafen. Und morgens mit ihr aufwachen.

»Nicht eine Sekunde«, sagt er. »Und du?«

Seine zitternde Stimme verrät seine Sorge.

»Nein«, sagt Tsché und nimmt seine Hand. »Was wir auch tun, wir tun es gemeinsam.«

»Uff, da bin ich aber froh. Ich hatte schon Angst, dass ...«

»Uns geht's doch gut zusammen. Mehr als gut, also was ist das Problem?«

Wie soll er es Tsché sagen, ohne sie zu kränken? Wie soll er ihr erklären, dass er Angst davor hat, was sie im Norden entdecken werden? Ihr Besuch im Stadtstaat hat ihm gereicht. Auch wenn er kurz war, hat er gesehen, wie die Menschen leben, wenn sie alles haben. Er hat ihre Besessenheit gesehen, immer mehr zu besitzen. Es hat ihn erschreckt. Er hat keine Lust, wie diese Menschen zu werden.

Außerdem muss er an die beschwerliche Reise seiner Eltern denken. Was, wenn dieses Tal, von dem Tsché seit Jahren träumt, nichts als ein Mythos ist? Vielleicht will sie dort überhaupt keiner haben.

Eine Erinnerung seines Vaters fällt ihm ein. An den Tag, an dem seine Mutter starb und sein Vater beinahe aufgegeben hätte ... Als der Mann kam und sagte, die Welt habe sich verändert und man könne nicht mehr abwarten, bis der Sturm vorbei sei, man müsse lernen, im Regen zu tanzen.

»Wir sollten lernen, in der Sonne zu tanzen«, sagt er.

»Wie bitte?«

»Darüber denke ich schon länger nach. Du hast immer davon geträumt, in den Norden zu gehen, und ich war, nein, ich *bin* bereit, dir bis ans Ende der Welt zu folgen. Aber wegzugehen, unsere Freunde zurückzulassen, unser Leben ... Ich weiß nicht. Es gibt so vieles, was man *hier* tun kann, was man *hier* noch einmal neu erfinden könnte.«

»So geht es mir auch«, gesteht Tsché.

»Ich hatte solche Angst, dass du es mir übel nimmst.«

Tsché schweigt einen Moment, dann sagt sie: »Wir könnten den Atomreaktor des Bunkers und den großen Wasserspeicher nutzen, um eine neue Stadt zu gründen. Wir müssten nur ein paar Setzlinge besorgen und sie rund um den Bunker pflanzen ...«

»Wir könnten auch die Erkenntnisse aus der Grauen Stadt mit denen von den Tiefen Türmen kombinieren. Ich bin sicher, dass das Gemüse prima gedeihen würde!«

»Das wäre gut.«

»Und wir könnten die Männer vom Totengräber einstellen. Die würden uns beschützen.«

Jemand klopft an die Autoscheibe.

Tsché und Oliver zucken zusammen.

Tsché lässt das elektrische Fenster runter.

Sylvie mustert sie mit verschränkten Armen.

»Na, ihr Turteltäubchen, worauf wartet ihr noch? Dass es anfängt zu regnen?«

»Also ... wir fahren doch nicht!«, verkündet Tsché.

Sylvie lacht laut auf. »Ihr zwei seid wirklich immer für eine Überraschung gut«, sagt sie.

»Was ist los?«, fragt Sam.

Tsché und Oliver steigen aus.

»Sie fahren doch nicht«, sagt Sylvie und breitet die Arme aus.

»Was?«, fragt Sam erstaunt.

»Wir fahren doch nicht«, wiederholen Tsché und Oliver einstimmig.

»Recht so«, sagt Wildschwein. »Das müssen wir feiern! Gibt's noch was von diesem feinen Branntwein?«

»Und wie wir das feiern!«, ruft Marco. »Darf man fragen, warum ihr es euch anders überlegt habt?«

»Wir befürchten, dass ihr ohne uns einfach nicht klarkommt«, erwidert Oliver grinsend.

»Wohl wahr«, sagt Sam und legt Oliver einen Arm um die Schultern.

»Und vor allem«, sagt Tsché, »finden wir es besser, Probleme gemeinsam anzugehen, statt vor ihnen davonzulaufen. Mit eurer Hilfe werden wir Berge versetzen!«

Danke

Meiner Familie, die immer für mich da ist.

Sylvie, für den Rat und die Unterstützung.

Mélanie Perry, meiner Verlegerin, die mir geholfen hat, Teile des Buchs auszulichten.

Gilles, für seine Korrekturen.

Der ganzen Mannschaft von Didier Jeunesse, die wie immer in Bestform war.

Und meiner Muse ...